KOZ

KOZ vit et écrit en France. Né au XXe siècle, il se sent concerné par les menaces qui pèsent sur notre planète. La vision qu'il en donne dans ses romans est peut-être juste un peu plus sombre encore que la vôtre… Ses deux premiers livres *Noir* et *Rouge* ont paru chez Fleuve Éditions en 2021 et sont repris chez Pocket en 2022.

KOZ

NOIR

fleuvenoir

Cet ouvrage a précédemment paru sous le titre :
Apocalypse noir.

MIXTE
Papier issu de sources responsables
FSC® C003309

L'éditeur de cet ouvrage s'engage dans une démarche de certification FSC® qui contribue à la préservation des forêts pour les générations futures.

Pour en savoir plus :
www.editis.com/engagement-rse/

ISBN : 978-2-266-32478-6
Dépôt légal : mai 2022

À tous les humains passés (environ 110 milliards),
À tous les humains présents (environ 7 milliards),
À tous ceux que la Terre acceptera encore de porter (... ?).

« Chaque nuit, pendant que vous dormez,
je détruis le monde. »
Charles Manson

« (…) et le tiers du soleil fut frappé,
ainsi que le tiers de la lune
et le tiers des étoiles,
afin que le tiers de ces astres fût obscurci,
et que le jour perdît un tiers de sa clarté
et la nuit de même. »
Apocalypse de saint Jean

PROLOGUE

10 octobre
Fin d'après-midi – Orly (la ville)

« Putain, ça leur ferait mal au cul d'allumer, à ces enfoirés… » Le chauffeur peste, sa main cramponnée au levier de vitesses, ses yeux perdus dans l'obscurité naissante.

Une nuit précoce s'est abattue sur la ville qui s'étend sans limites. Pour ne prendre aucun risque, il ralentit. La municipalité d'Orly doit rogner sur le moindre euro, car les réverbères s'obstinent à demeurer éteints. Pour ne rien arranger, un crachin têtu se dépose inlassablement sur le pare-brise panoramique. Dans l'habitacle empuanti par la routine et les reliefs de casse-croûte, l'homme s'agace de la faible visibilité. Merde, il se demande à quoi servent ses impôts.

Son bahut est un camion-citerne on ne peut plus banal, d'un blanc uniforme, comme ceux qui alimentent en fioul les pavillons de banlieue qui bientôt entreront dans l'hiver. Alentour, de modestes habitations s'alignent, identiques les unes aux autres, cernées de barres d'immeubles. Le chauffeur se sent gagné par la morosité ambiante.

Au sortir de la D153, il pénètre dans une zone industrielle, succession d'entrepôts sans autre identité que les enseignes discrètes à leur fronton : Socateb, BonApp, ProPizza. Hangars interchangeables. Probablement le garde-manger de l'aéroport voisin.

À l'approche d'un feu tricolore, le conducteur lève le pied. Il rétrograde, frein moteur. Il ne s'arrête pas pour autant. *Surtout ne pas s'arrêter.* Avec l'envolée du cours du baril, ces derniers mois, les car-jackings de camions-citernes se sont multipliés. Tous ses collègues en parlent chez FullTank. Le meilleur moyen de ne pas être pris pour cible ? Rouler, rouler au pas s'il le faut, mais toujours avancer. Une cible qui bouge n'est déjà plus tout à fait une cible. Du moins, c'est ce qu'il se répète.

Le chauffeur reconnaît le secteur, à présent. Il n'avait pas fait attention, mais il a déjà livré ce client en diesel, une fois ou deux. Il ne le distingue pas encore, mais se souvient qu'il s'agit du seul bâtiment du coin à ne porter aucun nom ni aucun signe distinctif. Un îlot de béton et d'anonymat collé aux rampes de chargement d'OrlyGel.

Comme il bifurque sur la gauche, tournant son large volant à deux mains, il néglige le break grisâtre qui se profile en sens inverse. Lentement, sans effet de dérapage inutile, la voiture se met en travers de la chaussée, à quarante-cinq degrés par rapport à la ligne pointillée. Deux hommes cagoulés et armés en descendent. Cette fois, le routier n'a d'autre choix que de stopper net. Un coup d'œil dans le rétro extérieur confirme ce qu'il a déjà deviné : un second véhicule s'est placé à son cul. Bien sûr, à part eux, il n'y a pas âme qui vive dans la rue du Moulin-à-Cailloux.

Les assaillants marchent vers lui. *Je ne veux pas mourir. Je ne veux pas mourir*, se répète-t-il en boucle.

L'un des hommes en passe-montagne grimpe côté passager, par cette porte qu'il a négligé de verrouiller, un pistolet-mitrailleur à canon court braqué sur lui. L'autre se perche sur le marchepied de la porte opposée et surgit sous son nez, juste derrière la vitre. De l'index, l'inconnu lui ordonne d'abaisser celle-ci. Deux yeux noirs le fixent. La voix est impérieuse, mais sans violence. Un petit quelque chose la rend presque sympathique ; pas un accent, non, une sorte d'intonation étrange.

— Tu écoutes et tu dis rien, lâche-t-il. Quand tu as compris ce que je t'ai expliqué, tu fais oui de la tête. C'est bon pour toi ?

Le routier opine du chef, tétanisé. Désormais, il ne lui reste plus qu'à obéir.

— Super. Alors commence par foutre ton frein à main et couper le moteur.

En deux gestes machinaux, il s'exécute.

— Maintenant, débloque les valves d'entrée et de sortie.

Sur la platine de commandes du tableau de bord, il presse les deux boutons correspondants.

— OK. Si tu continues comme ça, tout va se passer nickel.

À l'arrière, le deuxième véhicule, un utilitaire blanc, a cédé la place à un camion-citerne de faible contenance. Au jugé, le bahut pirate est un trois mille litres, quand la totalité de ses cuves à lui peut accueillir jusqu'à dix mille litres de carburant. *C'est bizarre... Pourquoi on s'emmerderait à me dévaliser, si c'est pour ne ponctionner qu'une partie de la cargaison ? Ils sont cons, ou quoi ?*

Il n'a pas le temps de se poser plus de questions, car tout va très vite. Presque en accéléré. Les occupants du camion-citerne déroulent deux flexibles accordéon d'une vingtaine de mètres chacun, un orange et un rouge.

Pourquoi deux ? Ça n'a aucun sens... De son siège, il ne voit pas tout ce qui se passe au cul de sa citerne. Mais manifestement les types abouchent l'extrémité de leurs tuyaux aux vannes à manchon : une pour l'entrée, l'autre pour la sortie.

Quand c'est fait, ils adressent un signal au malfrat qui tient le chauffeur en joue.

— Maintenant, tu vas me cracher un quart de ton jus. Pas plus. Tu me suis toujours ?

Une fois encore, il approuve et obtempère. Un bruit sourd de pompe s'élève dans la rue déserte ; une onde vibratoire irradie toute la structure métallique du camion. Son engin semble partager sa peur.

Comme exigé, il déleste celui-ci du quart de sa charge liquide. La manœuvre est brève, mais elle lui paraît interminable. Quand elle s'achève enfin, il perçoit le claquement caractéristique, aussitôt suivi par l'écho d'une deuxième pompe, plus lointaine. Celle du camion pirate. On ne fait pas que pomper son sang, non, on lui en inocule un autre. On le transfuse ! Une odeur inhabituelle, poisseuse, presque sucrée, envahit la cabine.

— Tu vas continuer ta tournée comme prévu, reprend son interlocuteur, tranchant. Tu sers tous les clients de ton planning. Surtout tu fais pas la connerie d'en oublier un.

Sur le siège juste à côté de lui, la liste de ses visites du jour et du lendemain : l'entrepôt frigorifique à deux rues de là, une banque, une préfecture, un grossiste à Rungis, deux hôpitaux parisiens et une prison. La routine.

— Tu ne changes rien, tu ne dis rien. Et si on te demande pourquoi t'es en retard, tu réponds que ça bouchait sur l'A86.

Bien vu. Ça bouche toujours *sur l'A86.* Il hoche sa tête aux bajoues tombantes, sa tête gonflée par les années de malbouffe dans les cantines de routiers. Le *car-jacker* glisse une main dans la poche intérieure de son blouson et en sort un rectangle de papier cartonné. Il retourne le document et le brandit sous les yeux du camionneur :

— Ça, c'est ta vie.

Son jardin, sa femme et ses trois enfants, l'été précédent. Lui, son ventre s'échappant du short, paraît occupé à la confection de burgers dominicaux sur le barbecue familial. Oui, c'est bien sa vie. Sa vie de banlieue, sa petite vie sans prétention, mais sa vie malgré tout.

— Tu ouvres ta gueule, même qu'une fois, même en déconnant, tout ça c'est fini. Tu les revois plus.

La menace est d'autant plus glaçante qu'elle est proférée avec calme. Il n'y a pas plus feutrés que les pas du loup avant qu'il morde. L'effroi le pétrifie. Une peur huileuse perle à son front. L'autre s'impatiente. Colle la gueule de son arme sur sa tempe.

— Oh, t'as pigé, ou tu veux plus de détails ?

Le routier secoue sa grosse face livide. Cet infime mouvement vaut pour signature au bas d'un contrat invisible, il le sait.

Ils sont liés, désormais.

19 h 03
31 octobre – Paris – Hôpital Saint-Louis

— Tu t'appelles Mathys, c'est ça ?

L'enfant assis dans la chaise roulante ne répond pas. Alors la question revient dans son dos, antienne au timbre amical :

— Hein, mon grand, tu t'appelles bien Mathys ?

— Oui…

Ce qui sort de sa bouche n'est plus qu'un filet anémié. Son corps, lui, est d'une maigreur extrême. Pas besoin d'être médecin pour établir un pronostic vital. Le brancardier qui le pousse vers l'entrée, un colosse, s'efforce de maintenir entre eux le fil de la parole. Sa voix est aussi douce que son physique est intimidant. Teint mat, traits épais, crâne rasé – on dirait le *sicario* d'un cartel de la drogue mexicain. Dans le fond, il ne prononce que quelques mots, mais tout de même, il tend une ligne de vie.

Tandis qu'ils remontent l'allée pavée longeant le quadrilatère central, îlot de verdure au cœur de l'hôpital, le gamin susurre en retour :

— Et toi ?

Le géant sourit. D'habitude, on ne lui renvoie pas la question. Il est juste cette paire de bras anonyme qui déplace, transbahute ou porte. Des bras larges comme des cuisses et qu'on oublie aussitôt.

— Moi, je m'appelle Miguel.

— T'es espagnol ?

— Mon papa venait d'Espagne, oui. T'as quel âge, Mathys ?

— Onze ans.

— C'est un âge super, onze ans !

Vu les traits creusés du gosse et sa tête glabre, il se doute que son jeune patient ne partage pas vraiment cet avis. Pour lui, pas d'amis, pas de parties de foot, pas d'amourette en vue. Les onze ans de Mathys ne ressemblent sûrement pas à ce que furent les siens. Ils se résument à vingt-cinq kilos suppliciés et des séjours dans cet établissement.

Mais peu importe si Miguel se montre maladroit. Mieux vaut être indélicat que muet. Au moins, le contact est établi.

— Tu sais où je t'emmène ?

— En oncologie.

Le mot est complexe, mais le gamin n'a pas buté dessus. Il le connaît bien, apparemment. Trop bien, sans doute.

— C'est ça. Et qui est-ce qui s'occupe de toi, là-bas ?

— Le professeur Braunstein, répond-il du tac au tac.

L'information coupe la chique du brancardier. À Saint-Louis, Braunstein trimballe la triste réputation d'être le spécialiste des causes perdues et des patients en phase critique. Celui à qui on refile les cas désespérés.

La première intuition de Miguel était donc juste : c'est vers une mort à brève échéance qu'il conduit Mathys. Un étau comprime sa gorge à cette pensée. Il côtoie pourtant la mort à longueur de journée. Mais tous ses clients n'ont pas onze ans et une tête d'ange.

— T'as de la chance. C'est un super médecin.

Mathys ne se risque à aucun commentaire. Ballotté par les cahots du fauteuil, il a fermé les yeux. Il sait pourquoi il est ici. Il sait ce qui l'attend. Une heure plus tôt, c'est Amélie, la garde-malade à domicile « pour les soirs où maman travaille », qui a donné l'alarme. Fièvre à près de quarante degrés, saignements abondants, spasmes et perte temporaire de connaissance… Il n'est pas question de symptômes ordinaires ou d'effets postchimio. L'alerte est sérieuse.

Le fauteuil passe les portes automatiques et file à présent sous la verrière du hall d'accueil. Le service d'oncologie se situe au quatrième étage du bâtiment Fougère.

Une femme bondit de son siège et se rue sur eux.

— Mathys !

— Ça va, m'man ?

Un rire sangloté échappe à cette dernière. Elle s'agenouille devant les roues du fauteuil et enlace le corps avachi. Elle a du mal à reconnaître son enfant dans ce spectre en pyjama et robe de chambre. Elle était dans le métro, en route pour prendre son service, quand Amélie l'a avertie.

— Ça va, mon chéri, ça va aller.

Pendant que l'étreinte se prolonge, le brancardier observe cette trentenaire blonde et fine aux yeux cernés d'une ombre bistre. Il éprouve une empathie immédiate pour cette mère qui accompagne son fils vers une fin quasi certaine. Mais l'urgence l'oblige à intervenir :

— Je suis désolé, madame. Mais on m'a donné comme consigne de le conduire en onco au plus vite.

— Oui… s'excuse-t-elle en se ressaisissant. Oui, bien sûr. Vous avez raison.

Ils repartent à fond de train. Un sourire se dessine sur les lèvres du malade. Cette vitesse le grise un peu. Un plaisir infime qui fait du bien. À croire que Miguel le sait, et qu'il le fait exprès.

Dès la sortie de l'ascenseur, un jeune homme brun en blouse blanche les accueille avec une chaleur sincère.

— Salut, Mathys !

— Salut…

Il pourrait être son grand frère. Un interne, bien sûr, il n'y a bien qu'un interne pour se rendre disponible à toute heure, pour faire preuve de chaleur malgré la fatigue. « Dr Damien Caseuil » annonce le badge épinglé à sa poitrine. Ce dernier se tourne vers la mère du gosse.

— Bonjour, répète-t-il, soudain plus grave. Le professeur Braunstein a été prévenu de votre arrivée par l'infirmière-chef. Il est en chemin.

— Attendez, je ne comprends pas…

L'interne scrute le regard bleu embué d'angoisse : peut-il parler devant Mathys ? Silencieusement, elle acquiesce.

— On ne va pas attendre la quinzaine prévue pour intervenir. Les doses de Kymriah sont arrivées de Suisse il y a deux jours. En résumé, tout est prêt. Et le professeur estime que l'incident d'aujourd'hui est une raison supplémentaire pour ne pas différer plus longtemps l'introduction des CAR-T. On vous propose de programmer ça demain matin à la première heure.

Pour n'importe qui d'autre, ce serait du chinois. Mais Sabine, cramponnée aux frêles épaules de son fils, en comprend chaque mot. Après deux années à voir la chair de sa chair combattre une leucémie aiguë lymphoblastique, les cellules cancéreuses sont tout de même parvenues à faire leur entrée dans la moelle osseuse. Alors, depuis des semaines, on lui rabâche les tenants et les aboutissants de ce protocole récent, encore expérimental il y a peu. La thérapie CAR-T, celle de la dernière chance en cas de rechute, consiste à réinjecter des lymphocytes T modifiés dans l'organisme du patient, qui vont cibler et éliminer directement les cellules tumorales. Du chinois, certes, mais du chinois qui sauve dans 80 % des cas. Qui ferait la sourde oreille ? Qui n'en voudrait pas ?

— Je croyais que les quinze jours entre la dernière chimio et la mise en place du protocole étaient incompressibles ? objecte-t-elle, une boule douloureuse dans la gorge.

Elle en est bien consciente : ça ne fait pas une semaine que la fludarabine et la cytarabine ne coulent plus dans les veines de Mathys.

Le sourire de l'interne vire au rictus embarrassé. Du haut de son savoir de futur mandarin, il soutient cependant :

— C'est moins restrictif que ça en a l'air. Si on s'en tient au scénario idéal, vous avez raison, c'est le délai préconisé. Mais en réalité, la fenêtre recommandée par Novartis pour l'administration du Kymriah est plus large : on est sur une fourchette de quatre à vingt jours. Étant donné qu'on a arrêté la chimio lympho-déplétive il y a exactement six jours, on est dans les clous.

Des clous qu'il semble désormais urgent d'emprunter ; ce qu'il s'abstient de préciser à voix haute, sans doute par égard pour Mathys. Attendre, ce serait courir le risque que son état se dégrade encore, et qu'aucune thérapie ne puisse plus être envisagée.

Ramassé dans son fauteuil comme une poupée de chiffon, l'intéressé écoute cette giboulée de science avec résignation. Il a l'habitude. Miguel, lui, aurait dû repartir vers un autre fauteuil depuis longtemps, mais il n'en a pas eu le cœur. Tant pis pour les exigences de son service en sous-effectif et les remontrances. Il pose une main sur l'épaule affaissée. « Tout va bien se passer », ment la douce pression qu'il y applique.

— Je vous rassure, du point de vue de la procédure médicale proprement dite, ça s'apparente à une perfusion tout ce qu'il y a de plus classique.

Caseuil s'adresse autant à l'enfant qu'à sa mère.

— Mais comme vous l'a déjà expliqué le professeur Braunstein, on ne peut pas exclure des réactions aiguës. C'est pour cette raison qu'on doit mettre en place un protocole de prémédication très strict dans les douze heures qui précèdent l'intervention. Sans compter les examens et les analyses préliminaires. Pour être très clair, si on veut se lancer dans la bataille demain matin, on a besoin de votre autorisation ce soir.

— Maintenant ?

— Maintenant, oui.

Sabine se décompose. Elle est fatiguée. Elle n'a plus l'énergie de pleurer ou de paniquer. Elle se sent juste à court de combativité.

— Je prends mon service dans une heure, s'excuse-t-elle.

Barmaid au Ritz, elle travaille quatre soirs par semaine, de 20 h 30 à 4 heures du matin. Mais le plus souvent, elle pousse les heures supp' jusqu'à l'aube. Un simple job qui est devenu son métier. Au moins sera-t-elle disponible le lendemain matin, quand Mathys entrera en salle de perfusion. Elle sera là pour l'accompagner. Sa main refermée sur celle de son fils. Si peu utile, mais pleinement maman.

— Il n'y en a pas pour longtemps, plaide l'interne. C'est l'histoire de trois papiers. Un quart d'heure maximum.

Ce qui devrait s'apparenter à une bonne nouvelle assomme Sabine. Ses yeux croisent ceux du brancardier, puis se perdent sur le linoléum pisseux qui tapisse le sol de l'hôpital. Depuis qu'elle a obtenu l'autorité parentale exclusive sur Mathys, sa seule signature suffit. Mais il demeure un point sur lequel la contribution du père de l'enfant lui reste indispensable : l'argent.

Les protocoles CAR-T tels que le Kymriah coûtent cher. Très cher. Près de quatre cent mille euros, évidemment non couverts par la Sécu ou les mutuelles. Novartis a bien établi un programme pilote de prise en charge pour certains patients sélectionnés, des enfants pour la plupart. Mais le « profil » du père de Mathys a joué en sa défaveur. Comme une double peine.

L'interne semble lire dans ses pensées :

— Si c'est l'aspect financier qui vous soucie, reprend l'interne, l'acompte versé par votre mari…

Elle le corrige, plus désolée qu'agressive :

— Mon ex-mari.

— Oui, pardon… Enfin, sachez qu'en l'état, cette somme nous permet déjà d'engager le protocole de prémédication.

Deux cent mille euros dont elle ignore totalement comment il a fait pour les réunir – cela vaut mieux, sans doute. « J'aurai le solde d'ici quinze jours », a-t-il promis en lui remettant le chèque à cinq zéros, le plus exorbitant qu'elle n'ait jamais tenu entre ses mains.

— Et le reste ? demande-t-elle dans un souffle.

— Il faudra voir directement avec le professeur. Mais sachant que l'hôpital a avancé l'achat des doses auprès du laboratoire, je suppose que la totalité devra tout de même être versée demain. Je suis désolé. Je sais que c'est difficile à entendre, mais l'établissement ne peut pas s'engager sur de tels montants sans… certaines garanties.

L'interne se garde évidemment de mentionner le bonus que touchera Braunstein de la part de Novartis pour avoir porté son choix sur le Kymriah plutôt que sur un produit concurrent. Tout cela, toutes ces situations désespérées qui font la richesse de certains, l'écœurent au plus haut point.

Il devient aussi pâle que son petit patient. Miguel, également impuissant, ne lui est d'aucun secours. Alors, d'un petit salut de la main, ce dernier prend congé, déjà aspiré par l'interminable couloir.

— Je n'arrive pas à le joindre, glapit Sabine après un silence.

Si elle ne s'agrippait pas au fauteuil où git son fils, elle pourrait s'écrouler. Elle se sent moins consistante que le plus insignifiant des objets qui l'entourent : plante artificielle, affiche de prévention, signalétique autocollante que le temps a fini par décrocher partiellement des murs. Elle ne peut s'empêcher de penser que tous seront encore là quand Mathys les aura quittés. Une vague de larmes monte qu'elle refrène douloureusement.

— Qui ça ? l'interroge le médecin.

— Son père. Ça fait plus de deux jours qu'il ne répond plus sur son portable.

Et sans lui, elle ne voit pas bien comment elle pourrait régler la somme restante…

JOUR 1

31 octobre – Halloween

1

20 h 00
Paris – 36, rue du Bastion – DRPJ[1] – Instant T

Le bruit que fit le double impact sur le sol fut comme amplifié par le noir qui s'abattit soudainement. Le genre de son qui pétrifiait l'instant. Le cadre et le mug venaient de valdinguer de concert sur la moquette anthracite. L'épaisseur tout administrative du revêtement était parvenue à amortir la chute des deux objets fragiles, mais quand le mug percuta le cadre, la vitre explosa littéralement et le liquide brun se répandit tout autour.

La seconde précédant la coupure, téléphone en main, Hugo Kezer amorçait un geste banal, presque réflexe, en direction de son café encore fumant. Le premier de ce qu'il voyait déjà comme une longue série. Nuit de service ordinaire à la tête du groupe crim' 1. Puis l'obscurité s'était imposée, brouillant sa vue et son mouvement.

Il s'était levé d'un bloc. Avait heurté son bureau. Fait voler tout ce qui se trouvait dessus.

1. Direction régionale de la police judiciaire.

Tout ça lui avait semblé durer une éternité. Et pourtant, vu de l'extérieur, c'est à peine si le paquebot du Bastion, le siège de la police judiciaire inauguré en 2017, énorme phare dont le faisceau éclairait tout le quartier des Batignolles, clignota un instant : « *off* », quand survint la coupure généralisée, puis presque aussitôt « *on* », quand le générateur du groupe électrogène tapi dans les entrailles du bâtiment high-tech prit le relais du réseau d'alimentation public. Une poignée de secondes.

— Putaaaain !

— Ah non, bordel, non ! C'est pas vrai !

Partout dans les huit étages de la bâtisse en dégradé bleu, ainsi que dans ses quatre sous-sols et deux rez-de-chaussée, résonnaient les mêmes bordées de jurons. Au sixième – où logeait la Crim' – comme ailleurs :

— Quelqu'un peut m'expliquer ce que c'est que cette merde ? tonna Hugo, son combiné fixe brandi dans une main.

Dépité, le quadragénaire remit le téléphone sur son support. Il exigeait des explications sur l'incident qui venait de couper la chique à son correspondant. Mais, depuis le poste en face du sien, le brun débonnaire penché sur un moniteur inerte, son adjoint Franck Caillot, se contenta de lui adresser un sourire résigné.

Alors seulement, Hugo se leva pour constater les dégâts provoqués par sa maladresse. Il ramassa les plus gros morceaux de verre, les plaça dans une corbeille, puis tâcha d'éponger la soupe brunâtre à l'aide d'une poignée de Kleenex roulés en boule.

Son regard et son geste se figèrent sur le cliché ainsi révélé. Sophie, Thomas, Mila et lui, quelque chose comme six ans plus tôt. Cette photo, c'était ce (ceux) qu'il avait de plus précieux ; et pourtant, deux d'entre eux ne figuraient plus dans le viseur de sa vie. La troisième, sa fille, dix-sept ans révolus, n'était plus pour lui qu'une silhouette distante, qui l'évitait autant que possible, rétive et boudeuse. Pour être tout à fait honnête, c'est lui-même qui les avait sortis du champ. Le constat était amer et sans appel : il n'avait pas su prendre soin de ceux qui comptaient vraiment pour lui. Preuve qu'on pouvait aimer, infiniment, sans jamais parvenir à le montrer, encore moins à le dire.

De sa place, son coéquipier ne manqua pas une seconde de la scène. Même s'ils en parlaient rarement, il n'ignorait rien des blessures de son collègue. En quelques années, la chevelure d'Hugo avait par exemple viré au gris. Une séquelle aussi criante que cette balafre verticale qui s'étirait le long de son œil gauche.

Franck ne commenta ni la maladresse ni ce qu'elle exprimait. Il n'était pas dupe de la diversion qui suivit aussitôt :

— Je croyais qu'on avait un système garanti sans coupure ?! râla Hugo. J'te jure, parfois je me demande à quoi ça sert d'avoir déménagé dans du neuf.

Hugo Kezer, patron attitré du groupe crim' 1 depuis plus de quatre ans, appartenait à cette vieille garde que le départ du mythique 36, quai des Orfèvres avait chagriné. On n'abandonnait pas plusieurs décennies de souvenirs et d'habitudes sans accuser le coup. Il n'entretenait pas de nostalgie particulière, mais comme tout arbre dans la forêt – et la forêt, c'était son truc, à lui, l'originaire des Vosges –, il n'aimait pas se faire déraciner.

Comme pour chasser l'image gisant sur le sol, il frotta ses paupières du plat de la main avec vigueur. Un brouillard lumineux, constellation de points brillants, emplit ses yeux clos. Lorsqu'il les ouvrit, l'éblouissement ne se dissipa pas. Au contraire, il gagna même en intensité, signe qu'une onde douloureuse allait bientôt vriller ses tempes.

— Bienvenue dans le futur, commenta Franck avec philosophie. Ça merdoie autant qu'avant, mais comme c'est moderne, on n'a même plus le droit de se plaindre.

— En attendant, ils vont vraiment finir par me niquer les yeux, avec leurs conneries.

— Tes migraines t'emmerdent encore ? demanda son adjoint.

Tout le monde à la Crim' surnommait Franck le « Hobbit », la faute à son nez en trompette et sa mine candide qui lui donnaient un faux air de Frodon Sacquet.

La sonnerie de son portable dispensa Hugo de répondre à cette question. « Sophie Pérès », annonçait l'écran.

— So', ça va ? bredouilla-t-il.

Une gêne évidente acidifiait son timbre grave. Depuis leur divorce, rares étaient les occasions d'échanger avec son ex-femme. Et, à dire vrai, le plus souvent, c'est lui qui la fuyait.

— Oui, oui, moi ça va, esquiva une voix fébrile. C'est Mila. Je n'arrive pas à la joindre sur son portable.

— Elle est où ?

— Dans le Marais, avec Cécile.

— Elles se baladent dehors ?

Cette hypothèse l'étonnait un peu. Sophie veillait sur leur fille comme une oie sur ses œufs, lui refusant le plus souvent les libertés auxquelles aspiraient les jeunes filles de son âge.

— Non. Elles sont à un *escape game*.

— Dans ce cas, t'as aucune raison de t'inquiéter. C'est normal.

Il retint de peu un « ma chérie » maladroit. Certaines habitudes, élans de tendresse aussi tenaces qu'une vieille rancune, ne s'éclipsaient pas si facilement.

— Comment ça, « normal » ?

— J'en ai fait quelques-uns avec Franck. Tu connais sa passion dévorante pour les jeux en tout genre… Bref, dans ces trucs-là, on t'oblige à déposer ton téléphone à l'entrée. Alors si tu me dis qu'elle est en pleine partie, c'est on ne peut plus normal.

Il appuya sur ce dernier mot. Un soupir vaguement soulagé lui parvint en retour, concluant leur dialogue. Après quoi, Sophie le remercia rapidement avant de raccrocher, sans lui laisser le temps de relancer la conversation. Leurs échanges s'employaient dorénavant à bannir tout ce qui pouvait paraître trop personnel ou trop sensible. Stérilisés au malheur.

Hugo se demandait encore ce qui avait valu à son ex-femme ce soudain accès d'angoisse maternelle – une angoisse si vive qu'elle était allée jusqu'à composer son numéro –, quand, sans attendre qu'on l'y invite, une face lunaire au crâne rasé se glissa dans la porte entrebâillée.

— Vous êtes au courant ?

— Au courant de quoi, Alex ?

Depuis qu'Hugo et Franck avaient quitté la BRB[1] pour la Crim', Alex Courtois demeurait leur seul contact amical parmi les cow-boys de l'antibanditisme. Son appartenance au groupe Gilardini, comme Anne Gilardini, l'ennemie numéro un d'Hugo, n'était pas parvenue à altérer leur vieille camaraderie.

— Ben la coupure, c'est pas juste aux Batignolles ou dans le 17e.

Maintenant qu'il le disait, il apparut aux deux collègues que la nuit parisienne était bien sombre derrière leurs fenêtres aussi larges que des meurtrières ; d'un noir privé de ce halo orangé qui embrasait d'ordinaire la ville. D'un coup, Hugo comprenait mieux : la panique dans la voix de Sophie n'était donc pas sans fondement.

— Tu veux dire que…

— Oui, mon capitaine, un putain de black-out de sa mère.

Il avait prononcé l'anglicisme avec un pur accent gaulois, à dessein. Black-out à la sauce mazout.

— Tout Paris d'un coup. Pffit ! Comme ça ! expliqua-t-il en claquant des doigts, comme si c'était ce geste précisément qui avait eu le pouvoir de priver la capitale de son énergie vitale.

Franck ne put réprimer une moue soulagée, l'air de dire « au moins, c'est pas que chez nous ».

Kezer, lui, alla coller son front à la vitre. Ignorant son reflet éprouvé, ses yeux fouillèrent les ténèbres. Le constat était brutal : toute trace de lumière, ou presque, s'était évaporée. Réverbères. Immeubles.

---

1. Brigade de répression du banditisme.

Enseignes. Mobilier urbain. Affichages publicitaires. Feux tricolores. Jusqu'aux puissants lasers qui, depuis le faîte de certains édifices, tels la tour Eiffel, balayaient l'instant d'avant le ciel pollué. Ne subsistaient plus, ici ou là, que quelques veilleuses sur batterie, ainsi que le faisceau des phares, cette brume lumineuse qui montait des axes routiers alentour. Paris paraissait mort, mais le sang du flux automobile coulait encore en lui.

— Tu sais ce qui s'est passé ? demanda Hugo, une fois la stupeur passée.

Avant de quitter l'embrasure qu'obstruait son grand gabarit, le visiteur haussa ses larges épaules et lâcha simplement :

— Personne ne sait. En tout cas, ça s'excite sévère chez le Grand Jeff. Il a convoqué tous les chefs à plume de la boutique.

Jean-Francois Lespinasse, *alias* le Grand Jeff, le directeur général de la police judiciaire parisienne, avait toujours eu Hugo dans le pif. C'était de notoriété publique dans la maison. Sans Olivier Barré, le patron de la brigade criminelle, pour jouer les paravents entre eux, le capitaine Kezer aurait sans doute été expédié quelque part en province. Pourquoi pas à Bussang, sur ses terres d'origine.

Hugo décrocha à nouveau son téléphone fixe et constata avec agacement qu'aucune tonalité ne s'en échappait. Au-dehors, selon toute évidence, la panne généralisée était partie pour durer. Il saisit alors son smartphone et rechercha un nom dans la liste de ses contacts : Samir. Mais quand il tenta de le joindre, la sonnerie résonna dans le vide à d'innombrables reprises.

La ligne terrestre de son correspondant n'était guère plus opérationnelle que la leur.

— Fait chier ! pesta-t-il dans sa barbe de trois jours. T'aurais pas un numéro de portable pour Samir, par hasard ?

— Samir du SPIP 93[1] ?

— Oui.

— Ben non. Je te rappelle qu'à la base c'est plutôt *ton* contact…

Hugo grogna, son regard gris-bleu toujours perdu dans la nuit absolue qui avalait la ville. Il avait demandé ça à Franck sans grand espoir. Le jeune indic, agent de surveillance au SPIP, avait toujours refusé de lui donner un numéro de mobile. Certainement pour éviter de se faire griller par ses potes des cités. Son poste filaire, lui au moins, restait sagement à distance de ses fréquentations douteuses, quelque part dans son cagibi du 28, boulevard Ornano.

— Tu lui voulais quoi, à Samir ?

— La bonne question, c'est qu'est-ce qu'il me voulait *lui*. Quand ton tonton au SPIP te sonne pour te dire qu'il a du « lourd », en général, ça pue un peu.

— Il t'a juste dit ça, qu'il avait du lourd ?

— Ouais. Et après…

À son tour, Hugo claqua des doigts. Faisant tomber la nuit sur Samir et ses révélations, comme elle avait déjà mangé Paris et sa population tout entière.

---

1. Service pénitentiaire d'insertion et de probation de Seine-Saint-Denis.

2

20 h 00
Paris – Hôpital Saint-Louis – 30 secondes « après »

« Enedis Pro, bonjour. Toutes nos lignes sont actuellement occupées et nous nous en excusons. Nous vous invitons à renouveler votre appel ultérieurement. Enedis Pro, bonjour. Toutes nos lignes… » Miguel raccrocha le combiné fixé au mur. La ligne d'urgence pro du gestionnaire du réseau électrique demeurait bien sûr injoignable. Moins d'une minute après une coupure globale, il fallait s'y attendre. Pas grave, il essaierait à nouveau plus tard. Lui n'était pas du genre à paniquer pour si peu.

Il faut dire qu'il savait à quoi s'en tenir. Son passé d'électricien libéral, avant sa reconversion en brancardier trois ans plus tôt, lui avait d'ailleurs valu d'être désigné « référent énergie » au sein de l'hôpital. Il avait accueilli cette nomination avec une vraie fierté. Certes, cela engendrerait des heures supp' non payées, et sans doute aussi un bon paquet d'attributions officieuses et à peu près autant de complications. Mais au moins, aux yeux de la direction comme du corps médical, il ne serait plus ce simple « porteur » de malades sans nom ni visage. À Saint-Louis, tout le personnel, agents administratifs comme soignants, connaissait désormais « Miguel l'électro ».

Ses bras, aussi puissants que ceux d'un boxeur, avaient enfin gagné une identité. Comme avec Mathys, le petit leucémique qu'il avait trimballé une heure plus tôt. Il l'aimait bien, ce môme. Dire qu'il risquait de franchir la ligne d'arrivée dès le lendemain… Quel gâchis.

Malgré le silence d'Enedis, Miguel se sentait confiant. L'inspection de la vaste salle des groupes électrogènes à laquelle il venait de procéder lui confirmait que l'installation de secours Schneider Electric GTZ avait parfaitement pris le relais du réseau public. En cela, elle répondait à la norme NF C15-211 de 2017, qui incluait les hôpitaux dans la classe 0, celle des bâtiments qui ne peuvent supporter aucune interruption de l'alimentation électrique, pas même durant une fraction de seconde. De fait, qu'il s'agisse des instruments des blocs opératoires ou des respirateurs, des plus petites ampoules jusqu'au scanner dernier cri, pas un seul appareillage n'avait été mis hors tension ou endommagé lors de la coupure généralisée qui avait frappé l'établissement. D'ailleurs, sans le message d'alerte que le système informatisé adressait simultanément sur l'ordinateur et le portable de Miguel, personne à Saint-Louis ne se serait douté de l'incident. Encore moins imaginé son ampleur…

Non, vraiment, il était serein. D'autant que ce n'était pas la première panne à laquelle il était confronté. Tout rentrerait vite dans l'ordre, comme d'habitude. Il n'y avait aucune raison valable de s'affoler. En effet, dans le cadre d'un usage normal des équipements et d'un taux d'occupation des lits moyen – 89 % dans les hôpitaux parisiens –, les deux cuves de gasoil alimentant les groupes devaient leur permettre de tenir au moins vingt-quatre heures. Au-delà de ce délai, le plan d'urgence national de 1996 prévoyait que le gouvernement puise sur ses propres ressources stratégiques pour approvisionner en carburant les sites prioritaires, dont les hôpitaux publics faisaient évidemment partie.

De toute façon, la dernière livraison de FullTank remontait à moins de trois semaines. Les réserves flirtaient avec le maximum de leur capacité. Pour lui, tous les voyants étaient au vert. Si tout cela devait durer, il n'y aurait qu'à laisser faire le système automatisé. Celui-ci se chargerait d'effectuer la bascule de la cuve numéro 1 à la cuve numéro 2.

D'un geste assuré, Miguel éteignit le plafonnier et referma le local à double tour. Sujet depuis la veille à un léger rhume, il ne releva pas l'odeur entêtante qui s'échappait des deux énormes réservoirs en acier.

*

* *

— Euh, c'est mes yeux où y a plus de lumières dehors ? s'étonna celui des deux qui portait un bonnet.

Bien qu'entravés par leur perfusion, les deux préadolescents alités se penchèrent autant qu'ils le purent vers la fenêtre. Depuis le quatrième étage du bâtiment Fougère, la vue qu'elle offrait sur la rue Juliette-Dodu, une petite voie à sens unique et sans charme qui longeait le flanc nord-est de l'hôpital, était imprenable.

Mathys cligna des paupières plusieurs fois, puis se rendit à l'évidence : son camarade avait raison. En effet, plus aucun des lampadaires ne luisait. Au même titre que les immeubles, uniformément sombres, ils semblaient dépourvus de la moindre source lumineuse. Comme si l'allumeur de réverbères du *Petit Prince* avait sévi d'un coup, appliquant au quartier tout entier l'une de ses fameuses « consignes ».

Théo, le voisin de chambre du garçon, était bien plus vaillant que lui. À treize ans, il se trouvait en rémission, après s'être battu contre la maladie de Hodgkin. Il avait pris Mathys sous son aile durant la dernière heure. Une règle implicite, en oncologie pédiatrique, voulait que ceux dont le taux de survie était le plus élevé veillent sur les plus atteints. Dans la mesure du possible, la répartition des lits respectait toujours la même logique : jamais deux condamnés ensemble.

Le plus étonnant, finalement, était que les deux garçons, dont les séjours au sein de ces murs s'étaient multipliés ces dernières années, ne se soient jamais croisés dans le service. Ils le regrettaient tous les deux : à peine avaient-ils franchi le seuil de la chambre 18 qu'ils s'étaient immédiatement entendus.

Après Miguel le brancardier, Théo était le deuxième copain que Mathys se faisait dans la soirée. Il tenta de chasser cette pensée, mais c'était tout de même plus que dans toute l'année écoulée – ses précédents séjours à Saint-Louis s'étaient révélés moins fertiles en rencontres amicales.

L'ado au bonnet mesurait à présent l'étendue du phénomène :

— Regarde, même le Franprix, il est éteint !

— Il est pas juste fermé ?

— Non, il ferme à 22 heures. Je le sais : y a un aide-soignant qui va me chercher des Kinder après le dîner.

Ce Théo était un débrouillard ; pas étonnant qu'il culmine dans le haut du panier question espérance de vie. Un blagueur, aussi, doublé d'un féru de linguistique, comme l'attestait le dictionnaire étymologique posé en évidence sur sa table de nuit. C'était sans doute le seul gamin à avoir pris un livre pour son séjour plutôt qu'une console de jeux vidéo. Qui plus est un livre aussi rasoir… Mathys ne l'aurait pourtant pas décrit comme un intello. Plutôt un original.

— Tu sais d'où vient le mot « lumière » ? questionna justement le jeune garçon.

— Non.

— Du latin *lumen*.

— Et ça veut dire quoi ?

— Ben, « lumière » ! s'esclaffa l'autre.

Ils rirent ainsi quelques instants, aussi longtemps que le leur autorisaient leurs douleurs, puis Mathys reprit, plus sérieux :

— Je comprends pas… Pourquoi on a du courant, nous ?

— Je sais pas. Peut-être pour pas nous achever trop vite.

Mathys s'amusa de cette réponse. Décidément, ce nouvel ami lui plaisait bien. Enfin quelqu'un qui n'avait pas peur de parler de leur mort. Qui ne cherchait pas à enrober la violence de la réalité sous le sucre de paroles trompeuses.

— Tiens, regarde ! s'exclama Théo en tendant le doigt vers le trottoir opposé. Ils allument des bougies là-bas.

— T'es sûr que c'est ça ?

— Ouais, si tu fais bien gaffe, ça tremblote, comme des petites flammes.

Ainsi inaugurèrent-ils ce jeu qui les occuperait durant de longues heures : identifier la nature des lueurs qui piquaient la nuit. Chercher l'éclat là où il n'en restait plus guère.

3

20 h 12
Paris – 36, rue du Bastion – DRPJ

— On est nuls, nuls et archi-nuls !

La voix de stentor résonna, tranchante, dans la plus grande des huit salles de réunion du bâtiment, dissipant les quelques sourires qui persistaient sur les visages. Un silence glacé givra l'assistance.

— Pire que ça, on est nullissimes ! appuya l'homme au crâne dégarni.

Le Grand Jeff n'était pas d'une taille si notable, mais il arborait cette carcasse dégingandée des types qui ont grandi trop vite, flottant dans un costume trois fois trop large. Ce nez interminable, cet air de chien battu, ce menton proéminent… Il avait dû en baver à l'adolescence. Et comme la plupart de ceux qui avaient vécu ce genre d'expérience, il n'aurait sans doute pas assez d'une vie pour le faire payer aux autres.

— Expliquez-moi comment il est possible que tous les transfos qui alimentent Paris pètent pile au même moment et qu'on n'ait rien vu venir !?

Pour Jean-François Lespinasse, mettre la pression sur ses équipes était une sorte de vocation ; mieux, un sacerdoce. Naturellement, personne ne se risqua à répondre à une question qui, un quart d'heure plus tôt, ne se posait même pas. Ni à lui rappeler que le rôle de la PJ consistait à mener des enquêtes *a posteriori*, certainement pas à faire de la prévention des risques technologiques.

Quand la convocation immédiate du grand patron s'était propagée dans les couloirs ultramodernes, la plupart du personnel en était encore à guetter au-dehors l'instant où le courant reviendrait. Tous convaincus qu'il reviendrait, que c'était une histoire de quelques minutes à peine. Mais RTE, l'organisme public chargé du transport de l'énergie électrique en France, n'avait pas tardé à informer la direction du Bastion que les dix-huit postes de transformation électrique disposés en couronne autour de la capitale s'étaient éteints presque simultanément.

— Ça ne peut pas être une panne ? avait demandé le Grand Jeff à son interlocuteur.

Le type au téléphone, un représentant quelconque de la direction, avait coupé net les spéculations du patron de la PJ.

— Non. Les transformateurs ne se sont pas juste arrêtés de fonctionner. On ne parle pas d'une simple surtension sur le réseau. Ils ont explosé ! À l'heure qu'il est, ils sont tous en feu !

— Tous ?

— Tous. Et d'après nos équipes sur le terrain, il semblerait qu'à chaque fois, ce soit le disjoncteur central qui ait été touché.

Jean-François Lespinasse n'y connaissait rien en distribution électrique, mais il avait compris d'instinct que cet élément devait constituer le point névralgique de ces installations. Et aussi qu'un disjoncteur central ne sautait pas si facilement.

— Moralité, reprit-il à l'issue de son point complet, balayant ses équipes d'un regard torve, on n'a pas affaire à un banal incident comme celui de 2018…

Tous ou presque captèrent la référence : l'incendie du transformateur d'Issy-les-Moulineaux. Le feu qui s'était déclaré dans l'une des galeries souterraines où couraient les câbles à haute tension ne relevait, à l'époque, que d'un concours de circonstances purement accidentel. Aucun acte malveillant n'avait été détecté. Pour autant, cela n'avait pas empêché le sinistre, lequel avait duré cinq heures et nécessité l'intervention d'une cinquantaine de pompiers, de priver d'alimentation la gare Montparnasse, immobilisant les trains au départ et à l'arrivée pendant près de huit jours.

Un pépin d'ampleur nationale.

Or, ce qui venait de se produire était sans commune mesure. On ne parlait plus d'un « simple » incident, localisé et plus ou moins facile à circonscrire ; on parlait d'une catastrophe généralisée. Tous l'avaient bien saisi. Mais leur chef crut utile d'enfoncer le clou :

— Je sais pas si vous saisissez bien le tableau : c'est *toute* l'alimentation de Paris et de la petite couronne qui est impactée. Peut-être même de toute l'Île-de-France.

— C'est donc une attaque généralisée ? spécula une voix dans l'assistance.

Tous les yeux se tournèrent vers le dingue qui s'était risqué à mettre son grain de sel dans la diatribe du boss.

Se taire aurait été plus malin. Mais Hugo se fichait pas mal d'essuyer les foudres patronales. De toute façon, vu ses relations avec Lespinasse, ça ne pouvait être pire. Un peu plus paria, ou un peu moins…

— Non, grommela celui-ci. Pour l'instant, on n'en sait rien. Et figurez-vous que c'est justement pour le découvrir qu'on a été saisi.

Mais l'OPJ ne semblait pas décidé à lâcher l'affaire et rebondit aussitôt :

— Ils n'ont pas un protocole d'urgence, chez RTE ? Si mes souvenirs sont bons, en 2018, ils avaient réussi à établir une sorte de dérivation… Ils ne peuvent pas faire quelque chose dans le même genre ?

La réplique du Grand Jeff ne tarda pas :

— Merci pour cette intervention au top de la pertinence, Kezer. Je viens justement de vous expliquer que c'est toute la structure d'alimentation de la capitale qui a été touchée. Donc si vous êtes si malin, dites-nous un peu comment ils pourraient établir une dérivation à partir de *rien* ?!

Quelques sourires narquois fleurirent ici ou là, notamment sur le visage fin d'une femme, style garçonne aux cheveux courts et peroxydés. Son regard d'un bleu électrique croisa celui d'Hugo, aux nuances gris azur. Ni amical ni réellement hostile, juste glacial.

— Alors pour ceux qui n'auraient toujours pas compris, reprit Lespinasse sur un ton excédé, le réseau d'alimentation électrique d'Île-de-France se compose de deux cercles concentriques. Le premier est constitué de onze centres de distribution déployés à une petite quarantaine de kilomètres tout autour de Paris. Le second se situe en proche banlieue et comprend les fameux dix-huit transformateurs qui viennent de nous péter dans les mains. Entre les deux, il y a ce que les techniciens de RTE appellent des « pénétrantes », des câbles qui acheminent le courant à 225 000 volts. Mais sans les dix-huit postes, il n'y a aucun moyen pour que le jus apporté par les pénétrantes soit distribué aux usagers. En clair, aucune réparation n'est envisageable. En tout cas pas dans l'immédiat.

La blonde au look androgyne intervint à son tour :

— Quand vous dites, « pas dans l'immédiat », ça se chiffre en heures, en jours ?

— Ni en heures ni en jours, Gilardini. En l'état de ce qu'est capable de projeter RTE, ça s'évaluerait plutôt en semaines.

Une onde de choc parcourut l'assistance. Pourtant, ils n'étaient pas du genre à s'émouvoir facilement. La plupart d'entre eux avaient vécu le traumatisme des attentats de janvier et novembre 2015. Il en fallait beaucoup pour les secouer… Mais là, tous sentaient qu'un drame inédit venait de s'abattre sur la capitale. Inutile d'être spécialiste en scénarios catastrophes pour se représenter les effets à moyen terme de ce black-out : pénuries, pillages, règlements de comptes, émeutes, exactions diverses… La liste des désastres à venir était longue.

Le Grand Jeff, maître de ses effets rhétoriques, laissa s'écouler les quelques instants nécessaires pour que son annonce infuse dans l'auditoire. Puis il reprit, soudain plus solennel que vindicatif :

— La préfecture nous a signifié qu'une cellule interministérielle de crise venait d'être constituée. Au moment où je vous parle, toutes les instances concernées se sont réunies à l'Élysée, dans le PC

Jupiter, autour du président Delacour et du Premier ministre Arnaud Bressec.

L'heure était donc assez grave pour que la tête de l'État mette en place sa cellule de crise et se terre dans son bunker sécurisé enfoui sous les jardins du palais présidentiel.

— Et, chanceux comme on est, poursuivit-il avec un rictus, la première décision de la CIC nous concerne *nous*.

À nouveau, un bruissement parcourut les officiers. Des ordres parachutés depuis le « Château », ça n'augurait jamais rien de bon.

— Il a été exigé que nous montions notre propre cellule de crise temporaire pour gérer tout ce qui pourrait se rapporter de près comme de loin à ces événements. Et la mission numéro un est : déterminer l'origine de l'explosion sur les dix-huit postes RTE touchés.

Chacun se demandait sur lequel d'entre eux allait s'abattre ce fardeau. La réponse en déconcerta plus d'un, l'intéressé au premier chef :

— Capitaine Kezer, puisque le sujet a l'air de vous passionner, vous allez me prendre cette équipe en charge. À partir de maintenant et jusqu'à nouvel ordre, tous les groupes dispos à la BC passent sous votre commandement. Avec soutien de l'antiterrorisme, de l'antigang et du Raid en cas de besoin.

Hugo masqua tant bien que mal sa surprise, approuvant sa nomination d'un hochement de tête emprunté. Depuis cinq ans, depuis son accident, on ne lui avait plus guère confié que des affaires mineures. Certes, il avait pris la tête du groupe crim' 1. Mais celui-ci était rapidement devenu la poubelle de la brigade criminelle, là où atterrissaient les dossiers sans enjeu. Du type rixes entre migrants qui viraient au carnage. Olivier Barré avait-il intercédé en sa faveur ? Essayait-il de le remettre en selle avec un gros coup ? À moins qu'on ne lui ait refilé la plus pourrie des affaires uniquement dans l'espoir qu'il s'y casse pour de bon les dents…

Il pencha pour la seconde option lorsqu'il vit l'œillade que lui décocha Anne Gilardini. Parce qu'il allait foirer, c'était écrit. En même temps, qui se dépatouillerait d'un tel merdier sans dommages ? Personne. Personne n'avait les épaules assez larges pour porter sur lui un tel chaos.

D'un geste machinal, il joua avec la poignée de pions qui ne quittait jamais le fond de sa poche de jean. Il les avait barbotés sans s'en rendre compte au *Dés calés*, un bar à jeux des Batignolles où Franck le traînait certains soirs. Il en avait même pris un sur le jeu de société que son adjoint, grand amateur, avait créé, sans jamais parvenir à le faire éditer. Un poster à son effigie couvrait encore tout un pan du mur de leur bureau.

Bercé par l'effet lénifiant de son tic, c'est à peine si Hugo vit le Grand Jeff quitter la salle à grandes enjambées, puis ses collègues se disperser.

Après quelques secondes, le temps de reprendre ses esprits, il consulta l'écran de son mobile. Celui-ci lui signala quatre appels manqués de Sophie, sans messages associés. Son ex ne désangoissait pas. Pourtant, il était à peine 20 h 30. Et puisque l'*escape game* du *Room* durait une heure trente, leur fille ne récupérerait pas son portable avant une demi-heure. Objectivement, il n'y avait encore aucune raison de s'inquiéter. Hugo choisit de ne pas rappeler Sophie, de ne pas alimenter sa peur. De toute façon, il se savait incapable de la rassurer. C'était un fait, il n'était plus cet homme sur lequel elle avait pu se reposer un jour.

Il allait réunir ses troupes de la BC dans son bureau quand un numéro de mobile inconnu s'invita sur son écran. Cette fois-ci, il décrocha :

— Kez ?

— Samir ?!

— Putain, Kez, c'est quoi ce *dawa* total ? s'écria son interlocuteur, sans un bonjour.

— Comme tu dis, c'est total. Tout Paris et la banlieue sont touchés. Qu'est-ce que tu voulais ?

— Juste avant que ça coupe, j'ai eu une sortie de zone de confinement.

Le job de Samir consistait pour l'essentiel à surveiller les condamnés en conditionnelle ; grâce à leur bracelet électronique, il pouvait s'assurer que les détenus restaient dans leur « zone de confinement ».

— Qui ça ?

— J'te préviens, capitaine, ça va pas te plaire.

Hugo avait beau exiger de son tonton qu'il le vouvoie, Samir se permettait le plus souvent une familiarité qui frisait l'inconvenance. Mais bon, entre sa fille, son ex-femme, ses collègues, indics ou criminels, il y a belle lurette que Kezer ne se sentait plus en état d'imposer le respect à qui que ce soit.

— Vas-y, crache le morceau, intima-t-il sans y mettre la forme.

— C'est Mallard.

L'OPJ accusa le coup.

— Mallard ? Gregory Mallard, on est bien d'accord ?

— Parce que t'en connais d'autres ?

Gregory Mallard, braqueur de moyenne envergure au service de gros caïds, tenait une place particulière dans le parcours professionnel d'Hugo Kezer. Cinq ans auparavant, ce dernier l'avait appréhendé alors qu'il préparait un braquo pour le compte de Marco Jiménez, le « parrain gitan » de la région parisienne.

Lors du coup de filet, mené dans un vaste campement sauvage à Montreuil, Hugo avait perdu le contrôle de la situation et blessé Mallard d'un tir à la jambe. Des excuses, il aurait pu s'en trouver des dizaines, mais il n'en admettait qu'une : elle s'appelait Thomas. Son fils aîné s'était tué dans un accident de voiture quelques semaines plus tôt. Un choc qui lui coûtait, aujourd'hui encore, ces saloperies de migraines ophtalmiques. Plus cette cicatrice au visage.

Mais une bavure restait une bavure. Et, malgré les années écoulées, l'affaire Mallard collait à ses pensées et à sa réputation mieux qu'un sparadrap à la casquette du capitaine Haddock.

— T'as pu voir où il s'est barré ? demanda-t-il après un silence.

— J'te jure, tu vas pas me croire !

Samir usait de son petit pouvoir pour étirer le suspense. C'était exaspérant, mais Hugo n'aurait rien gagné à le brusquer.

— Dis toujours.

— Il est retourné à Fresnes.

— À Fresnes… *Fresnes ?!*

— Non. J'peux pas te garantir qu'il est allé jusqu'à la prison. Ce que je sais, c'est que quand le signal s'est éteint, il venait de se poser sur la commune de Fresnes.

— Attends, répliqua Kezer du tac au tac, vous n'avez pas un groupe électro de secours au SPIP ?

— Si ! Mais le temps qu'il prenne le relais, j'avais perdu son bracelet.

— Tu veux dire qu'il l'a sectionné pile pendant la coupure ?

Comme si le détenu en conditionnelle l'avait attendu… Comme s'il l'avait même anticipée.

— C'est une hypothèse. En tout cas, maintenant, pour moi, il est aux abonnés absents, ton Mallard.

Il venait de raccrocher lorsqu'il vit une silhouette se détacher dans le cadre de la porte du groupe crim' 1. Quoiqu'en partie gommée par le léger contre-jour, il reconnut sans peine la chevelure peroxydée d'Anne Gilardini :

— Bravo, persifla celle-ci. Jolie prise avec ce dossier.

L'insincérité des félicitations était manifeste.

— Merci, répondit-il simplement.

— Si tu as besoin de mon groupe en support, tu sais où me trouver, ajouta-t-elle, presque affable.

L'offre puait l'hypocrisie. Elle s'en cachait à peine. Il se contenta d'ailleurs d'un hochement de tête sec en guise d'approbation. Puis, comme elle ne faisait pas mine de partir, persistant à le fixer, muette, à l'affût d'on ne sait quoi, il lança :

— Tu voulais autre chose ?

— Non. Juste te souhaiter bon courage. Je connais. Dans ce genre d'affaire, on peut difficilement éviter la casse.

Voilà donc où cette vipère voulait en venir. Mais avant même qu'il ne réplique, elle s'était échappée dans le couloir, lançant par-dessus son épaule :

— Enfin, tant que tu nous en plombes pas un autre… Tout va bien !

4

21 h 04
Issy-les-Moulineaux
Transformateur RTE d'Harcourt

Il n'avait pas été facile de mobiliser dix-sept autres binômes habilités à mener une enquête criminelle. Pour y parvenir, nombre d'officiers et d'agents au repos s'étaient vu arracher à la quiétude de leur foyer et envoyer sur les différents sites.

Hugo s'était réservé celui d'Harcourt. Il n'avait pas besoin de connaître le coin pour savoir qu'il s'approchait du lieu du sinistre. On n'était pas à Tchernobyl ou devant l'usine AZF, pas même à Lubrizol. Mais dans le genre, ça valait son pesant de désastre. Et désormais, il en était sûr : l'affaire que venait de lui refiler le Grand Jeff avait décidément tout d'une grenade à merde.

Une immense colonne de flammes et de fumée envahissait le paysage urbain alentour. Tout disparaissait dans cette gangue ondoyante : sièges sociaux de verre et d'acier, immeubles de brique d'avant-guerre, jusqu'au ruban sinueux du périphérique voisin, seule autre langue de lumière dans la nuit.

Au volant de la Peugeot bleue banalisée, Franck relâcha instinctivement l'accélérateur. Kezer, Barré et lui n'avaient jamais vu un truc pareil. Le GPS intégré au tableau de bord, lui, ne perdait pas le fil. Il enjoignait au conducteur d'emprunter la petite rue Bara, sur la gauche, mais celle-ci était obstruée par une armée de véhicules de secours où une nuée de gyrophares remplaçait l'éclairage public.

— Pose-toi où tu peux, lança Hugo à son subordonné. Je vais essayer de trouver qui gère ce bordel.

Sans qu'ils aient à se concerter, Kezer et Barré sautèrent hors de la voiture au même moment. Dès la première seconde, l'air saturé d'oxydes divers agressa leurs poumons. Ils toussèrent à tout rompre. Au picotement initial de la gorge s'était aussitôt ajoutée une douleur déchirante qui cisaillait leur poitrine. Le grondement du feu, peu perceptible depuis l'habitacle de la Peugeot, devenait assourdissant à l'extérieur. Et plus ils progressaient vers le cœur de la catastrophe, plus ils semblaient avancer vers le rugissement continu d'un monstre. La gueule grande ouverte, il était prêt à tout dévorer.

Certes, il y avait bien sur place une poignée de collègues en uniforme, probablement des hommes dépêchés par les commissariats les plus proches, Issy-les-Moulineaux ou Javel. Mais l'ordre n'était assuré en réalité que par un cordon de pompiers submergés par les badauds. Les deux officiers se faufilèrent jusqu'au premier engin barrant la chaussée, un simple véhicule de secours, quand un soldat du feu équipé de pied en cap, dûment masqué d'un système respiratoire, se rua sur eux.

— Vous ne pouvez pas aller plus loin ! Cette zone est interdite aux civils !

Hugo indiqua le brassard de police orange qu'il enfila sur son bras gauche, mais cela ne parut pas convaincre le pompier qui persistait à opposer sa large carrure à leur passage. Alors il se résolut à dégainer sa carte bleu-blanc-rouge, démonstration de force un peu ridicule à son goût et à laquelle il ne se sacrifiait qu'à reculons.

— Capitaine Kezer, brigade criminelle, groupe crim' 1, gueula-t-il à travers le boucan ambiant, pour appuyer son geste. J'ai été chargé de l'enquête par le directeur de la PJ en personne. Et ce monsieur que vous voyez là est le commandant Barré, chef de la BC, dit-il en se tournant vers son collègue à demi asphyxié, les yeux rougis.

— OK, OK, maugréa son interlocuteur à travers son masque. Au temps pour moi, capitaine. Mais comme vous voyez, on a tout un tas de parasites sur le dos. Du genre youtubeurs prêts à s'intoxiquer pour trente secondes de gloire sur les réseaux sociaux… Bref, venez avec moi. Mais pour votre sécurité, je ne vous laisserai pas sur zone sans équipement.

Avec autorité, il les conduisit jusqu'au véhicule de premiers secours qu'ils cherchaient à atteindre un peu plus tôt. Là, il affecta à chacun d'eux un simple masque-araignée à cartouche filtrante.

— Désolé, c'est tout ce qu'il nous reste. Tous les ARICO[1] dispos sont sur les gars déployés au contact.

---

1. Appareil respiratoire isolant à circuit ouvert.

Par contre, je vous préviens, si vous parlez un peu comme Dark Vador, c'est normal. L'incendie diffuse du gaz SF6 censé prévenir les feux sur les installations à haute tension.

Apparemment, ce système de prévention connaissait des ratés.

— C'est toxique ? s'inquiéta Olivier Barré, d'une voix en effet plus rauque qu'à l'ordinaire.

— Non, c'est un gaz lourd, peu volatil. Avec votre protection, ça devrait assez vite se dissiper.

— Ça ira très bien, coupa court Hugo, pressé d'en venir aux choses sérieuses. Maintenant, j'aimerais voir votre officier en charge.

L'homme joua de nouveau les guides à travers l'amoncellement d'engins d'intervention. En approchant du brasier, leur vision se brouilla à cause de la fumée. Une onde de chaleur impressionnante parvint jusqu'à eux. À intervalles réguliers, des pompiers blessés ressortaient du périmètre à haut risque, qui épaulé par un camarade, qui chargé sur un brancard. L'officier-chef de colonne, un type aussi sec que gigantesque arborant des galons de lieutenant, distribuait ses ordres avec un étonnant sang-froid. Les présentations se firent rapidement et sans salamalecs.

— Pas trop de pertes ? questionna Hugo avec une sollicitude non feinte.

— Non, jusque-là que des bobos.

Sérieux bobos, quand même, songea Kezer en avisant un soldat du feu étendu sans connaissance à l'arrière d'un fourgon de réanimation. Un frémissement irrépressible le parcourut. Malgré ses années d'expérience, la vue des corps inanimés ne le laissait jamais indifférent.

En un sens, ça le rassurait : toute humanité ne l'avait pas encore quitté…

— Le combat n'est pas simple, reprit le lieutenant. Impossible, évidemment, d'utiliser de l'eau sur une installation électrique, même à l'arrêt. Et l'accès des lances à mousse est entravé par les murs pare-feu entre les différents composants : l'autotransformateur de puissance, le disjoncteur principal, les transformateurs secondaires, etc.

Hugo tenta de se représenter l'installation dans son ensemble, d'après ce qu'il en devinait à travers le nuage grisâtre. Mais depuis la chaussée, il était difficile de voir ce que dissimulait le haut mur d'enceinte. Alors, sans en demander l'autorisation, il grimpa au sommet de la petite échelle latérale arrimée au flanc d'un gros fourgon pompe-tonne.

La vue sur le site RTE n'y était guère plus dégagée, mais plus plongeante, offrant une meilleure perspective. Il distingua alors ce qui ressemblait à des espaces compartimentés, chacun abritant un énorme appareillage électrique, plus ou moins hérissé de bobines noires selon les cas.

— Je ne comprends pas, cria-t-il à l'attention de l'officier resté en contrebas. Vos gars combattent le feu à différents endroits dans le périmètre sinistré ?

— C'est le cas, et c'est bien le problème.

Hugo dévala les échelons et revint se positionner à côté de son interlocuteur. Était-ce la fumée, le spectacle de ces corps inertes ou cette chaleur ? Une terrible migraine enflait à présent sous son front. Une déferlante telle qu'il ne pouvait l'ignorer.

— Attendez… Vous êtes en train de me dire qu'il y a des murs pare-feu qui séparent les zones et que, malgré ça, l'incendie s'est propagé ?

— Je n'ai jamais dit qu'il s'était propagé, répondit le lieutenant.

— Les murs pare-feu, c'est pas infaillible non plus, lança Olivier Barré, pourtant plus homme de dossiers que de terrain.

— Si, si, ceux-là font très bien leur job, ce n'est pas ça le souci. Suivez-moi, leur intima le grand échalas casqué.

À l'arrière d'un camion, posés à même le sol en métal bosselé, gisaient deux objets en plastique noir, en grande partie calcinés et déformés par la chaleur.

— C'est quoi ? l'interrogea Barré.

— Des drones ! lâcha Hugo, sous le choc.

— Ça m'en a tout l'air, confirma le lieutenant.

— Et j'imagine que vous les avez ramassés dans des blocs distincts ?

— Vous imaginez bien, capitaine.

L'hypothèse flottait déjà dans l'air, pour l'instant à peine plus consistante que ces flammèches portées par le souffle brûlant, et néanmoins si tentante : les transformateurs RTE avaient fait l'objet d'une attaque de drones. Exit la piste de l'accident.

— Et c'est pas tout, embraya le pompier. On a relevé un autre détail qui pourrait vous intéresser. Vous voyez les lampadaires là-bas ?

L'homme désignait ceux qui éclairaient en temps normal la rue Henri-Farman, sur le versant nord-est du site. Tous éteints, bien sûr, faute de courant.

— Oui…

— Eh bien, je ne sais pas si les habitants du quartier sont fans de chasse, mais ces éclairages ont tous été neutralisés. Mes hommes ont découvert des éclats de verre au pied de chacun d'eux.

— Ils n'ont pas pu exploser sous l'effet de la chaleur, ou à cause de la chute de tension au moment de la coupure ?

— Tout est toujours possible, mais c'est peu probable. Les modèles plantés à proximité de ce type d'installation sont résistants à toute épreuve. Et puis, de toute façon… (L'officier plongea une main gantée dans la poche de sa veste tricouche, dont il sortit quatre douilles usagées, vidées de leurs balles.) Ces trucs ne sont pas tombés là par l'opération du Saint-Esprit.

— Vous avez trouvé ça…

— Au milieu du verre. Affirmatif, l'interrompit son interlocuteur, en mode militaire.

En prenant garde de ne pas y toucher, Hugo observa attentivement l'un des tubes métalliques. Il n'était pas spécialiste, mais il pensa reconnaître un calibre courant, type 9 mm. La balistique confirmerait ou non, et en tirerait probablement une foule d'autres indications précieuses. Il songea juste que l'auteur des dégradations était soit très pressé, soit très négligent, dans tous les cas pas très pro, pour semer autant de preuves sans s'en préoccuper.

— Il y a bien un PC sécurité, là-dedans, non ? reprit Hugo de sa voix toujours caverneuse.

— Si vous pensez aux enregistrements des caméras de surveillance, désolé de vous décevoir, mais le poste en question a presque totalement cramé. En tout cas, en l'état, on ne peut rien en tirer…

Abandonnant leur hôte à sa mission éreintante, non sans avoir échangé leurs numéros, les deux flics se partagèrent les coups de fil à passer en urgence. Hugo se chargea de requérir la venue immédiate d'une équipe de l'Identité judiciaire, précisant que la recherche de traces d'explosifs constituait une priorité. De son côté, Olivier Barré ordonna le déploiement d'un dispositif policier sur le site d'Harcourt. Autant pour repousser les curieux que pour repérer tout suspect éventuel.

Trois minutes à peine après avoir raccroché avec l'officier de police scientifique, ce dernier rappelait déjà Kezer :

— Concernant les explosifs, j'ai reçu exactement la même demande de la part de vos collègues qui gèrent les autres transfos. Vu qu'on centralise les retours de tout le monde, je me suis dit que ça pourrait vous être utile de le savoir.

— Merci. Est-ce que l'un d'entre eux a mentionné des débris de drones que les pompiers auraient retrouvés sur place ?

— Non, pas *un*. Presque tous.

La réponse pétrifia Hugo. Avec un peu de chance, les technos de l'IJ glaneraient aussi des douilles sur les autres sites. Tout ça puait décidément le plan organisé. Mettant fin à la conversation, il leva la tête et jeta un coup d'œil circulaire à la rue. Il avisa plusieurs riverains à leur balcon, comme au spectacle, pour la plupart équipés d'un masque chirurgical ou l'équivalent en tissu. Sans doute un souvenir de la crise du coronavirus de 2020.

Privés de courant, la plupart des digicodes et des gâches électriques laissaient un accès libre aux immeubles. Il s'engouffra dans le plus proche du sinistre, puis grimpa jusqu'au quatrième étage, là où il avait repéré l'un des curieux postés aux premières loges. Une mamie en robe de chambre vert d'eau lui ouvrit, confite au mitan du XXe siècle, la lippe méfiante et l'œil rond d'une chouette. Carte. Brassard. Sourire sésame. Il sortit toute l'artillerie avant que la vieille l'invite enfin à entrer. Clairement à contrecœur. En revanche, face à ses questions, elle se montra on ne peut plus coopérative.

— Ah ben, je veux que je l'ai vu ! Vous pensez, un type qui canarde en pleine rue ! J'ai même appelé vos collègues au 17.

— Et ils sont venus ?

— Oui, oui. Ils ont fait un petit tour. Et ils ont dit qu'ils rendraient un rapport.

Comment la patrouille envoyée sur place avait-elle pu passer à côté des douilles ? Et comment leur PV avait-il pu rester coincé dans les tuyaux de leur commico ? L'inexpérience désinvolte de certains « bleus » le sidérerait toujours. Il en connaissait pourtant les raisons : pas assez formés, pas assez encadrés, pas assez payés.

— Le tireur, il ressemblait à quoi ?

— Un balaise, un peu dans votre genre. Peut-être un poil plus épais quand même.

— Habillé comment ?

— Ça, je m'en souviens bien. Ça m'a marquée qu'on se balade comme ça au milieu de la nuit.

— « Comme ça » ?

— Tout en noir. Veste noire. Casquette noire. Lunettes noires.

— C'était quand ?

— J'vous ai dit, chevrota-t-elle, hier soir !

— Quelle heure ?

— 22 h 30, dans ces eaux-là. Mon feuilleton venait de finir.

— Et ce soir, vous avez repéré quelque chose d'anormal ? N'importe quoi ? tenta-t-il.

La vieille passait sans doute le plus clair de son temps à son poste d'observation.

— Non. Ce soir, rien du tout, sembla-t-elle regretter.

— Un homme avec une sorte de télécommande entre les mains, ça ne vous dit rien ?

— Une télécommande, vous dites ? Comme pour la télé ?

— Non, plutôt du genre avec des gros boutons et une antenne.

— Ah non, non, j'vois pas. De toute façon, avant que ça flambe, y avait personne dans le coin.

— Très bien, madame. Merci beaucoup pour votre aide.

De retour dans la rue Bara, Hugo repéra le Hobbit qui le cherchait. Il était masqué et, derrière son hublot, son visage semblait plus rond encore que d'ordinaire. En quelques pas, il fut sur lui. Il l'entendit grommeler un mot à son attention, quelque chose comme « Rennes ». Sa radio-police en main, Franck agitait le combiné où crépitaient les annonces, boucle anxiogène incessante. Soulevant son masque, il répéta :

— Ça chie total à Fresnes !

— Qu'est-ce qu'il se passe ?

— Ils sont en pleine mutinerie.

— Merde. Ils ont demandé des renforts ?

— Évidemment. Mais t'as vu le bordel ? Tu veux qu'on les sorte d'où, leurs renforts ?

Les mots de Samir à propos de Gregory Mallard résonnèrent à nouveau dans le crâne endolori d'Hugo, telle une petite musique : « Il est retourné à Fresnes. » Mallard. Fresnes. Mutinerie… Trop d'éléments convergeaient et s'assemblaient pour ne pas percevoir le motif cohérent qui se dessinait dans cette mosaïque.

5

21 h 33
Paris – Sur les Maréchaux au sud de la capitale

— Fonce ! avait intimé Hugo dès que Franck avait repris le volant de la 208.

Un retour express au Bastion s'imposait. Gyrophare et deux-tons en action. Vu les éléments déjà réunis, Kezer devait faire le point avec les équipes dépêchées sur les autres transfos et transmettre un premier rapport à sa hiérarchie. Foncer, slalomer, jouer avec l'asphalte de la ville comme s'il s'agissait d'un circuit de kart. Le Hobbit savait faire : pour leur remontée vers le nord-est de la capitale, ce dernier avait volontairement boudé le périph, chroniquement engorgé, privilégiant la boucle intérieure des Maréchaux.

Franck contourna une rame de tram pétrifiée, puis plaça la Peugeot sur le couloir gazonné où celle-ci circulait d'ordinaire. La voie supplémentaire, presque entièrement dégagée, s'offrait à leur bolide.

— Euh, t'es sûr de ton coup, là ? s'inquiéta Hugo.

— Tu m'as dit de foncer, oui ou non ?

Cramponné à la poignée de la portière passager, Kezer acquiesça d'un hochement silencieux. Foncer, oui ; tutoyer le décor, non. Mais malgré les cahots infligés par le sol inégal, le conducteur maîtrisait clairement son sujet. Lancé à toute allure, il dépassait à présent la longue file des voitures immobilisées par le désordre ambiant. Seul danger : Franck devait éviter les quelques automobilistes excédés qui tentaient d'emprunter la même issue que lui. Soudain, la radio-police fixée au tableau de bord retentit :

— Pour Hugo, de groupe crim' 2… Pour Hugo, de groupe crim' 2.

— Yann ?

Kezer reconnut la voix nasillarde de Yann Szumlanski, le chef du groupe crim' 2 de la BC. D'ordinaire, ils étaient égaux dans la hiérarchie, mais le Grand Jeff venait de placer provisoirement Yann sous les ordres d'Hugo.

— Franck m'a dit que tu t'intéressais au merdier à Fresnes ?

— Possible, ouais, admit-il à contrecœur.

Mais vu les circonstances, la guéguerre entre groupes rivaux n'était plus vraiment de mise.

— Pourquoi, t'as du neuf ?

— Il semblerait qu'il y ait déjà plusieurs évasions.

— On sait qui ?

— Non. La situation a l'air encore très floue, là-bas.

— OK. Merci quand même pour le tuyau.

— À ton service, « patron ».

Déjà plongé dans ses pensées, Hugo ne releva pas l'ironie de son interlocuteur. L'air de rien, l'équation se précisait : Mallard + Fresnes + Mutinerie = Évasion ?

— Yann ? Yann, t'es toujours là ?

— Yep !

Kezer ne voulait pas abuser de la bonne volonté relative de son homologue. Mais, en l'état, il constituait encore la meilleure ressource disponible en dehors de son propre groupe. Ça vaudrait toujours mieux que cette punaise de Gilardini.

— Tu connais Samir, au SPIP 93 ?

— Vaguement…

— Tu peux l'appeler de ma part ?

— Pas de problème. Tu lui veux quoi, à ton tonton ?

— Demande-lui de te filer le numéro de portable déclaré par Mallard, Gregory Mallard.

— Et après ? Je le mets sur écoute ?

— Pas la peine. Je doute qu'il l'utilise en ce moment. Par contre, je veux bien que tu le bornes sur les dernières vingt-quatre heures.

— C'est parti !

Le temps qu'avait duré cet échange, Franck était resté concentré sur sa conduite. À chaque croisement ou presque, il rencontrait le même bordel : la brusque extinction des feux tricolores régulant le trafic aux quelque mille cinq cents carrefours de Paris n'avait pas tardé à provoquer d'innombrables carambolages. Ici un scooter Yamaha XMax 125 renversé par la fourgonnette Peugeot Partner blanche d'un plombier. Là, deux Renault Zoé électriques emboîtées. Un cycliste inanimé. Plusieurs piétons blessés. Porte d'Auteuil, à l'extrémité du boulevard Exelmans, un paquet de véhicules encastrés évoquait ce moment, sur les pistes d'autos-tamponneuses, où toutes les voiturettes se neutralisent, interdisant le moindre mouvement.

Décidément, la bêtise humaine les sidérerait toujours. En l'absence de signalisation, la plupart des automobilistes avaient redoublé de prudence, roulant au pas. Mais il restait une frange d'irréductibles, ceux qui se sentaient au-dessus de tout, ceux qui profitaient du chaos pour rouler à tombeau ouvert. Et cette minorité suffisait à créer une pagaille monstre.

Dans l'immédiat, s'ils n'étaient pas en mesure d'aider ces premières victimes du black-out, au moins pouvaient-ils éviter d'allonger la liste. Hugo ordonna à son coéquipier de ralentir un peu.

Face à eux, un tramway immobile occupait les rails. Comme à chacune de ces rencontres, Franck s'apprêtait à regagner un instant le flot ordinaire de la circulation. Mais à peine songea-t-il à amorcer son changement de voie qu'un gros 4 × 4 BMW surgit sur leur gauche. À une vitesse folle. Droit sur eux. La puissance développée par le véhicule dépassant de loin les capacités de la modeste 208 de fonction, Franck prit le parti d'écraser d'un coup la pédale du frein, les deux mains crispées sur le volant. Difficile de savoir ce qui se passait dans la tête du conducteur du 4 × 4. Il sembla se réveiller subitement. Sauf qu'il dut mal lire la scène, car pour éviter la Peugeot, il braqua d'instinct sur la gauche, percutant de plein fouet le tram, à quelques mètres seulement de la 208. Le choc enfonça tout l'avant de la BMW.

Sans même réfléchir, Franck passa la marche arrière et s'éloigna aussi loin et vite que possible de l'accident.

— Arrête-toi ! hurla Hugo. Putain, Franck, arrête-toi !

Dès que la citadine s'immobilisa, il jaillit hors de la voiture et courut jusqu'au point d'impact. Par chance, tous les passagers du Tram avaient depuis longtemps déserté la rame inerte, vaisseau sans vie abandonné dans la nuit parisienne. En revanche, une fumée suspecte, âcre et noire, s'échappait de sous le capot éventré du 4 × 4. Il s'approcha un peu plus. Son cœur cognait dans sa poitrine. À l'intérieur du véhicule immobilisé, l'airbag latéral semblait être parti en vacances, car le visage du chauffard, un homme dans la petite vingtaine, avait frappé le carreau de plein fouet. Il ne bougeait plus. Sa tête flageolant sur son cou. De minces ruisseaux de sang coulaient depuis le sommet du crâne. Les yeux de l'accidenté étaient clos.

Juste une seconde, Hugo ferma aussi les siens. Ses tempes battaient à tout rompre. Cette fois-ci, la migraine le gagnait bel et bien, elle colonisait toute sa conscience. Il papillota encore un peu, puis un voile semi-opaque tomba sur son regard. Prenant appui sur la portière béante, il sentit ses jambes se dérober.

La réalité se dédoublait. Les scènes se superposaient à travers une brume tumultueuse. Il était maintenant. Il était il y a cinq ans. Aussi tétanisé aujourd'hui qu'il l'avait été alors. Il était un flic en mission et il était le père du conducteur accidenté. Tout se mêlait en faisant fi de l'espace et du temps. Les deux circonstances étaient-elles si semblables ? Peu importait, au fond. Car la même douleur, la même impuissance s'empara subitement de lui. Cette culpabilité qui ne portait qu'un seul nom : Thomas.

Comme pour l'arracher à ce cauchemar, Franck le tira en arrière par les épaules. Il ne l'avait pas vu arriver. Pas plus que le feu qui commençait à prendre dans le moteur. De petites flammes bleutées s'élevaient, qui ne tarderaient pas à embraser l'habitacle. Tout en hurlant aux automobilistes à proximité de quitter leur véhicule et de s'éloigner, le Hobbit traîna Hugo sur plusieurs mètres, en direction de la Peugeot. À bonne distance du danger, pensait-il. Mais quand l'explosion survint, soulevant le 4 × 4 massif tel un jouet, pulvérisant les vitres du tram comme celles des voitures à proximité, le souffle les projeta tous deux sur le tapis végétal. Le brasier, désormais gigantesque, brouillait la vision qu'ils avaient de l'homme au volant. Qui était ce garçon dont le feu mangeait peu à peu les traits ? Bientôt, ne resterait de lui que le souvenir d'un crash absurde, un soir de panne électrique…

— Appelle des renforts ! hurla soudain Kezer à l'intention de son subordonné.

— Putain, Hugo…

— Appelle des renforts, merde ! cria-t-il une nouvelle fois.

Franck se sentait à bout de logique et d'arguments. Déchiré entre l'hébétude et la rage, son chef perdait pied. Croyait-il sincèrement qu'ils pourraient encore sauver ce pauvre type ?

Hugo s'était redressé, mais il titubait. Hagard. Ivre d'une douleur qui ne lui appartenait pas. Le Hobbit obtempéra, plus pour porter assistance aux éventuels autres blessés alentour que pour secourir l'inconnu de la BM.

Pour lui, la messe était dite.

Franck lança son message radio et, quelques secondes plus tard, la voix de Yann Szumlanski résonna à son tour.

— Pour Hugo, de groupe crim' 2.

— Yann, c'est Franck.

— Tu prends les appels du patron, toi, maintenant ?

— Je t'expliquerai…

Kezer s'était adossé à la 208. Yeux clos. Bouche ouverte. Cherchant un souffle qui de toute évidence lui manquait. Ses deux paumes plaquées sur son visage.

— Mallard, ça donne quoi ?

— Apparemment, votre client n'avait pas bougé de chez lui depuis plusieurs jours.

— « N'avait » ?

— Ouais, jusque vers 19 h 15 ce soir, il bornait bien sagement au relais Bouygues à côté de chez lui, le 1222581.

— C'est où ?

— 99, rue de Saussure, dans le 17e. Ton Mallard crèche au 55 depuis sa conditionnelle.

— Et après ? Parce que je suppose qu'il y a un après, n'est-ce pas ?

— On ne peut rien te cacher. Vers 19 h 20, il active le relais 1017590 à Pont-Cardinet.

— C'est à deux pas de Saussure, ça !

À ce stade, on ne pouvait pas vraiment parler de cavale, à peine d'une sortie de zone de confinement.

— Attends, c'est pas fini. Je pense qu'il a récupéré un véhicule à ce moment-là, parce que ensuite tous les bornages s'enchaînent super vite.

— Quelle direction ?

— Le périph. Vers le sud.

— Jusqu'à Fresnes ?

— Nan, on le perd dès la porte Maillot. Il a dû percuter qu'il faisait une connerie et balancer son portable.

Franck traita l'information et la ressassa durant quelques secondes, avant de prendre cette initiative :

— Ton groupe est booké, là ?

— Comme tout le monde. On épluche les éléments des équipes transfos.

— Vous nous feriez pas une petite perquise au domicile de Mallard, tes gars et toi ?

6

Au même moment
Fresnes – Centre pénitentiaire

Marco Jiménez lissait d'une main la queue-de-cheval qui reposait sur son épaule. Son visage tavelé affichait un masque impassible, tout juste fendu d'un léger sourire. Ce faciès de vieil indien lui valait tout un tas de surnoms, mais lui n'en tolérait qu'un : Jim. Dans la pénombre de la cellule qu'il partageait avec un seul autre délinquant, privilège des gros bonnets dans un établissement aussi surpeuplé, il se tenait tel un bouddha, en tailleur sur sa couchette, indifférent aux turbulences du monde. L'attitude de « celui qui sait ».

Depuis la coupure, contrairement à la plupart des autres occupants du centre pénitentiaire, il n'avait pas bougé. Partout autour, on s'agitait en tous sens. Aux aboiements ordinaires des détenus s'ajoutaient à présent les coups sourds sur les murs, la cacophonie des gamelles cognées aux barreaux, des ordres hurlés par les matons, ainsi que l'écho des cavalcades dans les coursives obscurcies. Hormis quelques veilleuses sur batterie, plus une lumière n'éclairait les trois immenses corps de bâtiment du complexe carcéral.

« C'est maintenant. Tiens-toi prêt. M. » Le signal lui était parvenu quelques minutes plus tôt via Telegram, la messagerie cryptée préinstallée sur le mobile qu'un gardien « téléphoneur » lui avait fait passer. Jiménez s'était contenté d'approuver d'un hochement de tête, avant d'effacer les quelques mots de son correspondant. Dans la foulée, il avait sorti la carte prépayée du portable, jeté celle-ci dans leur chiotte mouchetée de merde, puis tiré la chasse.

— C'est bon, souffla-t-il laconiquement à son compagnon de cellule, Claudio Zignelli, un type revêche et court sur pattes qu'il n'avait eu d'autre choix que d'inviter dans la combine.

Aussitôt, celui-ci extirpa de sous son matelas des équipements de contrebande. Puis, comme un gosse pressé d'essayer son nouveau jouet, il plaça l'un d'eux sur son visage émacié, se transformant en un trange cyclope technologique. *C'est fou tout ce qu'on réussit à obtenir en graissant les bonnes pattes*, songea Jiménez.

Celui que les médias désignaient comme le « parrain des gitans » avait pris vingt ans, en avait purgé près de cinq, qu'il coulait jusque-là dans une relative discrétion. Mais, par chance, il y avait toujours un moment, dans la vie d'un détenu de son calibre, où une occasion d'abréger son séjour à l'ombre se présentait. Que celle-ci fût de nature judiciaire, ou plus occulte. Ce temps était venu. C'était aujourd'hui. C'était maintenant. Et à l'ivresse de la liberté s'ajouterait sous peu celle de la revanche. Dieu que cette nuit qui s'ouvrait allait être belle ! Riche à tous points de vue. Inoubliable.

Le premier acte débutait tout juste. Depuis la grande rénovation de 2018, Fresnes s'inscrivait dans le nouveau modèle des prisons high-tech. Or, comme au centre de Poitiers-Vivonne, plus rien ou presque ne pouvait désormais y fonctionner sans électricité : système de surveillance, fermeture des sas, verrouillage des grilles extérieures, etc. Ainsi, une coupure générale du courant offrait une occasion unique de se faire la malle.

— La vache, ça commence à chauffer, lança Zignelli, affublé de son œil électronique.

Déjà, par l'unique fenêtre à barreaux, on percevait la lueur des premiers feux de poubelles. Des cris signalaient aussi que des affrontements entre prisonniers et surveillants s'étaient engagés.

— On y va ?

Jiménez lui jeta un regard noir en guise de réponse. Quelles que fussent les circonstances, c'était le genre de mec à qui on obéissait.

— Putain, Jim, osa-t-il insister. On va quand même pas rester comme des cons à attendre que le courant revienne ou que les renforts déboulent !

— Tu t'assieds et tu fermes ta gueule. Personne va débouler.

« Ben si, forcément ! » s'abstint de glapir son camarade, au comble de la fébrilité. Mais Jiménez savait. Aucun autre uniforme n'était venu ni ne viendrait prêter main-forte avant un moment, pour la bonne raison que tous étaient occupés ailleurs. Ou plus exactement partout. Quant à l'alimentation de secours, elle ne s'enclencherait pas, parce que son équipe au-dehors avait veillé, voilà plusieurs semaines déjà, à la rendre inopérante.

Fuir ? Se précipiter ? Hors de question, puisqu'il n'y avait plus qu'à patienter sagement, figé dans sa posture de bonze, jusqu'à ce qu'on les guide vers la liberté. On pouvait bien s'entre-tuer dans les couloirs, ce désordre ne concernait pas Jiménez. Pas plus qu'il ne se sentait solidaire des imprudents qui s'étaient rués vers la sortie dès le début de la panne. À leur insu, en dispersant les matons, ceux-là jouaient le rôle de vulgaires lièvres.

Sa stratégie à lui ne souffrait aucune improvisation. D'où ce calme affiché. Son plan était parfait. Il avait monté le plus gros coup jamais réalisé dans le pays. Peut-être même dans le monde.

Après ça, il se rangerait, cette fois pour de bon.

Quelques minutes plus tard, la porte de sa cellule s'ouvrit dans un bruit métallique qui tinta comme le passage à l'acte deux.

— Désolé, Jim, lâcha son visiteur. Ça a été un peu plus long que prévu.

Celui qui s'excusait ainsi, c'était Gilou Offmann, un type si fin que cela en devenait un atout. Jiménez fit signe à son lieutenant qu'il était pardonné, et fixa à son tour le monoculaire de visée nocturne sur son œil droit. Il était temps pour les trois hommes de quitter les lieux. Comme convenu, le rôle ingrat d'éclaireur revint à Gilou. C'était *sa* mission de les extraire de là sains et saufs.

L'image grisâtre dispensée par l'appareillage maquillait à peine la réalité cauchemardesque du lieu. Déjà, des cadavres gisaient dans les escaliers et sur les coursives. La plupart des victimes n'avaient pas été tuées proprement, à l'arme blanche ou d'un coup de feu, mais le crâne défoncé à coups d'extincteur ou le corps basculé par-dessus les rambardes. Les flaques de sang se mêlaient aux matières organiques. À première vue, dans ce magma humain, surveillants et détenus étaient représentés à parts plus ou moins égales, signe que les matons encore en vie se trouveraient bientôt submergés.

La bonne nouvelle, c'est que le gros des combats semblait se poursuivre hors de la maison d'arrêt des hommes, car leur progression jusqu'au couloir central se déroula sans difficulté. La plupart des ombres qu'ils croisaient se mouvaient à tâtons, spectres rasant les murs, brandissant des armes de fortune au hasard de la nuit. Grâce à leur lunette, éviter ces silhouettes se révéla un jeu d'enfants.

En revanche, les choses se corsèrent une fois parvenus dans ledit couloir, cet axe qui traversait le centre de part en part. Car c'est là que convergeaient les mutins candidats à l'évasion. En tout cas, ceux qui s'étaient montrés assez malins pour arriver jusqu'ici. Afin de couvrir leur fuite, ces derniers avaient traîné à l'intérieur des poubelles incendiées. Les feux étaient éteints, mais une fumée âcre persistait dans le boyau. Ils toussaient. Ils crachaient.

À l'extrémité du corridor, au niveau du sas électrifié désormais inactif, quelques uniformes se dressaient. Alors que leurs collègues se démenaient pour réinstaurer un semblant d'ordre, quatre surveillants dépourvus de visée nocturne braquaient leur flingue au jugé. À leurs mouvements de bras panoramiques, on pouvait deviner leur fébrilité. Ils constituaient l'ultime rempart. Pourtant, lorsqu'un prisonnier s'approcha, l'un d'entre eux fit feu avec une étonnante justesse, blessant le fuyard.

Gilou fit signe à ses deux acolytes de marcher sur la pointe des pieds. Ne plus faire aucun bruit. Ne pas se trahir. Quelques mètres seulement les séparaient des matons et de la gueule de leur semi-automatique. Donnant l'exemple, l'éclaireur s'accroupit. Et c'est à quatre pattes qu'ils se glissèrent tous trois entre les jambes des cerbères aveuglés. La suite fut d'une déconcertante facilité : franchir les grilles de détention grandes ouvertes, passer les postes de contrôle déverrouillés et désertés, traverser la cour d'honneur, et enfin se faufiler par la porte principale sur rue, débloquée par les précédents évadés.

Tout était conforme à ce rêve que Marco Jiménez caressait depuis des mois. L'allée des Thuyas plongée dans une nuit parfaite. Toutes les caméras désactivées par la panne. Et, le long du trottoir opposé, le fourgon sagement garé, moteur et phares éteints. Aussi noir que l'obscurité qui l'enveloppait.

Mais déjà, au loin, des sirènes laissaient présager l'intervention imminente du soutien policier qui avait tant tardé. Jim ne prit pas le temps de goûter sa victoire. Il trotta plutôt jusqu'à l'avant du véhicule et grimpa côté passager. Les deux autres montèrent par la porte latérale, qu'ils coulissèrent immédiatement derrière eux.

— Greg, lança Jiménez au chauffeur.

Ce dernier, du type armoire taciturne, ne réagit que par un bref hochement de tête. Pointant du doigt les chevilles de l'homme, Jiménez demanda :

— Ton bracelet ?

— Je l'ai retiré.

— Je me doute. Ma question, c'est quand ? Quand par rapport à ton arrivée ici et à la coupure ?

Car personne ne devait pouvoir établir de lien entre eux. Les ordres cryptés qui lui avaient été envoyés très en amont se voulaient on ne peut plus clairs à ce sujet.

— T'inquiète. Bien avant.

Mais Jiménez ne comptait pas le lâcher aussi vite. Son regard tentait de percer la pénombre pour fouiller celui de son interlocuteur. À l'affût de la moindre hésitation. Du moindre clignement suspect.

— Réfléchis bien, Greg, insista le chef de bande. C'est très important. Tu l'as viré quand tu es sorti de chez toi, ou quand tu étais déjà en route ?

— Juste avant de partir, affirma le chauffeur avec une assurance recouvrée.

Le parrain gitan s'apprêtait à creuser un peu plus encore, quand un mouvement à l'arrière de l'utilitaire le stoppa. Un grognement rauque parvint jusqu'à la cabine. D'un coup d'œil par-dessus son épaule, Jim put constater avec satisfaction que Gilou venait d'appliquer sa consigne. Il avait tranché la gorge de Zignelli d'un coup de couteau net. Une exécution rapide et propre. À la gitane.

— On en fait quoi, patron ?

— On le balancera en route. Moins on laisse de traces ici, mieux ce sera.

Sans plus attendre, visiblement pressé de quitter les lieux, le conducteur démarra le fourgon. La logique de la cavale, celle que maîtrisent d'instinct tous les évadés, aurait voulu qu'ils s'éloignent au plus vite de Paris, de sa banlieue et du chaos qui y régnait. Pourtant, au bout de l'allée des Thuyas, au croisement avec la D127, Greg tourna non pas à gauche, mais à droite. À l'opposé de la province. En direction de la capitale livrée au pire.

7

21 h 56
Paris – Rue du Roi-de-Sicile – *The Room*

Décidément, cette nuit est celle de tous les revenants, songea Franck en voyant le nom de Sophie Pérès s'afficher sur la console connectée au portable de son chef. Depuis combien de temps n'avait-il pas croisé Sophie, ni même échangé un mot avec elle ? Quand il y réfléchissait, il trouvait ça dommage. Il avait toujours apprécié cette prof de français, jolie brune au visage de madone provençale. Et en retour Sophie lui serait à jamais reconnaissante de veiller comme un frère sur son mari. Mais c'était le propre des séparations, *a fortiori* quand elles fleurissaient sur des drames, que de faire le vide autour d'elles. Rares étaient les amitiés qui survivaient au malheur.

Franck se permit de décrocher pendant que, sur le siège passager, Hugo émergeait peu à peu de sa léthargie. C'est en entendant la voix de son ex-femme dans les haut-parleurs de la voiture que celui-ci quitta pour de bon son hébétude. Elle le ramena instantanément au présent. Un seul mot y suffit : Mila.

— Hugo, je n'arrive toujours pas à la joindre… Je suis morte d'inquiétude.

— T'es où, là ?

— Devant la porte de l'*escape game*. J'ai cogné, mais personne ne répond.

— J'arrive, lâcha-t-il simplement avant de raccrocher.

Moins de vingt minutes plus tard, la Peugeot bleu nuit se gara à l'arrache sur l'un des larges trottoirs de la rue de Rivoli, au niveau du métro Saint-Paul. La voie en sens unique, d'ordinaire l'une des plus commerçantes et animées du Marais, s'était transformée en un désert jonché de débris. La plupart des vitrines de créateurs et des commerces de bouche avaient été vandalisées. Çà et là, des poubelles finissaient de flamber.

Au loin, Hugo et Franck aperçurent un groupe d'ados déguisés jaillissant d'une supérette, les bras chargés de victuailles prises au hasard. Pour une fois, les quartiers bobo-chic de Paris connaissaient le quotidien des banlieues défavorisées. Il avait fallu moins de deux heures pour que les pillages ne se généralisent. Pour que la barbarie ne fasse loi.

Après quelques pas seulement, ils bifurquèrent dans la rue du Roi-de-Sicile, totalement engorgée par les voitures à l'arrêt.

— C'est là, souffla Franck au niveau d'une boutique de lingerie, au numéro 24.

Une plaque noire rivetée sous l'interphone voisin leur confirma qu'ils touchaient au but : *The Room – escape game et jeux ultimes – Esc. A – 3e étage*. La lourde porte bleu canard était entrouverte. Ils n'eurent qu'à la pousser, puis à monter quatre à quatre l'escalier indiqué.

En haut, assise sur les marches, silhouette fluette dans la pénombre, son visage éclairé à la seule lueur de son portable, Sophie les attendait. Les ex-conjoints se saluèrent d'un sourire. Le Hobbit, lui, se contenta d'un signe amical de la main.

— Rien de nouveau ? questionna Hugo.

— Non. C'est comme s'il n'y avait personne à l'intérieur.

— Et Mila ? Toujours rien ?

Elle secoua la tête.

Ce n'était pourtant pas faute d'avoir composé le numéro de leur fille, encore et encore. Mais chaque fois, Sophie était tombée sur cette ritournelle agaçante : « Allez, à quatre vous me laissez un message… »

Kezer considéra le vantail en bois comme on regarde un obstacle négligeable. Puis il tambourina dessus. Fort. Longtemps. Assortissant ses coups d'un tonitruant « Police ! ». Il fallut plusieurs minutes de ce régime avant qu'un jeune gars hirsute glisse un œil dans le judas et se décide enfin à entrebâiller la porte.

— On est fermés, lui opposa le hipster brun en guise d'accueil, visiblement méfiant.

Vu l'écho des saccages qui montait depuis la rue, il n'était pas étonnant que le type eût préféré se cloîtrer. Par peur, sans doute, il avait choisi de rester sourd aux appels de Sophie. Hugo prit sur lui pour ne pas forcer le passage d'un coup d'épaule, histoire de ne pas l'inquiéter davantage.

— Notre fille est ici. Mila, Mila Kezer.

Le hipster considéra Hugo de la tête aux pieds, braquant sur lui la torche de son mobile pour mieux le détailler. Il ne s'exprima qu'au moment où il aperçut le brassard orange.

— OK. Entrez.

Le jeune barbu à lunettes, gringalet en jean slim et baskets compensées, les invita à le suivre. Tous trois lui emboîtèrent le pas, en partie soulagés. Mila ne devait plus être loin, désormais.

Pour ce qu'on en devinait dans l'obscurité, le lieu se présentait comme un appartement cossu à la déco contemporaine et minimaliste. Hormis quelques posters promotionnels, tout le reste se résumait au strict nécessaire. Au bout d'un couloir interminable, leur hôte s'arrêta devant un pan de mur à première vue aussi immaculé et sans aspérité que les autres. C'est tout juste si on devinait une infime rainure qui courait de bas en haut.

— Toute la valeur ajoutée de *The Room* est dans ce système exclusif : une porte invisible et automatisée. De l'intérieur, elle ne s'actionne que si les joueurs sont parvenus à résoudre la dernière énigme.

— Super. Et alors ? Où est ma fille ? s'agaça Hugo.

— En l'occurrence, sa partie était loin d'être finie quand la coupure a eu lieu…

— Attendez, le coupa Sophie. Vous voulez dire qu'elle est encore là-dedans ?

Le jeune homme semblait déjà nettement moins sûr de lui.

— Oui…

— Je ne comprends pas, dit Hugo. Vous, vous pouvez quand même bien ouvrir, non ?

— En temps normal, oui. Mais là…

Le pauvre se liquéfiait.

— Là, quoi ?! aboya Kezer. Vous avez bien une procédure de secours en cas de panne électrique ?

— Si, si, évidemment. Mais j'ai tout essayé. C'est bloqué. Je ne sais pas pourquoi. Et je n'arrive pas à joindre la hotline de mon fournisseur. Je vous jure que c'est la première fois que ça se produit. C'est du matériel ultrafiable.

Il les exaspérait de plus en plus : des gamins étaient bouclés dans son joujou, et il trouvait encore moyen de leur faire l'article. Même Franck paraissait perdre patience.

— Vous avez contacté les pompiers, au moins ? demanda-t-il.

— Toutes les minutes depuis une heure, se défendit-il. Mais ça sonne dans le vide.

Vu les circonstances, pas vraiment étonnant. Les soldats du feu devaient crouler sous les urgences.

— Si on crie, ils nous entendent ? suggéra Hugo, tout en collant une oreille contre la paroi.

— Non. L'isolation phonique est au top. Ça fait partie du concept.

Kezer se promit d'étrangler ce type s'il vantait encore une fois les mérites de sa boîte. Puis il prit une grande inspiration et s'adressa à lui avec tout le calme dont il se sentait encore capable :

— OK. On va faire comme ça : nous, on reste là. Vous, vous allez chercher des secours…

L'autre allait protester, mais Hugo embraya :

— … Avant que je vous colle en garde à vue pour non-assistance à personne en danger.

— D'accord, murmura-t-il sans plus discuter.

— D'ailleurs, vous êtes tout seul à le gérer, votre truc ?

— Non, habituellement on est trois. Deux à l'accueil et au vestiaire, et moi pour superviser l'ensemble.

— Et où sont les autres ?

— Je les ai renvoyés chez eux. Je me suis dit que je pouvais gérer seul. Que ça servait à rien qu'on flippe tous ici.

Désormais docile, le hipster ne tarda pas à disparaître dans l'escalier. Hugo n'attendait que ça pour agir librement. Il demanda d'abord à Sophie d'aller consulter le registre au comptoir de l'entrée, afin de déterminer le nombre de joueurs incarcérés.

— Qu'est-ce que ça change ?

— Si Mila est seule ou juste avec sa copine, elles risquent de paniquer plus vite. S'ils sont plus nombreux, genre une dizaine, il y aura forcément des dynamiques de groupe merdiques : domination, tensions, rivalités…

— OK. Ce serait quoi, le nombre idéal ?

— Quatre ou cinq.

Comme elle s'éloignait en direction de l'accueil, il regretta de ne pas s'être montré plus rassurant. Il la héla :

— Oh, So' !

Elle se retourna. Malgré son regard éploré, il la trouva belle.

— Quoi ?

— Ça va aller. Tout va bien se passer.

Elle lui adressa un sourire triste. Elle faisait mine d'y croire. Et il lui en fut reconnaissant.

De son côté, Franck avait repéré la trappe donnant accès au mécanisme de déverrouillage manuel, planqué dans la plinthe. Mais, pour ce qu'il en comprenait, l'enchevêtrement de rouages de précision semblait en effet trop grippé pour permettre la moindre action. La conception de ce système de secours était une aberration, d'autant que personne se semblait avoir songé à l'entretenir.

Quant à Hugo, après plusieurs « Mila » braillés à tout rompre, tous bien sûrs demeurés sans réponse, il dut se rendre à l'évidence : le petit con qui tenait l'endroit avait dit vrai. Aucune communication verbale n'était possible entre l'*in* et l'*out* de la boîte.

Du bout du couloir, la voix de Sophie s'éleva :

— Elles sont quatre. En comptant Mila et Cécile.

— OK, parfait.

Kezer se raccrochait à ce qu'il pouvait. À sa compétence de flic. Mais aussi à la complicité qui les avait liés par le passé, Mila et lui. Une idée s'imposa alors comme une évidence.

Il leur fit signe de garder le silence. Puis il appliqua un coup de poing sur la paroi. Puis un autre. Et un autre encore.

— Ça ne marchera pas… souffla Sophie.

Mais presque aussitôt, une onde fugace, tout juste perceptible, leur répondit.

— Même avec un isolant phonique, expliqua-t-il, le béton est un excellent conducteur d'ondes. Il faut une épaisseur d'au moins cinquante centimètres pour faire totalement barrage. Et vu l'âge de l'immeuble, ils ne pouvaient pas installer un mur pareil sans tout faire s'écrouler.

Il reprit alors son tambourinage, mais cette fois selon une logique spécifique, une rythmique que les deux autres reconnurent. Du morse ! Sophie le revoyait encore l'apprendre à ses enfants, un été en Corse, dix ans plus tôt. Mila s'en souviendrait-elle ?

La réponse ne tarda pas. Hugo n'avait encore émis que le P et le A de « Papa » qu'un message leur parvint : trois courts, trois longs, trois courts. « SOS ». La suite ne fit qu'aggraver son inquiétude.

— Fait chier !

— Quoi ?

— Y en a une qui se tape une crise d'asthme…

8

22 h 11
De Fresnes à Paris – Quai Henri-IV

À Fresnes, le tronçon de la D127 qui se trouvait à hauteur du centre de détention avait été baptisé, non sans humour, « avenue de la Liberté ». Ce détail mis à part, c'était un axe de banlieue comme un autre, bordé de pavillons et d'espaces verts.

Des feux de voitures s'élevaient çà et là. L'embrasement de la périphérie constituait un simple dommage collatéral. Jiménez l'avait bien envisagé, mais il s'en fichait pas mal. Tant que cela ne les empêchait pas de circuler, la racaille pouvait bien laisser libre cours à sa haine du système. Au contraire, les échauffourées qui en découleraient monopoliseraient les forces de police. Un bonus non négligeable.

Les évadés profitèrent d'un chantier, à Cachan, pour se débarrasser du corps de Zignelli. Il fut sommairement jeté par-dessus une palissade en tôle ondulée, au milieu des gravats.

— On s'arrête plus jusqu'au point de rendez-vous, lança Jim au conducteur du Renault Trafic noir.

Gregory Mallard obtempéra. On ne contestait pas les ordres de Marco Jiménez. C'était pourtant cette même obéissance servile qui lui avait valu de tomber sous les balles de la BRB, cinq ans plus tôt. Plus spécifiquement, sous celles d'Hugo Kezer. Mais cette fois-ci, il n'avait plus vraiment le choix.

L'entrée par la porte d'Italie leur donna un avant-goût des encombrements qui saturaient déjà la capitale. Les amoncellements de voitures, accidentées ou simplement à l'arrêt, créaient des bouchons sans commune mesure avec l'ordinaire du trafic parisien. On se serait cru un jour de grève. Trottoirs, couloirs de bus, pistes cyclables, lignes continues. Mallard glissait le fourgon dans tous les espaces plus ou moins libres. À plusieurs reprises, il manqua percuter l'un des rares piétons encore assez fou pour déambuler dehors.

— Arrête-toi là, intima Jim quand ils débouchèrent sur la place d'Italie congestionnée. Je les vois.

Trois hommes patientaient ensemble sur le parvis du centre commercial. Puis, d'un même mouvement, ils s'approchèrent du véhicule quand ils l'aperçurent. Malgré l'obscurité, Mallard reconnut tout de suite les nouveaux venus à leur démarche et à leur silhouette. Ceux-ci grimpèrent à l'arrière sans se faire prier. La vue des traces de sang laissées par le sacrifice de Zignelli ne leur inspira pas la moindre remarque. Pour eux, c'était la routine.

Il y avait là Stéphane Zigler, réputé pour sa capacité à voir dans le noir ; Sofiane Baptiste, un fou du volant, spécialiste des attaques à la voiture-bélier ; et Ludovic Cargol, un virtuose des explosifs. Avec Gilou, l'homme qui se faufile partout, ceux-ci constituaient le noyau dur des lieutenants de Jiménez. Les quatre fantastiques du vol avec violence.

Gregory Mallard avait déjà bossé plusieurs fois avec ces gars. Dans l'ensemble, et en dépit de leur allégeance servile au parrain des gitans, il les considérait comme réglo.

— On est au complet ? demanda Sofiane.

— Y a six gadjos qui attendent sur place avec les bagnoles.

— Fiables ?

Jim décida d'ignorer cette question insultante. Et l'utilitaire reprit sa course. Toujours plus vers le centre ; toujours plus vers le cœur de Paris. Jusqu'au square Henri-Galli, métro Sully-Morland. Là, Mallard immobilisa le Trafic sur l'étroite voie à sens unique qui débouchait sur le quai Henri-IV.

Dès le véhicule arrêté, Jim fit distribuer à chacun un talkie longue distance, un Midland CT990, modèle particulièrement compact et d'une portée effective de cent kilomètres. Lorsque tous furent équipés, il insista pour qu'ils règlent leur combiné sur une fréquence précise, ainsi que sur un seul et même canal de communication.

— Pas la peine d'essayer sur un autre. Je ne vous répondrai pas. C'est le 158 ou rien.

— Attends… Tu ne viens pas avec nous ? s'étonna Mallard.

— Gilou et moi, on a de quoi bricoler ailleurs. Mais on vous retrouve juste après.

Les yeux noirs du conducteur brillèrent d'un éclat contrarié. Avec ses cheveux de jais et sa peau mate, ce dernier aurait presque fait un gitan crédible. Il s'était d'ailleurs toujours dit que son recrutement ne devait rien au hasard. En revanche, aucun doute à ce sujet, il ne serait jamais l'un d'entre eux. Il ne ferait jamais partie du clan. Quoi qu'il réalise pour le compte de Jim, exploit ou sacrifice, les liens du sang prévaudraient toujours.

— On se rejoint quand ? Et où ?

Un plan qui change à la dernière minute, ça n'annonçait presque jamais une issue favorable. À moins que tout cela fût prévu par Jim de longue date.

L'homme à la queue-de-cheval s'indigna pour la forme :

— Franchement, Greg, tu crois que je te prêterais ma *dream team* si je voulais te la faire à l'envers ?

— C'est pas le sujet. On devait tous viser le même objectif. C'est ça que tu nous as vendu.

— Eh ben y a du neuf, point barre. Si ça te plaît pas, tu peux encore rentrer chez toi et chialer sur ton gosse.

La réplique était frontale. Cruelle. Cette fois, Greg dut mobiliser ce qui lui restait de sang-froid pour ne pas se jeter à la gorge de son commanditaire. Renoncer à ce braquo, c'était renoncer à son fils. Et Jiménez le savait bien. Depuis le début du projet, il le tenait dans cet étau affectif.

— Tu verras, reprit le boss, à nouveau mieux disposé. Ça vaut vraiment le coup qu'on vous laisse dépouiller Vendôme comme des grands. Tu seras pas déçu.

Jim lui décocha une claque sur l'épaule. Elle se voulait amicale. En l'espèce, elle sonnait surtout comme un rappel de la dette que Mallard avait contractée auprès de lui. Quatre cent mille euros, dont deux cent mille à venir. Le prix de la dernière chance pour Mathys.

Sur un simple geste du chef, l'équipe de Mallard débarqua du fourgon comme un seul homme. La bande était tout juste visible dans le noir : habits et rangers sombres, passe-montagne, gilet pare-balles, sac à dos, lunettes de vision nocturne.

Immobile, Gregory regarda la camionnette s'éloigner, l'œil chargé d'une sombre intuition. Jiménez était un homme d'action, il l'avait toujours été. Il s'entourait certes des gars les plus doués dans leur partie, mais il ne déléguait jamais à d'autres ce pic d'adrénaline unique que conférait un bon braquage. Qu'il les abandonne au seuil d'un coup aussi magistral ne pouvait signifier qu'une seule chose : un objectif plus important l'attendait ailleurs. Un objectif dont la *dream team* et lui étaient de toute évidence exclus.

Machinalement, il manipula son mobile, puis le replongea aussitôt dans la poche à soufflet de son pantalon. Depuis soixante-douze heures, il appliquait la consigne stricte édictée par Jim : aucun appel sensible ou personnel, rien qui puisse faire l'objet d'interprétations ou de pressions de la part des flics, en cas d'écoutes. En route pour Fresnes, il avait même jeté la puce prépayée de son portable sur le périph, quelque part au niveau de la porte Maillot. Mathys lui manquait. Se priver de nouvelles de son fils aussi longtemps le mettait au supplice.

— On y va ? On a déjà explosé le timing.

La voix ténébreuse de Sofiane, le pro des voitures-béliers, l'arracha à sa songerie. Avec son mètre quatre-vingt-quinze et ses cent vingt kilos de muscles, il avait de quoi impressionner.

— Ouais, on y va, confirma Greg. Et à partir de maintenant, qu'on communique entre nous ou avec Jim, on n'utilise plus que les talkies.

Les deux autres membres de l'équipe approuvèrent d'un grognement peu amène. Ils ne semblaient guère apprécier d'avoir été mis sous les ordres d'un type étranger au gang Jiménez. Mais telle était la décision du boss ; il leur fallait courber l'échine. Alors qu'ils traversaient le square, direction la bouche d'égout la plus proche, Sofiane attrapa Mallard par le bras et l'écarta un instant du reste du groupe.

— Je le sens pas, souffla le colosse masqué à son oreille. C'est pas normal que Jim nous lâche juste avant de monter au braquo.

La confidence le déstabilisa un instant. Sofiane appartenait au premier cercle du caïd gitan depuis près de deux décennies. Était-ce un piège ? Un moyen de tester sa loyauté ? Mallard évacua le sujet d'un haussement d'épaules, mais l'autre s'obstinait :

— Il vire mal. Il aurait jamais fait un truc comme ça avant.

— Avant quoi ?

— Il a changé, je te dis. Avant, il nous tenait au courant de tout. Là, il a monté son opé dans son coin. On sait même pas avec qui.

— Ça fait près de cinq ans qu'il est en cage. Qu'est-ce que tu voulais qu'il fasse ? Qu'il t'envoie un bristol et des petits fours ?

— Tu piges pas : il a changé, mais c'est pas d'hier.

— Putain, Sofiane, tu me fais chier avec tes états d'âme de dernière minute. Crache ce que t'as à dire !

Sur la plaque d'égout voisine, à quelques enjambées seulement, le reste de l'équipe commençait à s'impatienter. Malgré la pénombre, il n'était pas recommandé de rester ainsi exposé aux regards.

— Comment tu crois que t'es tombé ? grogna l'autre en sourdine, ses yeux noirs hantés d'une lueur trouble. C'est lui qui t'a balancé !

Gregory Mallard garda le silence un instant, hésita sur la réponse à donner, puis lâcha :

— Ça tient pas, ton truc. Je te rappelle que Kezer nous a serrés tous les deux, Jim et moi, dans le même coup de filet.

— Exact. Sauf que pour Jim, je pense que c'était calculé. Il s'est fait gauler parce qu'il l'a bien voulu.

— Ah ouais, et pourquoi il aurait fait ça ?

Le doute en lui gagnait du terrain.

— Sortir des radars. Se refaire une virginité. Et apparemment… monter le coup du siècle en toute discrétion.

Pour rendre sa reddition crédible, Jiménez avait dû sacrifier l'un de ses lieutenants. Et, selon toute bonne logique clanique, son choix s'était porté sur lui. Mallard le gadjo.

— Je sais pas ce que tu comptes faire, reprit Sofiane, mais pour moi, c'est clair : je prends ma part à Vendôme et je disparais.

Mallard resta sans voix. Son interlocuteur paraissait on ne peut plus sincère. Mais l'heure n'était plus aux questions. L'heure était à l'action.

— Vous faites quoi, bordel ? souffla Stéphane. On se la fait, cette chienne de place, ou on se sert un thé ?

9

Au même moment
Paris – 55, rue de Saussure, chez Gregory Mallard

L'agent de la BRI[1] balança le bélier MR14 d'avant en arrière à plusieurs reprises. Puis enfin, plus appuyé que les précédents, le dernier élan percuta le vantail pile sous la serrure, dans un grand craquement sec. La porte s'ouvrit aussitôt. La troupe s'engouffra dans le petit studio, Sig en main. Sans doute déjà pétrifiés par la peur, aucun des habitants de l'immeuble ne réagit à cette irruption aussi brutale qu'assourdissante. Parmi les premiers entrés, Yann Szumlanski jouait son rôle de chef d'intervention, distribuant les consignes de sa voix nasillarde :

— Salle de bains, toilettes, kitchenette. On ne perd pas de temps.

Comme attendu, l'appartement était vide. L'espace était si exigu qu'il suffisait de tourner sur soi-même

1. Brigade de recherche et d'intervention, appelée aussi « brigade antigang ».

pour le visiter. Tout ou presque s'y trouvait à portée de main. Le capitaine ne tarda d'ailleurs pas à renvoyer sur le palier les éléments dispensables, procédant lui-même aux inspections les plus sensibles dans le studio.

L'endroit respirait la misère et la déprime. Le mobilier se réduisait à du sous-Ikéa défraîchi, sans doute de la récup' d'encombrants. Peu ou pas d'effets personnels. Tout juste quelques vêtements sales. Un frigo aux trois quarts vide, où les reliefs périmés semblaient à la limite du comestible. Hormis deux ou trois photos d'un gamin blafard, en tenue d'hôpital, aucune décoration n'agrémentait les quatre murs d'un blanc crasseux.

Le chef du groupe crim' 2 fouilla l'une après l'autre les quelques caches potentielles : sommier, placard, dessous de l'évier… Il sonda les lattes du plancher et les murs. Rien. Il s'était presque résigné à repartir bredouille, jusqu'à l'exploration de la cabine de douche, confite dans son jus de moisissures. La main qu'il plongea – non sans dégoût – par la trappe au pied du bac en faïence rencontra la poignée d'un sac à la forme allongée. Il lui fallut une bonne minute pour l'extraire de là.

Finalement, la pêche se révéla plutôt bonne : une carabine 9 mm de marque Ruger, une paire de lunettes de soleil, vague copie de Ray-Ban Wayfarer, et enfin une casquette noire, floquée sur le devant d'un logotype ressemblant plus ou moins à un drone.

Le domicile de Gregory Mallard venait de délivrer son unique secret.

10

22 h 16
Paris – 36, rue du Bastion

— Capitaine Gilardini ?

— Elle-même.

Son téléphone collé à l'oreille, la blonde passa la main dans sa tignasse compacte. Un geste qu'elle répétait à longueur de journée.

— Agent Cadot, à Champerret.

Créée en 2016, la PFAU centralisait les différentes plates-formes d'appels d'urgence des sapeurs-pompiers et de la police. Ceux-ci transitaient à présent tous par les sous-sols de cette caserne du 17e arrondissement.

La voix de la téléopératrice était féminine et jeune. Rien qu'à son timbre clair, Anne put dire que c'était une jolie fliquette.

— Qu'est-ce qui me vaut le plaisir, agent Cadot ? répondit-elle sur un ton badin.

— C'est mon superviseur qui m'a dit que ce serait pour vous.

Là-bas comme au Bastion, la cheffe du groupe crim' 3 de la BRB traînait une réputation de teigne efficace. Abrupte et d'une ténacité sans équivalent. Moralité, la plupart des affaires de grand banditisme qui arrivaient à la plate-forme lui revenaient d'office. Ainsi que tout un paquet d'autres crasses qu'il lui incombait de trier.

— On nous a signalé plusieurs braquages d'agences bancaires et de bijouteries, poursuivit l'agent Cadot.

Quelle surprise ! Tous les apprentis cambrioleurs devaient être de sortie. Ce noir absolu, c'était pain bénit pour les crevards. Mais la BRB ne pêchait que les gros poissons. Ce genre de menu fretin ne l'intéressait pas.

— Quel secteur ? demanda-t-elle par pure correction.

— Un peu partout… Mais essentiellement autour d'Opéra-Vendôme. Dans le 1er et le 2e.

Le fief du luxe parisien. Au moins, les bras cassés du jour manifestaient-ils de l'ambition.

— OK. Vous avez contacté mes collègues de la 1re DPJ ? Normalement, c'est de leur ressort.

— Oui, capitaine. Mais ils m'ont dit que c'était trop gros pour eux.

Refuser une enquête, voilà qui ne leur ressemblait pas. D'ordinaire, ils se battaient plutôt pour gratter ses dossiers que pour les lui refourguer.

— Qu'est-ce qu'ils entendent par « trop gros » ? Deux vitrines et trois colliers, ils devraient pouvoir gérer, non ?

— D'après ce qu'ont fait remonter les agents sur le terrain, en particulier place Vendôme, il y a de gros moyens engagés : plusieurs voitures-béliers, des explosifs, des gilets pare-balles.

En effet, ça ne fleurait ni l'impro ni l'amateurisme. Or, un coup de grande envergure organisé pile le soir d'un black-out, cela dépassait (et de loin) les limites admissibles du hasard. Anne en était encore à formuler cette hypothèse excitante dans sa tête, quand Florian et Alex, ses deux adjoints, firent irruption dans le bureau, chacun un mug à la main. À voir leurs mines, ils semblaient vivre aussi mal qu'elle leur exclusion du dispositif d'urgence monté par le Grand Jeff. Mais la délicieuse agent Cadot venait peut-être de leur offrir leur ticket d'entrée dans la partie :

— Vous m'avez bien dit place Vendôme ?

— Oui, c'est ça.

— Aux dernières nouvelles, les braqueurs étaient toujours en action ?

— Aux dernières nouvelles, oui.

La cheffe du groupe crim' 3 allait raccrocher sans un au revoir, mais la douce voix à l'autre bout du fil la rattrapa *in extremis* :

— Attendez, capitaine !

— Quoi ? aboya Anne, la main déjà posée sur son blouson, soudain moins affable.

— Il y a un détail bizarre, dans ces signalements.

— C'est-à-dire ?

— D'habitude, dans ce genre de cas, on reçoit les appels de manière très groupée. Les gens repèrent quelque chose de suspect, ils entendent du bruit ou ils voient une lumière et, en fin de compte, ils décrochent leur téléphone tous à peu près en même temps.

— Pas là ?

— Justement, non. On a reçu le premier coup de fil un bon quart d'heure avant les autres.

— Un type moins sourdingue que ses voisins ? risqua Anne avec un sourire.

À dire vrai, la petite Cadot n'avait pas tort. C'était bizarre.

— Possible…

— Dites-moi : vous pouvez localiser les communications que vous recevez ?

— Oui, elles s'inscrivent automatiquement sur une carte. En cas de faux signalements ou de plaisanteries, ça permet de faire des recoupements pour l'enquête de routine.

— Et notre ami à l'oreille bionique, il se trouvait où ?

Le cliquetis d'un clavier sur lequel on tape à vive allure lui répondit. Puis la voix juvénile de l'agent laissa échapper son étonnement :

— Ça, c'est chelou… Enfin, pardon, c'est pas banal. Il a appelé d'un portable prépayé, sans nom d'abonné. Mais c'est pas ça le plus…

— Chelou ? la taquina Anne en l'interrompant.

— La communication a été passée du Raincy, dans le 93, lâcha la téléopératrice sans se laisser déstabiliser.

Soit à plusieurs dizaines de kilomètres de la place Vendôme… Voilà donc un informateur capable d'avertir de faits délictueux avant tout le monde, sans les avoir ni vus ni entendus ! Le David Copperfield de la délation, en quelque sorte.

Bien qu'ébranlée par ces révélations – et encore incapable de les interpréter –, Anne attrapa pour de bon son blouson de motarde. Au dos, comme une façon d'annoncer la couleur, était brodé un grand scorpion, son signe astrologique.

Elle sifflota alors un trille, semblable à ceux qu'elle adressait d'ordinaire à Judas, son dogue français. Ses deux officiers grimacèrent, puis sortirent malgré tout à sa suite, leurs tasses encore pleines abandonnées sur leurs bureaux.

Quand Gilardini décollait, c'était dans la seconde. Et son équipe était rompue à de tels départs pied au plancher.

Pourtant, arrivé devant l'ascenseur, Alex percuta qu'il avait oublié l'essentiel.

— Putain, j'ai pas pris mon Sig. J'arrive.

— Tu fais chier, grogna sa supérieure. Bouge-toi !

— M'attendez pas. Je vous rejoins au garage.

En hâte, il rebroussa chemin dans l'interminable couloir. Parvenu au groupe crim' 3, il récupéra son flingue dans son casier verrouillé, avant de décrocher son poste fixe. Depuis le temps qu'il le côtoyait, il connaissait le numéro perso de Kezer par cœur. Il composa les dix chiffres à toute allure. À l'autre bout du fil, on répondit dès la deuxième sonnerie.

— Hugo ? C'est moi, c'est Alex.

— Qu'est-ce qui se passe ? T'as l'air essoufflé…

L'OPJ lui exposa en quelques mots ce qui venait de se jouer dans le bureau de la BRB : l'appel de la PFAU, la place Vendôme, l'intuition de chasseuse de Gilardini, leur départ imminent sur zone.

— OK, merci pour l'info. J'oublierai pas que je t'en dois une.

— On se retrouve là-bas ?

— Y a de bonnes chances, oui.

Anticipant la réaction de sa patronne, Alex éprouva le besoin de spécifier :

— Évidemment, je ne t'ai jamais tuyauté.

— Évidemment !

11

22 h 46
Paris – Place Vendôme

Cela faisait plus d'une demi-heure que le show avait commencé.

Dès les premiers crissements de pneus, tous les passants assez insouciants pour errer encore dans les rues de la capitale avaient déserté la place Vendôme.

Derrière les hautes fenêtres du Ritz, agenouillés ou accroupis, des touristes fortunés de toutes nationalités chuchotaient leur effroi. Ce poste d'observation idéal assouvissait leur curiosité. Ainsi, ils ne manqueraient rien du spectacle.

Ils purent d'ailleurs apprécier l'organisation millimétrée des assaillants. On eût dit une véritable scène de guerre. Des coffres des trois voitures qui avaient déboulé, des hommes cagoulés tirèrent en effet de larges plaques métalliques. Une fois posées de part et d'autre des plots anti-intrusion, à la manière de tremplins, celles-ci permirent aux véhicules de franchir l'obstacle et de rouler sur la zone réservée aux piétons. Les pilotes n'eurent plus ensuite qu'à alterner les marches arrière et les accélérations brusques pour partir à l'assaut des magasins de luxe. Le moins qu'on puisse dire, c'est qu'ils maîtrisaient diablement leurs engins pour évoluer dans un espace aussi restreint.

Le ballet conjugué des voitures et de leurs lumières projetées sur les façades était captivant. Dans la pénombre déchirée par les phares, eux-mêmes bientôt fracassés par la succession des chocs, le vacarme prenait un incroyable relief. Ne manquait, faute de courant, que le hululement des alarmes, réduites au silence.

Durant de longues minutes, les puissantes berlines percutèrent les rideaux de fer des plus grandes enseignes de joaillerie, pulvérisant peu à peu les vitrines qui se dressaient devant eux : Cartier, Boucheron, Van Cleef & Arpels, Piaget, Chaumet et Mauboussin. Inlassablement. Méthodiquement. L'une après l'autre.

Après d'innombrables salves, les barrières métalliques cédèrent enfin. Puis ce fut au tour des devantures. Aucun verre, pas même les retardateurs d'effraction de classe 8, le top en la matière, ne semblait pouvoir résister à la force de percussion des Mercedes. Les parois vitrées s'étoilaient, puis se fendaient, avant de rendre les armes dans un geyser d'éclats que la violence du choc projetait à plusieurs dizaines de mètres alentour.

Quand cette première vague eut fini de déferler, une petite dizaine d'hommes sautèrent hors des voitures, équipés tels des commandos. Au tapage initial succéda un calme plus inquiétant encore. Puis chacun des trois groupes pénétra chez un joaillier, fusils-mitrailleurs brandis vers les entrailles des boutiques éventrées. Privées de leurs coûteux systèmes de sécurité, celles-ci n'offraient guère plus de résistance que de vulgaires supérettes de quartier.

Une poignée de minutes plus tard, trois explosions consécutives provinrent des magasins investis. Un nuage blanchâtre s'échappa des lieux, jetant comme un voile clair sur la nuit environnante.

Puis chaque équipe répéta la même action dans l'une des trois enseignes restantes. Ils en visaient six au total. Les coffres aux trésors avaient cédé. Ne restait plus qu'à se servir. Vu du dehors, ça paraissait presque facile.

*

* *

— Kezer, groupe crim' 1. On a quoi ? demanda-t-il d'emblée, en s'adressant à l'un des agents planqués dans la voie d'accès.

Afin d'interdire le passage aux curieux, cinq ou six véhicules de police étaient stationnés en travers de la chaussée. Les gyrophares tournoyaient dans le noir. Une dizaine de flics en uniforme se tenaient là, dos plaqué contre les façades, Sig en main et trouillomètre au zénith, attendant que Dieu sait quelle instance leur indique la marche à suivre.

— Trois paquets de trois, répondit le bleu d'une voix tremblante. Tous lourdement armés. Et pour l'instant, six explosions.

Ce rapide point sur la situation remit de l'ordre dans les idées de Kezer. D'abord, solliciter l'appui d'Olivier Barré. Vu ce qui s'annonçait, le patron de la BC ne serait pas de trop pour appuyer sa demande de renforts prioritaires.

Mais quand il saisit son portable, le choix qu'il avait fait un peu plus tôt lui revint en pleine face. Sur l'écran, le SMS de Sophie clignotait, aussi persistant qu'un reproche. Juste trois mots : « Tu fais chier ». Le départ précipité de son ex-mari lui était clairement resté en travers de la gorge.

Il pouvait l'entendre d'ici, rabâchant la même et éternelle plainte : comment avait-il pu faire passer son putain de job avant sa fille ? Comment avait-il pu partir alors que Mila était encore enfermée dans cette boîte ?

Sophie n'était jamais parvenue à comprendre l'attachement maladif qui enchaînait Hugo à son boulot. Et s'il était tout à fait honnête, lui aussi se demandait parfois ce qui ne tournait pas rond chez lui. Et plus il se sentait minable, coupable, plus il s'enferrait dans les mauvais choix. La preuve quelques minutes plus tôt, quand il avait reçu l'appel d'Alex. Il n'avait pas hésité longtemps, sacrifiant une fois de plus les siens.

Après tout, déléguer ses responsabilités de père n'avait jamais été un problème. Il se trouvait toujours d'autres qui, mieux que lui, sauraient protéger et prendre soin de ceux qu'il aimait. Juste avant de quitter la rue du Roi-de-Sicile, n'avait-il pas contacté son nouvel ami, le lieutenant pompier croisé au transfo d'Harcourt ? Celui-ci avait promis d'envoyer des renforts aussi vite que possible. Et sur le moment, cela avait suffi à museler sa conscience.

— Désolée, capitaine, mais ce qui est en train de se passer ici relève de mon groupe.

La voix d'Anne Gilardini claqua dans son dos. Encadrée par Florian et Alex, elle débouchait de la rue des Capucines. Son ton se voulait nettement moins courtois que lors de leur dernier échange.

— Braquage à gros moyens, c'est pour la BRB, appuya-t-elle. Donc à partir de maintenant, je prends le relais.

Sa rivale avait-elle reçu l'approbation du Grand Jeff ou cherchait-elle à l'avoir au bluff ? Dans le doute, il s'apprêtait à faire valoir ses prérogatives, quand un cri étouffé perça l'obscurité tout près d'eux.

— Cartier ! Ça bouge chez Cartier !

Trois ombres jaillirent de la devanture. Presque aussitôt, les autres malfrats les imitèrent. De sorte qu'ils se retrouvèrent bientôt tous sur la place, leurs épaules lestées de sacs à dos. Côté flics, les renforts tardaient à arriver. La confusion régnait dans les rangs : fallait-il obéir aux ordres de la furie blonde et autoritaire de la BRB, ou à ceux de l'officier de la Crim', à l'apparence plus posée ?

— Qu'est-ce qu'il fout là, ce con ? s'exclama Hugo.

Sortant de l'ombre de la colonne Vendôme, ce qui ressemblait à un policier en uniforme, comme surgi de nulle part, avançait en direction des braqueurs. D'un pas calme et décidé.

— C'est pas toi qui l'as envoyé ? s'étonna Franck.

— Mais non, putain ! Je balancerais jamais un gars tout seul au milieu d'un tel bordel !

Une série de détonations retentit et coupa court à l'échange. Staccato de tirs égrenés, nets, réguliers. De là où ils étaient et dans cette nuit de four, il était presque impossible de lire la scène avec précision. Mais plus les déflagrations se succédaient, plus la tendance devenait claire : le flic en question abattait les voleurs un à un, avec autant de précision et de sang-froid qu'un sniper. Il était le tueur. Ils étaient la cible.

Avant qu'ils aient eu le temps de lire la situation et de se ressaisir, trois des malfrats s'étaient déjà effondrés. Quand les rescapés canardèrent en retour, deux de plus reposaient sur le sol. Puis le policier kamikaze tomba à son tour, fauché par une rafale. Le duel n'avait pas duré plus de quelques secondes. Bilan : au moins six morts. Sans compter d'éventuels blessés.

Le mobile de Kezer vibra au milieu du carnage. C'était un SMS de Samir, le premier qu'il recevait de lui. On pouvait dire qu'il choisissait bien son moment !

En tout cas, l'agent avait le mérite d'aller droit au but : « Confirmation du SPIP de Fresnes : Jiménez fait partie des évadés de ce soir. »

Putain ! C'était donc ça l'objectif : libérer Jiménez. Une équipe de braqueurs aussi aguerris qu'eux n'aurait pas pris le risque d'une telle évasion si ce n'était pour s'engager dans un projet de grande envergure… L'effarant spectacle donné place Vendôme commençait à prendre sens.

Négligeant les voitures-béliers à l'avant embouti, probablement réduites à l'immobilité, les hommes en noir encore valides se sauvèrent à toutes jambes en direction du sud, vers la rue de Rivoli et les Tuileries, là où le cordon policier était défaillant. Là où les embouteillages du cœur de la capitale n'avaient pas permis de refermer le piège. Aucune hésitation de leur part. En dépit de leurs rangs décimés, ils restaient maîtres de leur destin. Rien, dans leur fuite, ne paraissait improvisé.

Au sein du troisième et dernier groupe, malgré l'obscurité, Hugo crut reconnaître une silhouette vaguement familière. Quand celle-ci croisa le faisceau projeté par les phares d'un 4 × 4 abandonné, l'impression diffuse devint une certitude. Ce gabarit massif. Cette jambe droite affectée d'une raideur, une jambe qui paresse en dépit de l'urgence.

Mallard.

Sans réfléchir, Kezer s'élança à ses trousses. Lancinante, la migraine née devant le brasier d'Issy martelait toujours ses tempes, et la course raviva un peu plus encore la douleur. Après seulement quelques pas, la voix d'Anne lui parvint. Ivre de rage. Furieuse de perdre le contrôle :

— Kezer ! Kezer, qu'est-ce que tu branles, bordel ?!

*

*   *

Au premier étage du Ritz, derrière les fenêtres de *L'Hemingway*, le bar américain du palace, Sabine contemplait la scène digne d'un film, abasourdie. Elle aussi avait eu envie de hurler. Mais elle s'était contenue.

Il lui avait fallu une seconde pour le reconnaître à son tour. Désormais sans doute possible. Gregory Mallard. Le père de son enfant. L'amour de ses vingt ans. Celui qui avait sacrifié leur couple sur l'autel de ses coupables activités. Celui qu'elle avait tenté une nouvelle fois de joindre, en vain, en quittant Saint-Louis, quelques heures plus tôt.

Et pour cause...

C'était donc ainsi qu'il comptait réunir les quatre cent mille euros nécessaires au protocole CAR-T. Il jouait la survie de leur fils sur un coup du sort aussi dangereux qu'hasardeux… Elle aurait brisé le carreau de rage si elle n'avait été aussi terrorisée.

Que resterait-il à Mathys, si son ultime recours échouait dès ce soir en prison ?

12

23 h 11
Paris – Rue de Castiglione

La scène se rejouait sous les yeux d'Hugo comme il y a cinq ans. Presque à l'identique.

Mallard fuyant. Mallard lesté de son butin. Mallard pris en flag et quasiment à portée de main. Seul le décor changeait. Au terrain vague d'un campement gitan, repaire à cette époque du clan Jiménez, s'était substitué le faste architectural des rues les plus huppées de la capitale.

Le chef du groupe crim' 1 dépassait les enseignes de luxe, toutes éteintes, sans même y prêter attention. Sous les arcades de la rue de Castiglione gisaient pourtant les reliefs des pillages récents. Devant le salon Ladurée, il foula un parterre de macarons répandus sur la chaussée.

Depuis la mort de Thomas, Hugo avait abandonné certaines mauvaises habitudes – l'alcool, pour ne pas le nommer –, mais il avait aussi perdu toute envie d'entretenir son corps, désormais empesé. Sa mise au placard n'avait pas aidé. La course et la natation n'étaient plus que de lointains souvenirs. Et ce genre de circonstance lui rappelait à quel point cela le pénalisait : chaque foulée déchirait ses quadriceps et ses poumons. Il gagnait certes du terrain sur l'ombre claudicante, mais sa progression demeurait laborieuse. Éprouvante. Fouillant son étui d'une main, il dégaina son Sig et s'arrêta quelques secondes pour ajuster son tir. Concentré, il pressa la détente, puis stoppa son index, qui reflua lentement vers le pontet. La forme d'une voiture se dessinait dans sa ligne de mire. Occupée ? Vide ? Impossible de le dire. Le risque était trop grand.

— Mallard ! gueula-t-il après le fuyard qui s'éloignait. Mallard, arrête-toi !

Sans pour autant s'exécuter, l'intéressé marqua une infime pause. Une hésitation qui sonna pour Kezer comme un aveu : le braqueur à la patte folle était bien celui qu'il avait blessé cinq ans plus tôt.

Brusquement, celui-ci bifurqua sous les arches, à l'abri de l'alignement des piliers. Hugo reprit son élan au moment où Mallard tournait dans la rue de Rivoli. Il devait accélérer s'il ne voulait pas perdre le visuel pour de bon. Alors il repartit de plus belle, les poumons en feu. Pourtant, parvenu au croisement Castiglione-Rivoli, il ne vit rien d'autre que l'impressionnante file de voitures pétrifiées.

En fouillant du regard les alentours, il constata que la plupart des véhicules avaient été abandonnés par leur conducteur. Seules quelques vieilles guimbardes servaient de boîtes de nuit improvisées à des bandes de jeunes en mal de sensations. De l'autre côté de la chaussée, par-delà les hautes grilles à pointe d'or, il scruta les taillis arborés des Tuileries, mais il ne nota aucun mouvement suspect. Rien que l'ondulation des feuillages dans le vent. Le braqueur s'était volatilisé.

— Fait chier ! ragea-t-il. C'est pas vrai !

D'un coup d'œil par-dessus son épaule, Hugo constata que Franck et le groupe Gilardini approchaient à leur tour de la zone. Sous peu, on lui demanderait des comptes. On épinglerait sa légendaire imprudence. Cette irresponsabilité et cette maladresse qui avaient déjà fait tant de dégâts. Le boulevard des reproches s'ouvrirait devant ses détracteurs, et la cheffe de groupe de la BRB aurait beau jeu de dénoncer son attitude inconséquente auprès du Grand Jeff.

Il s'apprêtait à affronter sa rivale, quand un cercle plus noir encore que la nuit environnante accrocha son regard sur le sol. À trois mètres à peine de lui, sur sa gauche. Pile au niveau du passage pour piétons. Une bouche d'égout avait été délestée de sa plaque en fonte.

Hugo s'approcha de l'œil sombre et vide. Il tendit l'oreille. Il aurait juré que le crachotement d'une radio en émanait.

Bien qu'encore distante, la voix de Franck lui parvint à travers un étrange brouillard, où même la musique criarde provenant des voitures s'effaçait :

— Fais pas ça ! Va pas seul là-dedans, putain, t'es pas équipé !

Pourtant, l'instant d'après, il posait le pied sur l'échelle métallique. Conscient de cette vérité : dans le voyage au centre de nos peurs, c'est toujours le premier pas qui coûte le plus.

13

23 h 20
Paris – Rue de Rivoli

Une fois en bas, Hugo atterrit dans un conduit hors d'eau, étroit et bas de plafond, illuminé à son extrémité par une unique veilleuse sur batterie. Ce boyau de service débouchait sur une volée de marches, lesquelles descendaient jusqu'à un premier tunnel, plus haut et plus large. Mais le niveau des eaux usées devait être exceptionnellement élevé, car la margelle de déambulation se trouvait submergée d'au moins quinze centimètres.

En guise de comité d'accueil, un rat mort flottait sur l'onde noirâtre… La puanteur était si violente qu'elle semblait tenir les parois. Elle était totale. Chaque mouvement entrait en opposition avec les molécules fétides. Kezer tenta de fixer son attention sur autre chose et scruta l'obscurité de part et d'autre sans y percevoir la moindre trace lumineuse. Lui qui pensait pouvoir pister les braqueurs grâce à l'éclat de leurs lampes, il avait tout faux. Franck l'avait averti : il n'était pas équipé.

Et visiblement, Mallard et ses gars, eux, l'étaient. Ils voyaient sans être vus. Démons de ces enfers.

Tendant l'oreille, il capta de lointains « floc-floc ». Les sons paraissaient provenir de la gauche. Puis il perçut un bruit plus fort, un « plouf ! » dont l'écho se répercuta contre les parois. Les fugitifs avaient-ils involontairement largué quelque chose en route ? Ou était-ce un leurre sonore dû à l'architecture voûtée des galeries ? Il choisit de faire confiance à son ouïe et s'engagea de ce côté-ci. Il n'avait de toute façon pas d'autres options s'il voulait rester discret. Cette poursuite devenait de plus en plus hasardeuse. Il commençait à comprendre pourquoi personne ne l'avait suivi dans cette galère. Qu'espérait-il en s'aventurant seul dans ce dédale nocturne ? Le Hobbit avait raison. C'était idiot, en plus d'être dangereux.

Il prit alors un risque immense, mais il n'entrevoyait plus d'autre stratégie possible. Négligeant son mobile privé de réseau – normal, à ces profondeurs –, il attrapa la radio-police clipsée à sa ceinture. Le combiné recourait à des fréquences ultrahautes qui se faufilaient plus ou moins partout, sous terre comme à travers les obstacles les plus épais.

Il se cala sur le canal sélectionné par son groupe, et murmura :

— Pour Franck, de Hugo. Tu m'entends ?

Il renouvela son appel plusieurs fois. Ce qu'il reçut en retour se résumait à une suite de crachotements inaudibles. Il n'entendait rien… Mais était-il reçu à la surface ?

Il avança de quelques pas supplémentaires, dans l'espoir que les ondes passent mieux. Mais le même silence radio persistait. Il n'avait d'autre choix que de poursuivre sa traque.

Seul.

À chaque nouveau pas dans la mélasse pestilentielle, il prenait soin de se mouvoir tel un astronaute en apesanteur, afin de minimiser l'onde sonore de son propre déplacement. L'unique loupiote verte était déjà loin derrière lui. Aucune autre à l'horizon. Les ténèbres dans lesquelles il avançait étaient absolues. Elles l'absorbaient. Le happaient.

L'écho des fuyards se faisait de plus en plus ténu. Si Hugo ne marchait pas plus vite, il les perdrait, c'était certain. Brusquement, alors qu'il pressait le pas, l'étroit trottoir se déroba sous ses pieds. Il chuta dans l'eau nauséabonde. Se débattit, paniqué. Sans aucun repère visuel auquel s'accrocher. Un instant, il crut effleurer le rebord gluant. Mais le bout de ses doigts glissa sur la pierre enduite d'algues et de vase. Il perdit le contact et tout sens de l'orientation.

Il allait se noyer dans deux mètres de large et autant de profondeur. Loin de le rassurer, l'absurdité de la situation le stressait plus encore.

Après quelques secondes qui lui parurent interminables, une barre métallique plantée dans la muraille immergée rencontra son flanc. Lui coupa le souffle. Il s'en saisit avec l'énergie de celui qui n'a plus rien à perdre. Sans prêter attention à sa douleur. Sans trop savoir comment, il parvint à prendre appui dessus, puis à se rétablir sur le bord. Trempé. Chaque fibre de ses vêtements, mais aussi chaque pore de sa peau paraissait empli de cette odeur écœurante.

Son portable immergé semblait encore fonctionner ; la coque antichoc et étanche achetée sur les conseils de sa fille servait donc à quelque chose. Il n'eut ce coup-ci aucun scrupule à déclencher la fonction torche. Et le faisceau confirma ce qu'il avait déjà compris : il était parvenu à un croisement avec un tunnel beaucoup plus large. Une plaque clouée dans la paroi lui indiqua qu'il s'agissait du collecteur de Clichy.

Hugo se remettait encore de ses émotions quand il crut entrevoir une ombre se déplacer quelques dizaines de mètres devant lui. Des pas amortis par les mousses et les lichens martelaient la margelle en bord de canal. Comme une confirmation. Et une pensée incongrue le traversa : il eut la conviction que le traînard n'était pas là par égarement ou par faiblesse, il lui sembla que cet homme l'avait attendu ! Comme s'il se souciait de lui.

Il s'élança vers l'inconnu, sa lumière brandie devant lui. La silhouette se mit à courir. L'image tanguait. Rien n'était clair, ni encore moins net. Mais il aurait tout de même juré que le fuyard boitait. *Mallard ?!* L'idée prenait à peine forme dans son esprit que l'individu disparut subitement du décor. Dans le même instant, le claquement sec de pieds gravissant des barreaux succéda aux bruits de pataugeage.

Hugo ne tarda pas à atteindre à son tour une petite échelle métallique. Celle-ci s'élevait dans un tube vertical juste assez grand pour un homme et s'ouvrait, à son sommet, sur une gaine sèche, tapissée de fils électriques et éclairée par une rangée de veilleuses.

Un luxe improbable au vu du lieu et des circonstances. En revanche, aucune trace du fugitif.

Après une seconde d'hésitation, il progressa doucement en direction de l'extrémité la plus sombre. Jusqu'à ce qu'il comprenne : *le métro, putain* ! Dans la noirceur de four, le ruban des rails luisait sous l'éclairage de son téléphone. Il essaya de sonder le tunnel de chaque côté, mais ne distingua rien d'autre que le vide à perte de vue.

Encore une fois, son ouïe se révéla un allié précieux. L'écho d'une cavalcade le guida. Sans doute tapi dans un renfoncement, l'homme claudicant venait de repartir de plus belle. Hugo le pourchassa, puis se figea après quelques foulées. La silhouette se découpait sur le contre-jour d'un halo lumineux. Elle aussi statufiée.

Un frisson glacé parcourut Hugo, sans qu'il sache si la peur ou le froid dominait. Un silence de cathédrale emplissait encore le tunnel. La situation lui parut impossible à décrypter. Pourtant, comme il l'avait fait plus tôt dans la rue, il arracha le Sig à son étui et mit le fuyard en joue. Son index caressa la détente, suspendu entre urgence, devoir et incertitude.

Sa vision brouillée à demi.

Coupable avant même d'avoir tiré.

Mais son cas de conscience fut bientôt chassé par d'autres pas. Des pas qui se signalèrent dans son dos. D'un coup d'œil par-dessus son épaule, il aperçut une nuée de téléphones portables qui cheminaient vers lui.

Mallard n'était plus seul à subir l'étreinte d'une tenaille anonyme. Ils étaient deux. Frères ennemis réunis dans un même piège.

14

Au même moment
Orly (la ville)

— *Sa race de morts !* On va rester coincés comme des cons encore longtemps ?

Gilou Offmann regretta sa lamentation aux airs typiquement manouches. Un seul regard foudroyant de Jiménez le ramena à une attitude plus mesurée. Il faut dire que les deux hommes patientaient à l'avant du Renault Trafic depuis maintenant une heure. Garés à proximité du 62, rue du Kéfir, leur poste d'observation leur offrait une vue parfaite sur l'entrepôt OrlyGel.

Comme prévu, le black-out parisien avait gangrené la banlieue jusqu'ici. Une fois plongée dans le noir, cette zone industrielle tutoyait des sommets de misère et de déprime. Il leur restait pourtant un sacré paquet de temps à tuer avant de passer à l'action. Et Offmann ne faisait preuve ni de la maîtrise de soi ni de la hauteur de vue d'un Marco Jiménez.

Ce n'était pas pour rien que ce dernier, dans la grande tradition du banditisme gitan, avait succédé à la dynastie des frères Hornec, les caïds de l'Est parisien durant plus d'une décennie. Jiménez observait. Jiménez préparait. Et quand Jiménez agissait, ce n'était jamais sous le coup de la précipitation. Pour toutes ces qualités, d'aucuns le qualifiaient de « bouddha gitan ». Le sage du braquage.

— Tu as vu comme moi que leur générateur a pris le relais, n'est-ce pas ? questionna le chef de bande, calme et pédagogue.

Son équipier piocha dans un paquet de petits-beurre entamé, croqua dans le rectangle dentelé et marmonna :

— Ouais, ouais, j'ai vu…

— OK, et tu en déduis quoi ?

— J'suis pas débile, non plus, s'agaça Gilou. Tant qu'ils ont du jus, ils ont aussi des sécurités actives. Caméras, alarmes silencieuses, verrous électriques…

— Exact. Conclusion : en attendant qu'ils soient passés sur leur cuve annexe, gavée de notre mélange maison, toi tu continues à bouffer tes biscuits et à fermer ta grande gueule.

La menace affleurait clairement sous la surface des mots. Car du point de vue de Jim, il aurait été désolant de gâcher un plan à ce point ambitieux par la faute d'une variable aussi négligeable que Gilou Offmann. En effet, ce qu'avait mis au point Mehdi Bassadi, l'ex-compagnon de cellule de Jiménez à Fresnes, frisait la perfection.

Dès la genèse du projet, leurs contacts réels s'étaient limités au minimum. Un seul parloir en tout et pour tout. Et depuis la libération conditionnelle de Bassadi, plus de six mois auparavant, aucune autre communication ou image publique ne liait les deux hommes. Tous leurs échanges avaient ensuite transité via Telegram, en crypté.

Jiménez attrapa le téléphone satellitaire Iridium 9555 dans le vide-poches côté passager, puis appela un à un les quatre binômes en planque devant les autres objectifs. Offmann, trop occupé à s'empiffrer, ne prit pas la peine de se demander pourquoi son chef utilisait ce combiné plutôt qu'un talkie. Chaque équipe répondit instantanément.

Partout, la température était la même : de l'impatience, et cependant un sang-froid imposé par l'enjeu. À raison de quelque cent à cent cinquante millions par cible, on parlait d'un coup à cinq cents ou six cents millions d'euros. Le butin de la place Vendôme ne pesait pas grand-chose, en regard…

— Jim ? Jim, c'est Zigler.

Le talkie posé en évidence sur le tableau de bord crépita à plusieurs reprises, interrompant ses pensées. Jiménez suspendit sa main au-dessus de l'appareil, interdit. Mais Zigler insistait.

— Jim ? Réponds, putain, c'est moi ! Faut que je te parle !

Un rictus contrarié vint faner le visage jusque-là impassible du bonze de Fresnes.

— C'est pas bon signe, ça, commenta Offmann sans y avoir été invité.

Une nouvelle fois, Jiménez le fusilla de ses yeux noirs. Le pire, c'est qu'il avait raison. Au même titre que Sofiane et Mallard, Zigler n'aurait jamais dû appeler. Ou plutôt, n'aurait jamais dû *pouvoir* appeler… Ce n'était pas le plan. Seul Cargol, l'indispensable artificier, devait sortir du braquage de la place Vendôme vivant, puis ensuite les rejoindre. Si Stéphane Zigler appelait sur le canal 158, c'est que quelque chose avait couillé dans les grandes largeurs. Que quelqu'un n'avait pas fait son job jusqu'au bout.

À contrecœur, l'homme au catogan pressa le bouton d'émission et grinça :

— Steph ! Tu es où ? Comment tu t'en sors ?

15

23 h 38
Paris – Hôpital Saint-Louis

— Comment va le môme ?

— Pas génial. Son état n'a pas arrêté de se dégrader depuis son admission. S'il continue à décliner à ce rythme…

Damien Caseuil suspendit sa phrase. Cela allait de soi, hélas : si Mathys Mallard était trop faible, l'introduction des cellules CAR-T dans son organisme deviendrait impossible. Ni aujourd'hui ni sans doute dans un quelconque avenir. Dès lors, la suite (et fin) probable ne serait qu'un douloureux déclin. Miguel l'électro le comprit à demi-mot et valida l'hypothèse d'une moue affligée.

L'amitié qui liait l'interne, fils de bonne famille, et le brancardier, valait son pesant de mixité sociale. Pourtant, ces deux-là s'étaient immédiatement plu. Leur bonne humeur commune et la relation qu'ils s'efforçaient de créer avec chacun de leurs patients y étaient sans doute pour beaucoup. Pour eux, les gestes techniques répétés jusqu'à l'épuisement ne prenaient jamais le pas sur le contact humain. Des valeurs simples, qui avaient jusque-là résisté aux cadences folles imposées par l'hôpital et au manque d'effectifs.

— T'as essayé de le faire venir plus tôt ?

— Qui ça, Braunstein ? Laisse tomber. J'ai voulu rassurer la mère du gamin. Mais la vérité, c'est que ça fait des heures qu'on cherche à le joindre. Son portable ne répond pas, et avec la panne, les fixes sont tous HS.

— Il est peut-être coincé quelque part à cause du black-out, temporisa Miguel.

Il se demandait combien d'heures de garde l'interne s'était enquillé pour laisser parler ainsi sa lassitude.

— Peut-être, reconnut-il. Mais ça ne change rien à notre problème…

*

* *

Derrière la porte de la chambre 18, l'atmosphère était elle aussi moins enjouée. Non pas que Mathys et Théo fussent fâchés, mais la soudaine faiblesse qui s'était abattue sur le plus jeune des deux patients avait entamé leur enthousiasme. Il n'était plus question de se coller à la fenêtre pour traquer les traces lumineuses encore présentes dans la ville. Allongé et inerte, les yeux mi-clos, Mathys était épuisé.

Mais Théo s'entêta. Il n'était pas du genre à se laisser abattre à la première alerte. Il proposa un autre jeu. Un jeu qui mobilisait un autre sens, et surtout moins d'énergie. Il permettrait à son nouvel ami de participer tout en restant allongé.

— À chaque fois qu'on entend une voix dans le couloir, on essaie de trouver qui c'est. OK ?

— OK, sourit Mathys dans un soupir.

Au cours de la dernière heure, la fièvre avait grimpé en flèche, résistant aux antalgiques et aux anti-inflammatoires ajoutés au cocktail déjà chargé de sa perfusion. Malgré la couverture supplémentaire, le corps chétif du garçon grelottait.

Théo engagea pourtant la partie comme si de rien n'était, ou presque :

— Bon, là, c'est facile : Miguel et Caseuil.

— T'es sûr ? susurra Mathys.

— Ouais, trop !

Avec des airs de monsieur important, il s'amusa à imiter le ton grave des deux hommes, tirant à son cadet un petit rire souffrant. Puis aussitôt après, il ajouta :

— Attends, je crois qu'il y a Coline qui les a rejoints.

— Coline ? C'est qui ?

— Une infirmière des urgences. Tu la connais pas ? Elle est trop cool !

Mathys n'eut pas le temps de répondre. Aux inflexions familières du personnel d'oncologie se mêlèrent soudain des appels paniqués. La dénommée Coline tâchait de garder son calme, mais les autres arrivants semblaient mettre nettement moins de formes pour informer leurs collègues de la situation :

— On a un afflux massif de blessures graves, armes blanches essentiellement, plusieurs urgences vitales. Tous les soignants qui ne sont pas en cours d'acte sont réquisitionnés. Ordre de la direction.

— Même les internes ?

— Même les internes, oui ! Allez, c'est maintenant, on bouge !

Dans la chambre 18, les deux copains n'avaient rien perdu de l'échange.

— Tu crois que ça a un rapport avec la panne ? parvint à articuler Mathys.

— Je sais pas…

Sous son bonnet, Théo ne fanfaronnait plus du tout. Lui aussi avait peur. Lui aussi sentait le petit garçon en lui supplanter l'ado.

À cet instant, il aurait tout donné pour que ses parents soient là, leurs certitudes au secours de ses doutes. Posant un regard sur son camarade, il songea que celui-ci devait se sentir plus seul encore. Un sursaut responsable, un réflexe d'aîné le poussa à changer de sujet. Après tout, il ne savait rien, ou presque, de lui :

— Il fait quoi ton père, comme boulot ? demanda-t-il alors.

Mathys ferma les yeux pour de bon. Que pouvait-il répondre à ça ? « Mon papa, il vient de sortir de prison » ? Il aurait tellement aimé en parler librement. Son père le braqueur. Son père dangereux et fort, paravent contre tous les dangers. À la place, il fit papilloter ses cils en signe d'ignorance.

— Je vois, s'en amusa Théo. Le mien non plus, c'est pas méga clair.

D'un coup, la porte s'ouvrit en grand. La poignée claqua avec fracas sur le mur. L'homme qui se tenait devant eux paraissait hagard. Un grand type hirsute et mal fagoté, le teint bistre, les yeux révulsés sur des cernes aussi profonds que des canyons, son regard fou balayant la pièce comme s'il cherchait une issue dans un cul-de-sac. Il agitait devant lui une paire de ciseaux chirurgicaux, au hasard, afin de repousser Dieu sait quel fantôme.

— T'as quoi, là ? T'as quoi ? répétait-il en boucle, sur un ton saccadé. Hein putain, t'as quoi pour moi ?

Joignant le geste à la parole, il se mit à fouiller chaque recoin, tiroirs, placards, jusqu'aux quelques effets personnels disposés sur les tables de nuit. Et comme rien ne semblait répondre à ses attentes, il fit tout valser sur le sol. Dans leurs lits, les deux garçons ne bougeaient plus. Inspirant un peu plus fort à chaque passage des ciseaux à proximité de leur visage.

Il était clair que l'intrus ne les calculait pas. Qu'il ne les voyait plus. Il y avait sans doute longtemps qu'il vivait dans cette réalité alternative où il avait trouvé refuge, là où paradis et enfer se confondaient.

L'homme était si fébrile qu'il ne perçut même pas l'arrivée de Miguel dans la pièce.

Glissé sans bruit dans le dos du toxico, le brancardier saisit la main armée et neutralisa l'homme dans le même mouvement. L'assaillant, qui ne devait pas peser plus d'une cinquantaine de kilos, n'opposa pas la moindre résistance lorsqu'il fut traîné hors de la chambre.

L'indésirable évacué, Miguel revint auprès des deux malades quelques instants plus tard :

— Ça va ? Il ne vous a pas touchés ?

Un œil posé sur eux, il vérifia aussi l'état de leurs perfusions et des divers appareillages.

— Non, ça va, répondit Théo pour eux deux.

— Je suis désolé. Avec le bordel actuel, on n'arrive plus à filtrer toutes les entrées.

Sa hiérarchie l'eût sans doute sanctionné pour un tel aveu d'impuissance. Quelles que fussent les circonstances, les patients devaient se sentir en sécurité. Rien ne devait troubler leur quiétude. Et, à en juger par la pâleur du visage de Mathys, ils avaient failli à cette mission.

Miguel fixa Théo un instant, avant de s'adresser à lui avec gravité :

— Voilà ce qu'on va faire, bonhomme. Tu vois cette clé ? lança-t-il en tirant l'objet de la poche de sa blouse.

— Ouais…

— Elle ouvre la pièce la plus secrète de tout l'hôpital. Dans les sous-sols. À part le directeur, je suis le seul à y avoir accès.

D'un clin d'œil fugace, il fit du préado son complice.

— OK, lâcha Théo, aussi flatté qu'intrigué par ces confidences.

— Le truc, c'est que je ne vais pas pouvoir rester avec vous. On est tous réquisitionnés aux urgences.

Un voile de déception tomba sur la bouille du jeune patient, encore mâchée par l'effroi.

— Damien aussi ?

— Damien aussi, oui. Donc si à un moment Mathys et toi vous ne vous sentez plus en sécurité dans la chambre, vous foncez là-bas. C'est d'accord ?

— D'accord.

Puis, un quart de fesse posé sur le lit de Théo, penché sur l'oreille du gamin, Miguel murmura la suite de ses instructions, comme on délivre un ultime secret :

— Super. Maintenant, écoute bien ce que je vais te dire.

16

23 h 58
Paris – 24, rue du Roi-de-Sicile – *The Room*

Installé à l'arrière de la 208, Mallard menotté à ses côtés, Hugo n'en menait pas large. Ses vêtements trempés et puants poissaient la banquette. Même sa tignasse grise imbibée de fange faisait la gueule. Certes, il avait en partie rempli sa mission, puisqu'il venait de coincer l'un des braqueurs. Mais à quel prix ?

Une fois encore, il avait préféré son devoir de flic à son devoir de père. Il se sentait dans la peau d'un de ces héros de série américaine, à devoir sauver le monde et les siens en même temps. Fil rouge ? Fil bleu ? À la différence près qu'il n'avait pas les épaules pour prendre les bonnes décisions. Dans la pluie de messages dont elle le bombardait, Sophie résumait ses reproches à cette réalité simple, indéniable : il avait lâché Mila. En outre, lui apprenait-elle, les pompiers promis ne s'étaient toujours pas présentés rue du Roi-de-Sicile.

Sombre et taciturne, Gregory Mallard devait se demander lui aussi pour quelle raison obscure il faisait sans cesse les mauvais choix. Jusqu'à ce que Kezer se décide à rompre le silence qui écrasait l'habitacle :

— Tout à l'heure, dans le premier tunnel, t'as jeté un truc dans l'eau, non ?

— Mon talkie, admit Mallard d'une voix sourde, surpris que le flic de la Crim' entame l'interrogatoire ici, allant à l'encontre de toutes les procédures. J'ai pas fait exprès, j'ai glissé et il est tombé.

— Et ton sac à dos ? J'imagine qu'il s'est fait la malle dans la flotte, lui aussi ?

Au moment de l'appréhender sous terre, pris en tenaille entre les naufragés du métro et le petit groupe emmené par Franck, Hugo s'était en effet étonné de le trouver sans rien d'autre sur lui que ses fringues noires et sa lunette de visée nocturne. Même sa part de butin s'était volatilisée. Mallard haussa les épaules.

— Ben ouais.

Soit c'était le plus maladroit des braqueurs que la Terre ait connus, soit il les prenait vraiment pour des truffes. Hugo soupira avant de lâcher l'affaire. Il serait toujours temps de lui arracher une version plus plausible une fois au chaud. Puis de demander qu'une patrouille inspecte la zone souterraine où les deux objets avaient soi-disant coulé dans les flots nauséabonds.

Au volant de la Peugeot, le Hobbit roulait à une vitesse étonnamment basse. L'épisode de la porte d'Auteuil avait dû calmer ses ardeurs de pilote. À moins qu'il ne fût tout simplement retenu par la prolifération des obstacles sur la chaussée. Ici, en plein cœur de Paris, quatre heures seulement après le début de la panne, le spectacle était effroyable. On ne comptait plus les voitures retournées ou incendiées, les poubelles et les commerces en feu, les vitrines saccagées.

Délaissant les avenues qui menaient vers le nord-ouest de la capitale, Franck remontait à présent la voie de bus sur la rue de Rivoli, à contresens. Loin de les éloigner du chaos, il les conduisait au contraire en plein cœur de la cité dévastée. Un détail qui n'échappa pas à leur passager :

— On va pas chez vous ?

Aucun des deux OPJ ne prit la peine de lui répondre. Pas plus qu'ils ne lui fournirent d'explication quand, quelques minutes plus tard, ils firent halte au métro Saint-Paul. D'un regard entendu, Hugo et Franck s'accordèrent sur la marche à suivre : embarquer un suspect dans une course privée n'était pas non plus très protocolaire, mais hors de question de laisser leur prise dans la voiture, même avec l'un d'entre eux. Aussi, tous sortirent du véhicule, direction *The Room*. Mallard obtempéra sans broncher.

Trois étages plus haut, la situation n'avait guère évolué. Sophie les accueillit d'un de ses regards assassins, chargés de ressentiment. Mais là où n'importe quelle autre eût sans doute passé ses nerfs sur son ex défaillant, elle se contenta de leur faire un point sur la situation :

— L'asthmatique s'appelle Chloé. Chloé B., d'après le registre à l'entrée. Je n'en sais pas beaucoup plus.

Sous ses airs angéliques turbinait la raison d'une pragmatique et palpitait le cœur d'une battante. C'est en grande partie à elle que Mila devait de ne pas s'être écroulée à la mort de son frère aîné. À sa force.

— Elle respire ?

— Apparemment. Mais à quatre dans une boîte hermétique et sans VMC, ça devient vraiment difficile pour elle.

— Mila, ça va ?

— Elle stresse, mais elle assure.

— Et le gérant ?

— Aucune nouvelle.

Ce salopard avait-il profité de l'occasion pour se délester de ses responsabilités ? Ou s'était-il fait prendre dans l'une des rixes qui proliféraient un peu partout dans la ville ? Une seule certitude en l'état : ils allaient vraisemblablement devoir se passer de son aide.

— Tu sais s'il y a un truc qui ressemble à une pioche, ici ? Ou une pelle ?

Sophie lui signifia son ignorance d'un haussement d'épaules. Ils se lancèrent alors dans un examen des placards et des tiroirs, qui ne révéla qu'un échantillon d'outils ordinaires : tournevis, clés, marteau… Défoncer plusieurs dizaines de centimètres de béton avec de telles armes relevait du pur fantasme.

— J'ai trouvé ça, risqua Franck, sceptique, un pied-de-biche en main.

— Fais voir…

Hugo espéra quelques secondes, mais les coups qu'ils assenèrent à tour de rôle sur la cloison renforcée ne produisirent qu'une neige d'isolant phonique qui poudroyait dans la lumière des portables en mode torche. Et, quand ils s'attaquèrent enfin au mur proprement dit, il fut évident que, aussi mal équipés, des heures voire des jours seraient nécessaires pour en venir à bout.

— Vous n'y arriverez jamais comme ça, murmura Mallard. Mais j'ai peut-être une solution.

— Ah ouais, dit Franck, et c'est où que t'es devenu passe-muraille professionnel ? À Fresnes ?

Le truand ne se laissa pas intimider par cette rebuffade. Il n'avait aucune sympathie pour les deux flics, mais, dans l'urgence, son cœur de père parlait plus fort que sa rancœur. Plutôt sûr de lui, il les invita à fouiller une des poches à soufflet de son pantalon treillis. Le Hobbit en sortit un paquet rectangulaire sous cellophane ainsi qu'un petit tube métallique d'où jaillissaient deux broches de fixation.

— C4 et détonateur électronique, commenta le braqueur aussi sereinement que s'il énumérait sa liste de courses. Le déclenchement se fait via le portable jetable qui était dans mon sac.

— Celui-là seulement ?

— Non. Y a une SIM intégrée. Il suffit d'envoyer un SMS sur le bon numéro, avec le code d'activation.

— J'en déduis que tu les connais par cœur ?

— En effet.

— Et après, c'est immédiat ?

— Dix secondes.

Sophie, qui s'était jusque-là gardée d'interroger son ex-mari sur la présence à leurs côtés de cet individu menotté, les écoutait parler explosif comme on discute chiffons, mi-sidérée, mi-consternée.

— Tu ne vas quand même pas faire ça ? s'écria-t-elle à l'intention d'Hugo.

Mais le regard de l'OPJ, de plus en plus tempétueux, valait pour réponse. Il était évident que sa décision était déjà prise.

— Oh, tu entends ? Je t'interdis…

Sans en avoir reçu l'ordre, Franck se chargea de maîtriser Sophie et de l'éloigner.

— Lâche-moi ! Lâche-moi, merde ! hurla-t-elle en se débattant.

Hugo ne se laissa pas ébranler par ses cris.

Grâce au morse, il prévint sa fille du danger imminent et lui intima de s'éloigner autant que possible de la cloison. Message auquel elle se contenta de répondre « OK ». Puis les rôles s'inversèrent et Hugo suivit les instructions de Mallard : coller la charge plastique sur le mur avant d'y ficher le détonateur.

Cela fait, il considéra le portable de Franck qui lui servait jusque-là de lampe. Les plaintes de Sophie, toujours muselée, ne leur parvenaient plus que comme une brume sonore depuis l'autre extrémité de l'appartement.

Mobile en main, prêt à composer le numéro déclenchant la charge sous la dictée du braqueur, Hugo sonda les yeux de ce dernier :

— Qu'est-ce qui me prouve qu'en lançant cette commande, je ne vais pas faire sauter un autre joujou similaire dans Paris ?

La situation était pour le moins inédite. Son complice, inattendu.

— Que dalle, admit Mallard après un temps d'hésitation. Enfin, si, moi. Je crois que je suis déjà assez dans la merde pour pas en rajouter.

Pas faux, trancha Kezer.

Aussi légère que fût cette garantie, il n'existait aucune autre option dans l'immédiat. C'était ça ou attendre indéfiniment les pompiers. Il devait tenter le coup, dépasser ses doutes. Et pourtant, au fond de lui, résonnait cette même terreur qui habitait Sophie.

Il avait joué la vie de Thomas sur un coup de sang, et voilà qu'il s'apprêtait à gager celle de Mila sur un coup de poker. S'il se mettait ne serait-ce qu'une seconde à la place de leur mère, il y avait de quoi devenir folle, c'est certain.

— Putain, maugréa-t-il, j'te jure que t'as intérêt à être plus doué avec le C4 qu'avec les talkies.

Le voyou dévisagea Kezer en silence, indifférent à cette ultime pression. Sûr de son fait.

Tout ce qui suivit lui donna raison. Parfaitement conforme à son plan improvisé. De la composition du numéro au choc qui secoua l'immeuble, en passant par les dix secondes durant lesquelles Hugo regretta son impulsivité, dix secondes qui lui parurent une éternité.

Presque aussitôt après la déflagration, alors qu'ils se trouvaient encore à l'accueil où ils avaient trouvé refuge, plusieurs gémissements et suppliques leur parvinrent depuis le point d'impact. Une brèche s'était ouverte…

17

Au même moment
Orly (la ville)

Jim écrasa son poing sur le tableau de bord. Comme il le craignait, les nouvelles dispensées par Zigler n'avaient rien de rassurant : non seulement cet abruti de Mallard était sorti vivant du braquage de la place Vendôme, mais il avait en prime trouvé le moyen de se faire serrer.

— Et Sofiane ? Et Ludovic ? s'enquit-il ensuite auprès de son informateur inattendu.

— Déso, patron, j'sais pas. On s'est séparés dès qu'on est passés sous terre.

— Tu crois que les condés les ont chopés, eux aussi ?

— Tout ce que je peux te dire, c'est qu'ils n'étaient pas avec Greg quand il s'est fait passer les pinces.

— T'es sûr de ça ?

— Certain ! Je me suis mêlé à des naufragés du métro. On était aux premières loges quand c'est arrivé.

Mallard arrêté, Zigler vivant, et les deux autres dans la nature…

En raccrochant, Jim ponctionna à son tour un petit-beurre dans le paquet. Mais il éprouvait plus le besoin de cracher sa colère que de remplir son estomac. Le biscuit se trouva bientôt réduit en un amas de miettes au creux de sa main.

— Tu crois que ce fils de pute va baver ? s'inquiéta Offmann.

Refrénant son mouvement d'humeur, Jiménez se débarrassa des miettes sur le sol du Renault Trafic. Avec plus d'assurance qu'il n'en concevait, il affirma :

— Non. Vu la situation de son gosse, il n'a aucun intérêt à balancer quoi que ce soit. Il a trop besoin de thune. Et de toute façon, il sait que dalle.

— Si tu le dis…

— Je te le dis. On ne change rien au plan. Grâce à Bassadi, on a tout ce qu'il faut. Prêt à l'emploi.

À ces mots, il désigna d'un geste du pouce le matériel explosif entreposé à l'arrière du fourgon. Ludo Cargol, son artificier, avait jugé la came en question rudimentaire, mais efficace. Dans tous les cas, suffisante pour l'usage qu'ils voulaient en faire.

Malgré sa détermination apparente, le poison du doute, une fois inoculé, ne se dissipait pas si aisément. Au contraire, minute après minute, il contaminait chaque pensée. Quant au désœuvrement et à la gamberge qui l'accompagnaient, ils constituaient de véritables accélérateurs à sa diffusion en lui… Même dans un esprit *a priori* aussi solide que celui de Marco Jiménez.

— On vérifierait pas où en est ton barbu ? suggéra Gilou, comme s'il partageait ses pensées.

Rompant la règle de silence qu'il avait lui-même instaurée durant toute la phase active de l'opération,

Jim se saisit alors de l'Iridium et composa le numéro de téléphone satellitaire de Mehdi Bassadi. Il lui fallait vérifier que, de ce côté-là au moins, tout était conforme à son programme. L'onde s'éleva jusqu'à mille kilomètres d'altitude environ, accrocha l'antenne du satellite, puis redescendit sur Terre après traitement, jusqu'à trouver son correspondant, lui aussi situé en banlieue parisienne.

Marco Jiménez avait rarement autant prié pour qu'on ne lui réponde pas. Les options étaient simples. Binaires. Si Bassadi décrochait, alors cela signifiait que, contrairement au plan dont lui seul était dépositaire, celui-ci était en vie, avec de nouvelles emmerdes en perspective. En revanche, s'il ne répondait pas, signe qu'il était neutralisé, tout pouvait encore rouler. Jouant avec ses nerfs, la sonnerie résonna interminablement dans le vide. De longues secondes s'égrenèrent, une vingtaine environ, après quoi il estima avoir obtenu l'indication qu'il espérait et éteignit le combiné. Un grand soulagement intérieur l'envahit.

Sur le siège conducteur, en revanche, une nouvelle vague de nervosité s'empara de Gilou Offmann :

— Je te l'avais pas dit qu'il fallait se méfier de ce connard de barbu ? Il fout quoi, là ? Depuis le début je le sens pas, ce blédard. Tu vas voir qu'il va tout faire foirer !

Cette fois-ci, Jim ne rembarra pas son lieutenant. Il n'était pas plus mal que celui-ci croie en une défection de leur complice, un complice au pedigree plutôt inhabituel dans l'entourage du parrain gitan.

Condamné de droit commun spécialisé dans le piratage informatique, Bassadi s'était radicalisé durant un temps au contact de son beau-frère, le dénommé Mohammad Haffaz, ancien djihadiste en Syrie classé par la DGSI dans le top 5 des terroristes présumés les plus dangereux sur le sol français. Bassadi n'était lui-même jamais passé aux actes. Pour autant, il n'affichait pas vraiment un casier de pucelle.

Ainsi, lorsque ce dernier avait recontacté son ex-codétenu, toujours au ballon, via Telegram, pour lui soumettre son idée de coup démentiel, Jim ne s'était pas jeté sur l'aubaine. Il avait dûment contrôlé la situation du lascar par l'intermédiaire des gamins du clan. L'enquête informelle avait révélé que, depuis son passage à Fresnes, et plus encore depuis sa sortie de taule, Mehdi avait pris des distances très nettes avec son beau-frère. Il menait en apparence une existence pépère : travail en intérim régulier, respect du périmètre de son bracelet, quotidien sans vagues ni excès. Désormais, il n'était plus qu'un « ex » en voie de réhabilitation : ex-arnaqueur, ex-islamiste radical, ex-taulard.

Même si l'issue ne faisait plus vraiment de doute s'agissant de Bassadi, Jiménez sauta sur l'occasion pour noyer un peu plus le poisson, et régler le cas Zigler dans le même mouvement. Il contacta celui-ci via son talkie longue distance :

— Steph ?

— Oui patron ? répondit presque instantanément son interlocuteur.

— Tu es où, là ?

— En chemin pour vous rejoindre, comme j't'ai dit.

— J'aimerais que tu fasses un crochet, d'abord.

Zigler garda le silence une seconde. Il semblait contrarié par ce contrordre.

— D’accord. Je vais où ?
— Chez Mehdi.
— Juste une visite de courtoisie, ou bien… ?
— Vérifie déjà qu’il s’est pas fait la malle.
— OK. Et s’il est bien chez lui ?
— Tu gères comme tu le sens. Mais si tu as le moindre doute…

JOUR 2

1er novembre – Toussaint

18

0 h 44
Paris – 36, rue du Bastion

— En fait, tu n'arrêteras jamais tes conneries, Kezer, c'est ça ?

L'invective le faucha dès son premier pas dans le hall du Bastion. Une main arrimée à sa ceinture, plantée devant des dizaines de témoins toutes unités confondues, Anne l'apostropha assez fort pour que chacun puisse profiter du spectacle.

Hugo se figea. Macérant encore dans son jus abject, poussant un Mallard menotté devant lui, il ravala ce qu'il lui restait de fierté. Sous l'œil goguenard des collègues, toujours friands d'un bon clash interservices, il répondit :

— Puisque ça t'intéresse : ma fille est blessée, mais vivante. Merci. À l'heure qu'il est, elle est admise aux urgences de Saint-Louis. On est bons, là ?

Gilardini ne parvint pas à déterminer s'il bluffait ou non. Dans le doute, et pour ne pas perdre la face, elle emprunta une voie médiane, entre le clouage au pilori de son confrère et le simple rappel à la procédure :

— Les alibis perso, ça a peut-être marché jusque-là. Mais il y a un moment où va falloir te trouver d'autres excuses. T'avais aucune autorité pour intervenir. Ni à Vendôme ni dans le métro. Putain, qu'est-ce que t'as pas compris dans « je prends le relais » ?

Les yeux de la jeune femme brillaient d'un bleu plus vif encore qu'à l'accoutumée. Sa fureur électrisait l'atmosphère.

Dans la confusion qui régnait place Vendôme, tous les braqueurs encore indemnes avaient suivi le même plan d'urgence que Mallard. L'objectif avait clairement été de rejoindre les égouts. Là, le réseau de galeries s'étendait de manière tentaculaire. Semer une poignée de flics sans équipement spécifique ne présentait aucune difficulté. C'est ce qui avait valu au groupe Gilardini de rentrer bredouille.

— Conclusion, reprit-elle avec aplomb : t'es gentil, mais ce garçon va me suivre.

En l'état de l'enquête, Hugo rageait d'avoir à l'admettre, il ne pouvait lui donner vraiment tort. Les braquages de grande ampleur relevaient évidemment de la BRB. Et, pour l'instant, il n'avait rien d'autre à lui opposer que cette sourde intuition qui tournait dans sa tête et reliait ces points épars : le black-out, Mallard, Jiménez, le braquage…

Il était sur le point de capituler, quand une voix s'éleva derrière lui :

— Je crois pas, non.

Franck venait de faire son apparition. Quelques minutes plus tôt, il avait déposé Hugo et Mallard devant l'entrée, avant de partir en quête d'une place pour la 208. En effet, vandalisée à la faveur du noir, la porte du garage demeurait bloquée en position basse, interdisant l'accès aux stationnements en sous-sol.

Gilardini toisa l'intrus et lâcha, méprisante :

— Ah ouais ? Et tu vas faire quoi, le « Hobbit », me jeter un sort, c'est ça ?

Les esprits s'échauffaient dangereusement. Plus calme que son coéquipier, une fois n'était pas coutume, Hugo reprit la parole, une main posée sur le bras de la jeune femme.

— Anne, s'il te plaît…

— Toi… Toi, *tu ne me touches pas* ! fulmina-t-elle.

Il était clair que sa réaction n'était pas uniquement dictée par le dégoût.

— Le groupe crim' 1 est en charge de tout ce qui concerne de près ou de loin le black-out, argumenta Franck. Tu le sais très bien. T'étais là au briefing.

La blonde pivota d'un coup vers le prévenu et s'adressa à lui, d'un ton presque enjoué :

— Monsieur Mallard, c'est pas vous qui avez coupé le courant dans tout Paris, par hasard ? Non ?

Déconcerté par la tournure un peu grotesque des événements, le malfrat ne trouva d'abord rien à répondre. Quand deux flics réglaient leurs comptes, il n'était jamais très judicieux de choisir son camp avant qu'un vainqueur ne soit déclaré.

— C'est n'importe qu… !

— Bon ben voilà ! triompha-t-elle, coupant la chique à ses rivaux. Affaire réglée. Et si vous avez besoin d'une petite révision du code de procédure pénale, les garçons, vous savez où se trouve mon bureau.

Franck enrageait en silence. Hugo, lui, paraissait déjà se résigner. Mais Gilardini n'avait pas fait deux pas en direction de Mallard que le Grand Jeff fit irruption dans le hall. Probablement alerté par un agent de faction.

— Quelqu'un peut m'expliquer ce foutoir ?

Toujours prompte à la détente, Anne plaida la première sa cause, invoquant de nouveau la procédure. Faute de preuves formelles, Kezer se contenta pour sa part d'évoquer un « faisceau de coïncidences troublant » reliant les événements de la place Vendôme au black-out.

— OK, on arrête de jouer, soupira Lespinasse. J'appelle le proc et je lui demande de vous coller en cosaisine sur les braquages.

Anne triomphait. La cosaisine, c'était certes la plaie, mais déjà la moitié du chemin parcouru.

— Non, patron… commença à objecter le chef du groupe crim' 1.

— M'emmerdez pas, tous les deux ! Je vous jure, c'est pas le soir. J'ai dit cosaisine. Point barre. Et maintenant, au boulot.

Le message était clair. Tout le monde obtempéra sans plus discuter et, d'un coup d'ascenseur, ils se retrouvèrent au premier sous-sol, l'un des deux niveaux dédiés à la gestion des gardés à vue. Seul Hugo se désolidarisa en chemin, le temps d'enfiler les fringues de secours qu'il gardait toujours dans son bureau et de faire une rapide toilette aux W.-C.

Il en sortait à peine, encore écœuré par l'odeur de pisse et de lavande industrielle mêlée, quand la sonnerie de son mobile retentit :

— Kezer ? C'est Luc, à l'Horloge. La balistique a fini d'analyser la carabine saisie par ton copain Szumlanski.

Vu le contexte, Hugo ne s'attendait pas à des résultats aussi rapides de la part du laboratoire central de la police scientifique, niché au 3, quai de l'Horloge, à quelques pas seulement de l'ancien « 36 ».

— Tu parles bien de l'arme trouvée chez Gregory Mallard ?

— Elle-même.

— Je t'écoute…

— Comme demandé, on l'a comparée aux douilles ramassées au transfo d'Harcourt. Et j'ai le plaisir de te dire que tu as une gagnante : c'est bien avec cette arme qu'on a tiré. Idem à Issy et sur au moins cinq autres des sites RTE visés.

Si on imaginait que le tireur avait agi dans la même soirée – c'était le plus probable, s'il tenait à ne pas éveiller les soupçons en amont –, il n'avait pas chômé.

— Très bien. Et sur l'arme, des empreintes dispos au FAED[1] ?

— Double banco, capitaine. Elle est bien passée entre les pattes de ton Mallard.

Ces découvertes, associées à la présence d'une casquette et de lunettes de soleil au domicile du braqueur, accessoires clés de la description du témoin, achevaient de valider ce qui devenait d'un coup beaucoup plus qu'une hypothèse : Mallard avait participé en personne à l'organisation du black-out. Pourtant, malgré cet argument assez solide pour revendiquer le prévenu, Hugo pratiquait le Grand Jeff depuis assez longtemps pour savoir que le patron ne reviendrait pas si facilement sur sa décision. Surtout pas si celle-ci devait pencher

1. Fichier automatisé des empreintes digitales.

en sa faveur. Il lui faudrait donc encore composer avec sa rivale…

*
* *

À peine arrivé au premier sous-sol, Franck avait finalement décidé de faire un crochet par son bureau. Une idée lui trottait en tête, une simple tâche de routine, mais qui pourrait être utile lors de l'interrogatoire de Mallard. Concentré sur l'écran de son ordinateur, il effectuait à présent une recherche dans le logiciel Salvac. D'origine canadienne, cette vaste base de données d'enquêtes classées permettait de révéler des liens éventuels entre affaires passées et affaires présentes. Par chance, les cas de black-out d'origine criminelle en France n'étaient pas légion : au cours des vingt-cinq dernières années, il n'en nota qu'une vingtaine, dont la moitié en Île-de-France.

Chaque fois ou presque, l'acte pouvait être mis sur le compte de déséquilibrés. Certains d'entre eux étaient même pompiers, agents RTE ou encore salariés chez Enedis. Cependant, aucun n'affichait d'antécédents, et certainement pas un profil de terroriste ou de braqueur en puissance. Aucun n'était récidiviste. Aucun ne présentait non plus de lien avec Mallard, Jiménez ou un de leurs anciens complices du camp de Montreuil. Hormis leur coup de folie passagère, ils apparaissaient dans l'ensemble comme des citoyens sans histoires. Ainsi, malgré la gravité de leurs méfaits, la plupart n'avaient écopé que de peines assez légères, ou avaient vu celles-ci commuées en hospitalisation assortie d'une obligation de soins psychiatriques.

Un seul détail attira son attention : sur le total de ces messieurs – il n'y avait là que des hommes –, trois n'occupaient pas de simples postes de techniciens d'exploitation ou de maintenance, mais bien des sièges de direction, dans certains cas assez haut placés, en particulier à ERDF, l'ancienne appellation d'Enedis. Un peu comme si le commandant d'une brigade de pompiers en personne avait déclenché un incendie.

Un taré en chef.

19

1 h 16
Paris – 36, rue du Bastion

Mallard avait été conduit dans la première salle d'audition vacante, sans passer par la case cellule. C'était l'un des rares avantages qu'Hugo reconnaissait au Bastion sur l'ancien « 36 ». Désormais, tout le traitement des suspects se déroulait dans un seul et même périmètre. Ainsi, leurs bureaux étaient devenus de véritables sanctuaires, où les prévenus ne mettaient jamais les pieds. Ce distinguo net lui semblait beaucoup plus sain.

Au moment où ils allaient rejoindre le prévenu, Anne retint Hugo hors du box. Puisqu'ils allaient devoir collaborer, une mise à niveau s'imposait.

— Tu peux développer ce que tu as raconté à Jeff tout à l'heure ? Si je comprends bien, Jiménez s'est fait la malle de Fresnes ce soir, et Mallard est de mèche avec lui, c'est ça ?

— En gros, c'est ça. Mais pour l'instant, je n'en sais pas beaucoup plus.

— Et tu crois vraiment que ça a un rapport avec la panne ou t'as juste dit ça pour me faire chier ? demanda-t-elle, à la fois dubitative et mordante.

Un instant, la tension qui s'installa entre eux les ramena à l'époque de la précédente capture de Mallard, cinq ans plus tôt ; à ce jour où, selon ses propres termes, Hugo avait complètement merdé. Car le braqueur n'avait pas été la seule victime de sa bavure : lors du coup de filet au campement de Jiménez, à Montreuil, ils avaient totalement perdu le contrôle de la situation, au point où un collègue de la BRB s'était vu faucher par les tirs de riposte des gitans. L'officier tué s'appelait Maxime Guesnest. Il était leur collègue, certes, mais il était aussi et surtout le compagnon d'Anne. Après ce drame, celle-ci avait entamé sa métamorphose : remplacé ses cheveux longs et bruns par une brosse blond platine, ses tailleurs par des jeans et des blousons, sa voiture par une moto, les mecs par les filles. Une mue totale, qui avait libéré une bête aussi venimeuse que la précédente semblait inoffensive. Il n'y avait qu'une chose qu'elle ne pouvait effacer, encore moins que le souvenir de Maxime, c'était sa haine pour Hugo. À ses yeux, il était le seul responsable de sa perte. Et la promotion-placard de ce dernier, déplacé de la BRB à la tête d'un groupe crim', avait ajouté un profond sentiment d'injustice à sa douleur.

— Peu importe ce que je crois, embraya Hugo. Et toi ? J'imagine que tes gars ne sont pas allés place Vendôme pour faire du tourisme. Vous avez ramassé quoi ?

— Clairement, c'est du très pro : pas d'empreintes, des voitures volées aux quatre coins de la région parisienne, des flingues non répertoriés… Et je ne t'apprendrai rien si je te dis qu'avec cette saloperie de coupure, il ne faut rien attendre des caméras.

— Des témoins ?

— Florian est resté sur place pour faire de la proximité. Il se concentre essentiellement sur le personnel et les clients du Ritz. Il ne devrait pas tarder à revenir, je pense.

— OK. Quelque chose sur les corps ?

— Ils sont à l'IML. Pas facile d'obtenir une autopsie et une identification express une nuit de black-out, mais je vais leur mettre la pression.

Il n'en doutait pas une seconde. La détermination d'Anne n'était plus à prouver. D'ailleurs, elle posait déjà une main sur la poignée de la porte, prête à en découdre avec Mallard.

Hugo ne le lui avouerait sans doute jamais, mais chaque tête-à-tête avec elle lui coûtait beaucoup. Le dialogue entre eux était rompu depuis si longtemps… Ses remords, désormais trop tardifs, n'étaient plus en mesure de réparer quoi que ce soit.

D'un même mouvement, ils rejoignirent leur prévenu.

Fonctionnelles, dotées de tous les équipements dernier cri, les salles d'audition du Bastion ne brillaient pas par leur confort ou leur décoration. Elles se limitaient au strict nécessaire : quatre murs d'une couleur indécise, une table rivetée au sol et dotée d'une fixation pour les menottes, plusieurs chaises et, enfin, un PC connecté équipé d'une webcam. « Rien que la procédure et rien que la vérité », semblait exiger le crépi délavé avant l'heure. Les deux chefs de groupe prirent place d'un côté du bureau, Mallard de l'autre. Seul Franck demeura debout, en observateur, adossé à la porte d'entrée.

— À partir de maintenant, 1er novembre, 1 h 23 du matin, vous êtes placé en garde à vue pour une période initiale de vingt-quatre heures, déclara Hugo. Souhaitez-vous prévenir un proche ?

— Non, répondit le détenu, un peu sonné, après une brève hésitation.

— Souhaitez-vous l'assistance d'un avocat ?

Il déclina cette fois-ci d'un hochement latéral. Alors, sans plus tergiverser, Kezer commença l'interrogatoire :

— Hier soir, vers 19 h 20, vous êtes sorti du périmètre de confinement imposé dans le cadre de votre contrôle judiciaire. Comment le justifiez-vous ?

Face au silence de l'intéressé, Kezer sortit plusieurs des pions qu'il conservait sur lui en permanence. Petites silhouettes blanche, noire, rouge et jaune qui symbolisaient les joueurs. Par chance, elles étaient ressorties indemnes des égouts, avant de trouver refuge dans la poche de son jean de rechange. Hugo se saisit de la pièce blanche et la posa sur la couverture du bloc-notes qui traînait devant lui.

— Ça, c'est toi, lâcha-t-il dans un registre soudain plus familier. Le bloc-notes, c'est l'appart : tu es censé ne pas en sortir sans autorisation. Et tu en es sorti, donc, puisque tu as été localisé à Fresnes.

Puis, il plaça le pion noir sur une des touches du clavier de l'ordinateur et poursuivit :

— Lui, c'est Marco Jiménez. Jusqu'à ce soir, il était justement bouclé à Fresnes pour une période d'incarcération incompressible de quinze années. Sur le papier, il n'avait strictement aucune chance de se faire la belle.

Pour finir, il disposa les pions jaune et rouge directement sur le plateau en bois vernis de la table.

— Le jaune, ce sont les bijoutiers de Vendôme assiégés par ton équipe. Et le rouge, c'est nous.

D'un mouvement de doigts circulaire, il désigna Franck, Anne et lui. En d'autres termes, les autorités.

Jusque-là, Gilardini le regardait faire sans intervenir. Mi-agacée, mi-amusée. Ce préambule traînait un peu trop à son goût. Mais détester Hugo ne l'empêchait pas d'apprécier l'originalité de ses méthodes.

D'un claquement de doigts, ce dernier intima l'ordre à Franck d'éteindre le plafonnier, plongeant subitement la pièce dans la pénombre. Ne restait plus, pour unique source lumineuse, que le rayonnement bleuté du moniteur.

— Ça, c'est le black-out. Alors, maintenant, ce que j'aimerais que tu me racontes, c'est par quelle coïncidence extraordinaire tous ces événements ont pu se produire le même soir. Parce que tu avoueras que si Jiménez et toi vous n'y êtes pour rien, elle est particulièrement bien tombée pour vous, cette panne.

Un peu hagard, Mallard haussa simplement les épaules, sans un mot.

Chez lui non plus, ces retrouvailles avec Hugo Kezer ne convoquaient aucun souvenir réjouissant. L'OPJ balafré était non seulement celui à qui il devait plus de quatre années de taule et cette patte folle. Mais aussi, depuis sa libération conditionnelle, une vie recluse. Tout juste une survie. Une vie qui persistait à exclure Mathys, excepté ces coups de fil que lui accordait Sabine de temps à autre. Tout le reste lui était interdit, en particulier les visites à l'hôpital. Pile au moment où son fils aurait eu le plus besoin de lui.

Le mutisme de son interlocuteur contraignit Hugo à changer son fusil d'épaule.

Il y a toujours un moment, dans un interrogatoire, où un flic sait qu'il va devoir user d'un stratagème un peu dégueulasse pour arracher des aveux : intox, allusion déplacée, manipulation, chantage… Plus la toxine verbale empruntait à un registre personnel, voire intime, plus elle pouvait se révéler efficace. D'ordinaire, une forme d'éthique l'incitait à n'y recourir qu'en tout dernier ressort.

Mais pas ce soir. Ce soir, tout leur manquait, le temps comme la morale.

— Y a vraiment un truc que je capte pas, Gregory. Il te restait combien de mois de bracelet ? Six ? Douze ?

— Dix, murmura Mallard.

— Alors pourquoi tu t'es refourré entre les pattes de cette ordure de Jiménez ? Hein, pourquoi tu t'es foutu dans cette merde alors que tu allais enfin retrouver ton gosse ? Pourquoi tu as pris le risque de ne jamais le revoir vivant ?

L'attaque était frontale. Perfide. Cruelle. À dire vrai, Hugo manquait d'infos précises sur la situation du petit Mathys. D'après Samir, l'état de santé du gamin avait viré au critique depuis quelques mois. C'était d'ailleurs à ce titre que le braqueur avait obtenu sa remise en liberté conditionnelle.

Le cœur gros, l'ombre de Thomas à fleur de conscience, Hugo ficha l'ultime banderille dans l'oreille de son interlocuteur, celui-là même qui venait de l'aider à sauver Mila. Pour la compassion et l'humanité, il repasserait.

— Putain, tu veux revoir ton fils entre quatre planches ? C'est vraiment ça que tu veux ?

Le deal était à peine voilé : sa confession contre des retrouvailles avec son fils. La réaction fut immédiate. Malgré ses mains menottées à la table, le grand gaillard se jeta en avant, renversant les pions. Ses muscles étaient contractés à l'extrême. Son visage déformé par la rage.

Franck intervint. Ses deux mains autoritaires tombèrent sur les épaules du forcené, et il plaqua ce dernier sur sa chaise. À présent plus sonné qu'agressif, Mallard semblait enfin prendre la mesure de la situation. Son regard vagua un instant sur le mur. Puis il lâcha d'une voix éteinte :

— Je ne sais pas comment Jim s'est démerdé pour la panne. Je vous le jure.

— Mais tu nous confirmes que c'est bien lui qui a déclenché tout ce merdier ? se radoucit Kezer.

— C'est ce qu'il a prétendu quand il m'a recontacté.

Ces révélations ne jouaient pas en faveur d'Anne, elle s'en rendait bien compte. Elle persista donc à se faire discrète, pendant qu'Hugo poursuivait :

— Tu crois sérieusement que Jiménez a pu piloter une opération de sabotage de cette ampleur depuis sa cellule ?

Même pour un caïd tel que lui, tout ça paraissait trop gros : dix-huit attaques coordonnées sur les postes de transformation RTE autour de Paris, soit des dizaines de complices formés au pilotage de drones, sans compter ceux qui avaient mis les caméras de surveillance hors d'usage… On parlait là d'une véritable petite armée, entraînée et équipée comme un authentique commando militaire.

À première vue, rien de cela ne collait avec le profil de Marco Jiménez. « Jim », comme l'appelaient ses troupes, était un truand à l'ancienne. Des flingues, des explosifs, des grosses cylindrées pour défoncer tout ce qui se présentait sur son passage, voilà de quoi se composait son vocabulaire criminel. Élémentaire et efficace. Alors les braquages de la place Vendôme, pourquoi pas. Ça restait dans ses cordes. Mais un black-out sur la capitale, il y avait de quoi être perplexe.

— J'en sais rien. Il m'a raconté qu'il avait quelqu'un sous la main pour assurer sur tous les aspects techniques. « L'homme de la situation », il a dit.

Anne et Hugo se dévisagèrent, pour une fois sans hostilité. Leurs instincts de flics commençaient à converger : un fil à tirer semblait affleurer dans les propos du braqueur. Sur ce terrain-là, au moins, ils pouvaient s'entendre.

— Tu sais de qui il parlait ?

— Non. Mais certainement pas d'un de ses gars habituels. Ce sont peut-être des virtuoses dans leurs domaines, mais, en dehors de ça, on ne peut pas vraiment dire que ce soit des génies.

— OK. Admettons que tu ignores qui est à la manœuvre pour le compte de Jiménez, lâcha finalement Anne. Tu dois au moins savoir à quoi ça lui sert de foutre un merdier pareil, non ? Parce que c'est peut-être grâce à ça qu'il a pu s'évader, mais on se doute bien que son plan ne s'arrête pas là. Et le coup à Vendôme, surtout vu les moyens engagés, ça me paraît « petit bras » pour un mec de sa trempe.

— Je sais que vous allez avoir du mal à me croire, mais je n'en ai aucune idée non plus.

Les deux OPJ échangèrent un nouveau regard éloquent : si Jiménez était bien le grand ordonnateur du black-out, alors il était nécessairement question de braquage. Et, qui sait, peut-être n'était-il pas trop tard pour lui couper l'herbe sous le pied. Mentalement, chacun nota d'établir une liste des sites assez attractifs pour justifier un dispositif aussi dingue. Dès la fin de cet interrogatoire, déterminer sa véritable cible deviendrait la priorité absolue.

En attendant, il leur restait deux ou trois choses à éclaircir.

— Bon, reprit Kezer. Revenons-en à toi, si tu veux bien. Alors que Jiménez monte le coup du siècle, il te colle sur un braquage finalement assez classique. On parle de quoi : quelques millions d'euros, tout au plus ?

— Dans ces eaux-là, oui, souffla Mallard.

— Et ta part à toi, elle monte à combien ?

Le prévenu piqua du nez. Hugo visait juste avec ses questions. Mais perdu pour perdu…

— Quatre cent mille, sans les bonus.

— Quatre cent mille euros !? Pour un mec comme Jiménez, c'est de l'argent de poche. Tu le sais très bien. Donc je te repose la question : pourquoi tu as tout mis en péril pour une opé ultragonflée dont, en prime, tu ne devais récupérer que des miettes ?

Le malfrat se perdit quelques secondes dans une songerie qu'on devinait douloureuse. Ses traits se décomposaient peu à peu, cédant la place à la résignation. Les flics pouvaient le lire sur son visage.

— J'ai pas eu le choix, souffla-t-il.

— On a toujours le choix, trancha Gilardini, péremptoire.

Il tonna dans un sursaut :

— Non ! Ça, c'est des conneries pour ceux qui font de la philo dans leur cuisine. Moi, je n'ai *vraiment* pas le choix.

D'une voix grave, il leur expliqua la mort lente qui rongeait le sang de Mathys. L'intervention CAR-T de la dernière chance. Les quatre cent mille euros à régler cash. Et puis la proposition de Jiménez, providentielle. Toutefois, le parrain gitan n'avait avancé que la première moitié, veillant ainsi à ce que Mallard mène sa mission à son terme, otage de son urgence financière. Comme un licol de fric et de peur.

Mais maintenant qu'il se trouvait entre les mains des flics, c'était certain, le versement de sa part de butin pouvait être relégué au rang des espoirs vains. Alors qui paierait les deux cent mille euros manquants ? Qui sauverait son enfant ?

— Il reste combien de temps avant l'échéance ? demanda Hugo après un silence.

— Quinze jours. Non, d'ailleurs plus que quatorze. Peut-être même treize si Braunstein exige que le solde soit remis la veille du traitement.

— Braunstein ?

— Le professeur Francis Braunstein. Un oncologue de l'hôpital Saint-Louis. L'un des trois seuls types en France à savoir manipuler correctement les cellules CAR-T.

Le cerveau de Kezer était encore en train de traiter l'information quand la large carrure de Florian fit irruption dans la pièce, coupant court à l'échange.

D'un signe, l'officier de la BRB requit la présence de sa patronne hors de la salle d'interrogatoire. Elle s'exécuta avec une grimace contrariée.

— Qu'est-ce qu'il y a ? demanda celle-ci une fois dans le couloir.

— On a fini le voisinage à Vendôme.

— Putain, Flo, c'est pour ça que tu me déranges en pleine audition ?

— Attends, je crois que ça va t'intéresser, se justifia-t-il. Tu te souviens du flic en uniforme qui s'est lancé seul sur la place ?

— Bien sûr que je m'en souviens. Accouche. J'ai pas de temps à perdre !

— Eh bien figure-toi que tous les témoignages concordent : il était sur les lieux *avant* l'arrivée des voitures-béliers.

En un sens, cela expliquait que le policier se soit trouvé coupé du reste des forces de l'ordre. Par la suite, peut-être s'était-il senti pousser l'âme d'un héros… Mais quelque chose chiffonnait Anne. Malgré la fatigue lancinante qui la gagnait, elle retourna l'info, jusqu'à ce que le souvenir de son échange avec l'agent Cadot resurgisse : ce n'était pas un flic présent sur les lieux qui avait donné l'alerte place Vendôme, mais bien cet étrange appel anonyme du Raincy.

— Il n'a pas cherché à obtenir du soutien, conclut-elle pour elle-même.

— Ouais, c'est comme s'il avait sagement attendu que les gars du braquo ressortent pour commencer son tir aux pigeons, lâcha Florian, suivant le raisonnement de sa cheffe. C'est spé, non ?

Même téméraire, n'importe quel fonctionnaire aurait eu le réflexe de dégainer sa radio, ne serait-ce que pour informer sa hiérarchie de sa position. C'était le b.a.-ba du protocole d'intervention sur le terrain.

— Tu sais s'il avait sa radio sur lui ?

— Non. Son corps est parti direct à l'autopsie, avec toutes ses affaires.

— OK. Merci pour tout ça. J'y retourne. Mais va falloir se fendre d'une petite visite à l'IML quand j'en aurai fini avec Mallard.

Anne regagnait tout juste le box quand Alex déboula à son tour, de toute évidence surexcité.

— Ça a pété à la Souterraine ! lança-t-il sans préambule.

Durant une seconde, l'annonce les statufia tous. Même Mallard semblait tomber des nues. La Souterraine, c'était le surnom donné à la réserve d'or de la Banque de France. La Souterraine, c'était 2 436 tonnes d'or pur, la sixième réserve au monde. Le Fort Knox français. Le Saint Graal des braqueurs.

20

1 h 34
Paris – 36, rue du Bastion

Conversation privée entre Hugo Kezer et Gregory Mallard, en cellule de garde à vue, sans témoins ni caméra active.

HK : Le moins qu'on puisse dire, c'est qu'on a un sacré passif, tous les deux.

GM : C'est sûr…

HK : Tu dirais quoi d'effacer l'ardoise ?

GM : Franchement, je sais pas.

HK : Pourquoi ?

GM : Parce que vous, vous pensez à moi quand ça vous prend ou quand vous avez besoin de moi, comme tout à l'heure. Moi, ma jambe me rappelle votre existence tous les jours. Alors, sans faire de jeu de mots, je dirais qu'on ne part pas vraiment sur un pied d'égalité.

HK : Je comprends. Mais ça me semble le bon moment pour qu'on essaie.

GM : De toute façon, c'est pas comme si j'avais le choix…

HK : Et si tu commençais par me tutoyer ?

GM : Si ça peut vous faire plaisir…

HK : C'est le cas. Je voulais aussi m'excuser pour tout à l'heure. Ce que j'ai dit sur ton fils…

GM : Non, vous… tu avais raison. Je ne suis pas abruti au point d'ignorer les probabilités de rémission.

HK : Ça nous fait au moins ça en commun.

GM : La connaissance des stats ?

HK : Non. Nos fils.

GM : Le tien est mort, c'est ça ?

HK : Il n'est pas juste mort. C'est moi qui l'ai laissé mourir. Enfin non, d'ailleurs, c'est même pire que ça : c'est moi qui l'ai tué.

GM : Qu'est-ce qui s'est passé ?

HK : Ce p'tit con s'est barré avec une bagnole volée, en pleine nuit. Je l'ai coursé à moto. Ce soir-là, il y avait du verglas sur la chaussée. J'ai perdu le contrôle de mon véhicule, lui aussi… Bref, je ne vais pas te faire tout le film. Mais je crois que si quelqu'un ici peut ressentir ce que tu ressens, c'est bien moi.

GM : Ne le prends pas mal, mais j'ai jamais pensé que les drames rapprochaient les gens. Je trouve plutôt que ça isole.

HK : Rapprocher, peut-être pas. Mais ça rend un poil plus sensible aux difficultés des autres, tu ne crois pas ?

GM : J'en sais rien. Pour l'instant, moi, je suis en plein dedans. Mathys est en plein dedans.

HK : Je peux vous aider à en sortir. Tous les deux.

GM : Nous aider ? Comment ? En me recollant dix ans de taule ?

HK : Écoute, moi, je ne suis pas Jiménez. Si je te propose un deal, je respecterai ma part. Y aura pas de chantage. Je ne jouerai pas non plus la montre pour te tenir en laisse comme cette ordure.

GM : On sait pourtant comment ça finit, les deals, avec vous…

HK : Tu ne veux pas entendre ce que j'ai à te proposer ?

GM : Dis toujours…

HK : Tu me donnes tout ce que tu as sur Jiménez, tout ce qui me permettra de comprendre comment il a monté ce putain de black-out. Et je couvre les deux cent mille qui te manquent pour l'intervention.

GM : Deux cent mille en cash ?

HK : Oui.

GM : Ton groupe a gagné au loto, ou quoi ?

HK : T'inquiète pas pour le fric. Ça, c'est ma tambouille.

GM : Si j'accepte ta proposition, ça devient aussi la mienne, si tu permets.

HK : Pas faux. Jusqu'à preuve du contraire, les bijoux qu'on a trouvés sur tes potes tombés à Vendôme n'ont pas encore été déposés aux scellés. Ils doivent encore traîner sur les bureaux de la BRB.

GM : C'est complètement con comme plan ! Si tu te fais choper pour soustraction de scellés, tu dégages du paysage et notre deal avec.

HK : C'est le risque. Mais j'ai pas mieux sous la main. Donc c'est ça ou je te confie à Gilardini. Crois-moi, elle rêve de te coller un braquage en récidive. Avec elle, pas de négo, comparution immédiate, et dès demain tu dors à Fresnes.

GM : Vous vous aimez pas beaucoup non plus, tous les deux.

HK : Pas beaucoup, non. Alors, t'en dis quoi ?

GM : Que j'ai pas beaucoup d'autres options…

HK : Très bien. Alors à partir de maintenant, tu fais ta part du job. Y a que toi et moi, là. Pas de témoins, pas d'oreilles. Donc t'arrêtes de m'enfumer et tu joues franc jeu.

GM : Je t'ai pas enfumé…

HK : Je veux bien croire que Jim t'ait doublé sur son véritable objectif. Mais j'ai la preuve que t'es plongé jusqu'au cou dans la préparation du black-out. Alors, crache le morceau, putain !

GM : Quelle preuve ?

HK : La carabine, la casquette et les lunettes planquées sous ta douche, ça te dit quelque chose ? Le carton sur les réverbères autour des transfos…

GM : De quoi tu parles ?! Tu penses que je serais assez con pour planquer des preuves dans ma salle de bains ? Respecte-moi deux minutes, s'te plaît !

HK : OK, s'il y a que ça pour te faire plaisir, on va dire que c'est pas toi.

GM : Parce que c'est pas moi, bordel ! Je sais pas quand c'était ton truc, mais t'as qu'à demander à ces bâtards du SPIP de te faire l'historique de mon bracelet. Tu verras bien !

HK : Ça va, c'est bon. Reconnais que ce serait pas non plus si étonnant que tu cherches à couvrir ton donneur d'ordre.

GM : Là tout de suite, j'en ai rien à foutre de Marco. Je vois pas pourquoi je couvrirais celui qui nous a fait tomber tous les deux il y a cinq ans.

HK : Qu’est-ce que tu racontes ? Le tuyau sur votre planque au camp de Montreuil, c’est lui qui l’avait filé à notre tonton ? Volontairement ?

GM : En tout cas, c’est ce qu’a bavé Sofiane. D’après lui, Jim la joue plus que pour sa gueule. En fait, t’avais pas tort, tout à l’heure, avec tes histoires de pions. Sauf que le daron de la partie, désolé de te le dire, c’est Jiménez. Il a tout calculé, jusqu’à son passage à Fresnes. Et pour atteindre ses objectifs, il nous bouge tous comme il veut. Enfin toi au moins, il a pas cherché à te sortir du jeu.

HK : Qu’est-ce que tu veux dire ?

GM : Le flic en uniforme, à Vendôme, celui qui nous a tirés comme des lapins, y a un truc qui colle pas. Ne le prends pas mal, mais j’ai jamais vu un simple agent tirer aussi bien. Même la plupart des OPJ sont des quiches, flingue en main.

HK : T’as pas tort…

GM : Mais c’est pas tout. Au moment de l’explosion du coffre chez Cartier, l’un des mecs envoyés en renfort par Jim a été touché à la jambe. La droite, comme moi.

HK : Et ?

GM : Et il est sorti de la boutique juste devant moi. En boitant. Quand il l’a vu, ton « collègue » a arrêté de canarder dans tous les sens et il s’est bien acharné sur lui. Juste sur lui.

HK : Tu voudrais me faire croire que le flic en question avait pour consigne prioritaire de dégommer un boiteux ?!

GM : Ça y ressemblait méchamment.

HK : Tu virerais pas un peu parano ?

GM : Peut-être. Mais je préfère être un parano vivant qu'un sain d'esprit mort.

HK : Admettons. En tout cas, si tu veux que je me mouille pour toi, il va falloir me donner plus que de vagues impressions. Je veux tout ce que tu as : identité des complices, matériel, véhicules, moyens de communication… La totale.

GM : À Vendôme, on était neuf mais j'en connaissais trois : Stéphane Zigler, Sofiane Baptiste, Ludovic Cargol. Les autres, je les avais jamais vus. Et quand Jim nous a laissés, il est parti avec Gilou Offmann.

HK : Dans quelle caisse ?

GM : Un Trafic noir, sans plaques. C'est moi qui l'ai récupéré. La clé et l'adresse de collecte ont été glissées dans ma boîte, il y a trois jours. Et puisque tu vas me poser la question : je ne sais pas par qui, et j'ai jeté le papier dans une poubelle publique.

HK : Il était du côté de pont Cardinet, c'est ça ?

GM : T'es bien rencardé.

HK : C'est mon boulot. On sait aussi que t'as balancé ta carte SIM en route. T'avais un autre portable ?

GM : Non. Jim nous a filé des talkies longue distance. Impossible à mettre sur écoute et quasi intraçables.

HK : Et tu n'as pas la moindre idée d'où Jiménez et son pote ont pu aller finir la fête ?

GM : Tout ce que je sais, c'est qu'ils s'attaqueraient jamais à la Souterraine.

HK : Trop gros ?

GM : Trop compliqué. Jim est gourmand, mais c'est un pragmatique. Il viserait pas un objectif qu'il n'est pas certain d'atteindre.

HK : Je vois. Lui, il lui faut du juteux, mais réaliste.

GM : Plutôt, ouais.

(Long silence.)

GM : Est-ce qu'on peut reparler une seconde de ta propal ?

HK : Vas-y.

GM : Si je t'ai bien suivi, tu couvres les frais d'intervention de Mathys. Mais pour le reste, qu'est-ce qu'il se passe ? Mon fils a une chance de survivre, et moi je retourne en prison en priant pour qu'il ne fasse pas une rechute avant ma libération ? C'est ça que tu avais en tête ?

HK : À peu près, je vais pas te mentir. Mais si on prouve que tu n'as pas trempé dans l'organisation du black-out, et si tu nous aides à faire tomber Jiménez, le juge en tiendra compte. Dans tous les cas, tu pourras au moins voir ton gamin au parloir.

GM : Ça se voit que tu ne connais pas sa mère. Elle refuse les visites, elle ne veut pas lui imposer ça. En quatre ans et demi, j'ai dû le voir trois fois max. Et là, même si le juge se montre coulant, je vais gratter quoi ? Trois ans de moins ? Peut-être cinq ans ?

HK : Si tu apparais comme celui qui a permis de déjouer une attaque de grande ampleur sur des cibles stratégiques, ça peut aller jusqu'à un acquittement pur et simple.

GM : OK. Et j'imagine que je n'ai que ta parole comme garantie ?

HK : C'est ça. Mais je n'oublie pas ce que tu as fait pour Mila tout à l'heure. T'étais pas obligé.

GM : C'est pas parce que t'es une merde de flic qu'elle devait crever là-dedans. Et de toute manière, je t'ai pas encore donné le tarif pour cette partie-là…

HK : T'es sérieux ? Deux cent mille et un acquittement, ça te suffit pas ?

GM : Non. Je veux sortir. Cette nuit.

HK : Carrément !

GM : Ça fait trois jours que je n'ai plus le droit d'être en contact avec Mathys. J'ai besoin de le voir.

HK : Comment tu veux que je fasse ça ? On t'a chopé en flag. Vol à main armée avec violence. Aucun proc n'autorisera jamais ta relaxe immédiate. Surtout pas avec une nounou comme Gilardini en gardav. Et encore moins un soir de black-out !

GM : Tu ne manques pas d'imagination. Je suis sûr que tu vas trouver mieux que la voie officielle.

HK : On nage en plein délire ! Si je t'aide à sortir en loucedé d'ici, je vais me faire radier. Je risque des poursuites !

GM : C'est ton problème, pas le mien. De toute façon, c'est ça ou je me torche avec le nom du mec qui a monté le coup pour Jim.

HK : Tout à l'heure, tu…

GM : Je sais ce que j'ai dit tout à l'heure. Je vous ai baladés, ta blondinette et toi. Je pense que je connais le gars. À 90 %.

HK : Et il te faut quoi, pour monter à 100 % ?

GM : Simplement qu'on aille vérifier un détail, toi et moi.

21

Au même moment
Saint-Denis
Centre national d'exploitation
du système électrique (CNES)

Depuis novembre 2006 et la grande panne européenne qui avait privé d'électricité quinze millions de foyers durant près de deux heures, la rotonde du CNES n'avait plus connu pareille agitation. Devant le panneau synoptique synthétisant le réseau, vaste écran noir qui occupait tout le fond de l'immense salle de contrôle, plusieurs individus se tenaient debout, réunis autour d'un combiné téléphonique.

Leurs silhouettes se découpaient sur l'entrelacs de filaments blancs représentant les quelque vingt-cinq mille kilomètres de lignes à très haute tension gérées en temps réel depuis ce lieu. Au centre de la carte lumineuse, une couronne de diodes rouges clignotait autour de ce qui devait figurer Paris et sa banlieue. Les dix-huit transformateurs attaqués. Désormais inopérants.

— CNES ? CNES, ici la CIC.

Un homme au collier de barbe grise, lunettes d'écaille et nœud papillon se pencha au-dessus du haut-parleur :

— Bonsoir, ici Jacques Rabuteau. Je suis le chef d'exploitation en charge ce soir. À qui ai-je l'honneur ?

— Bonsoir, monsieur. Je suis Fabien Labadie, le secrétaire général de l'Élysée. Vous êtes en direct du PC Jupiter. Le président de la République et le Premier ministre sont présents et entendront l'intégralité de nos échanges. Nous sommes aussi en liaison avec Jean-François Lespinasse, le directeur régional de la police judiciaire.

— Très bien. De notre côté, nous avons établi un triplex avec la direction de RTE, à la tour Initiale. Notre président, Louis Allard, vous écoute également et sera susceptible d'intervenir.

Les courtoisies d'usage évacuées, Labadie entra aussitôt dans le vif du sujet :

— Dans la mesure du possible, je vous engage à employer des termes intelligibles pour des oreilles aussi peu techniciennes que les nôtres.

— Bien sûr.

— La première question que nous nous posons tous est évidente : quelle perspective pouvez-vous nous donner à cette heure-ci sur la restauration du réseau ?

Le chef d'exploitation se racla la gorge. Jamais dans sa carrière il n'avait dû rendre des comptes à un auditoire aussi vénérable. En vingt-cinq ans de service, c'est tout juste s'il avait échangé une dizaine de fois avec Louis Allard – ou l'un de ses prédécesseurs.

— Tout d'abord, je voudrais préciser que la mise hors service simultanée d'un nombre aussi important de transformateurs, qui plus est dans une seule et même zone géographique, est un fait sans précédent.

Évoquer un fait « sans précédent » revenait à dire qu'aucun protocole spécifique n'existait pour couvrir un cas aussi exceptionnel. Il ouvrait clairement le parapluie.

— Ici Arnaud Bressec, intervint le Premier ministre sur un ton fébrile. Nous sommes tout à fait conscients de cela. Ce que nous voulons savoir maintenant, c'est ce qu'il est possible de faire pour sortir de cette… « situation inédite ».

« Rien », sembla clamer le bref silence qui suivit. L'homme au nœud papillon le rompit néanmoins, la voix plus tremblante :

— Disons qu'en l'état des dégradations sur les dix-huit postes touchés, nous ne disposons d'aucune solution de secours qui puisse être déployée de manière rapide.

— Comment est-ce possible ? s'indigna le chef du gouvernement.

À peine quelques heures qu'il était enfermé dans le bunker de l'Élysée, et celui-ci ne semblait déjà plus maîtriser ses nerfs. Jacques Rabuteau essaya de ne pas se laisser déstabiliser pour autant. Afin d'être bien compris de tous, il brossa à grands traits le schéma du réseau d'alimentation en Île-de-France, comme l'avait fait le Grand Jeff quelques heures plus tôt pour les flics du Bastion.

— D'accord, d'accord, éluda Bressec, assez peu intéressé par les aspects techniques. Mais il n'y a aucun moyen de réparer et de relancer les transfos endommagés ?

— Si, à terme bien sûr. Mais je le répète : nous ne nous sommes jamais trouvés dans ce cas de figure où tous les éléments d'un « périphérique » d'alimentation urbain tombaient en panne matérielle en même temps. Et pas seulement à cause d'un défaut de courant ou d'une variation de fréquence.

À titre de contre-exemple, il expliqua comment, en 2006, un brusque différentiel de fréquence sur le réseau allemand, s'éloignant du point d'équilibre fixé à 50 hertz, avait provoqué des coupures sur tout le continent européen, par un effet domino. Un incident de nature purement électrique qui avait été réglé en moins de deux heures.

— Enfin quand même, s'agaça le président Delacour. Si mes souvenirs sont bons, en 2018, quand cette explosion à Issy a généré une panade générale à Montparnasse, vous avez réussi à aménager une sorte de dérivation depuis un autre transformateur, non ?

— Vous avez parfaitement raison, monsieur le Président. Mais une telle procédure n'est envisageable qu'entre postes de tensions équivalentes, c'est-à-dire entre transformateurs appartenant à une même couronne. C'est ce qui a été appliqué dans le cas que vous évoquez. On a puisé sur le site des Moulineaux pour compenser la défaillance de celui d'Harcourt, tous les deux à 225 kilovolts. Mais quand tout un périphérique de transformateurs se crashe en même temps, il faut au moins en reconstruire une partie pour pouvoir réinjecter du courant à 400 kilovolts en provenance de la couronne extérieure. On parle là de construction physique. Et, par conséquent, d'un chantier de plusieurs semaines.

— Monsieur Allard, vous confirmez ? rebondit aussitôt Bressec.

La sentence du chef d'exploitation avait jeté un froid polaire sur la discussion. Une toux embarrassée provint de leur correspondant à la Défense, puis cet aveu :

— J'ai bien peur que M. Rabuteau vous ait hélas livré la photographie la plus juste de la situation présente.

— En revanche, pour gagner du temps, s'empressa d'ajouter l'intéressé, on pourrait concentrer les travaux sur les trois postes les plus stratégiques : Harcourt, Moulineaux, Puteaux.

— Ce qui permettrait de desservir quelle proportion des usagers parisiens ?

— 15 % sûr. Peut-être près de 20 %. Mais ce sera très localisé dans l'ouest et le sud-ouest de la capitale.

Soit le centre des affaires et du pouvoir exécutif.

— Si on met tous nos moyens sur ces cibles-là, conclut-il, je dirais qu'on en a pour une semaine. À faire valider par les directeurs des sites concernés et les conducteurs de travaux, bien sûr.

Tandis que chacun digérait ces données et réfléchissait aux mesures à prendre, Lespinasse s'immisça dans la conversation :

— Monsieur Rabuteau ? Ici le directeur de la DRPJ.

— Bonsoir, monsieur.

— Désolé de revenir en arrière, mais j'ai une question concernant les installations qui ont été visées par ces attaques.

— Je vous écoute.

— D'après vous, n'importe qui peut saboter vos transformateurs ou faut-il une compétence particulière pour le faire ?

Le sujet était sensible et, à travers le combiné, Jacques Rabuteau pouvait percevoir les gros yeux de Louis Allard lui enjoindre la plus grande réserve :

— Nos règles de sécurité sont des informations ultra-sensibles que nous ne divulguons pas sans…

— Mes services ont été chargés par la cellule de crise de faire la lumière sur l'origine de ces sinistres. Je pense que ça devrait suffire comme accréditation, non ?

— Écoutez, je…

— C'est bon, Jacques, vous pouvez répondre à cette question, le coupa Allard pour lui donner son feu vert.

— Très bien. Alors je dirais que pour frapper aussi précisément, il vaut mieux être du métier, oui.

— Pourquoi vous dites « aussi précisément » ?

— Parce que le seul moyen de mettre un poste HS de manière certaine, c'est de viser son disjoncteur principal, ce qui a été le cas sur nos dix-huit installations hier soir. Mais pour ça, il faut déjà savoir où cet équipement se trouve.

— Je ne suis pas sûr de saisir : il n'est pas toujours situé au même endroit ?

— Non. Aucun transformateur n'est bâti sur le même schéma. Ils sont tous conçus sur mesure, en fonction de la topographie du site, de l'environnement dans lequel ils s'inscrivent, etc.

— Donc si je vous comprends bien, sans un complice en interne qui livrerait les plans de chacun de ces transformateurs, une telle attaque coordonnée serait hasardeuse, voire impossible ?

— Je suis mal placé pour établir des stratégies offensives sur nos propres installations, lâcha le chef d'exploitation après une courte hésitation. Mais je suppose, en effet, oui.

22

1 h 49
Paris – 36, rue du Bastion

À l'annonce de l'explosion à la Souterraine, Anne, Hugo et Franck avaient jailli hors de la salle d'audition. Cette nouvelle avait secoué tout le Bastion.

Tandis que Gilardini était partie à la pêche aux infos, les deux équipiers du groupe crim' 1 s'étaient réparti les tâches. Simple et efficace : Hugo s'était lancé dans une négociation secrète avec Mallard ; quant à son adjoint, il s'était chargé du travail de vérification après les premières déclarations du braqueur.

Le Hobbit, une fois sa mission remplie, avait cueilli son chef au sortir de la cellule de garde à vue. Ensemble, ils remontaient à présent le corridor jusqu'aux ascenseurs. Franck évacua en quelques mots ses recherches peu concluantes dans le logiciel Salvac sur les précédents de black-out.

Après quoi, il revint au cas du petit Mathys :

— J'ai réussi à joindre quelqu'un à Saint-Louis.

— Ils t'ont confirmé l'intervention sur le gamin ?

— Oui. Avec le bordel de ce soir, ça n'a pas été évident de trouver une personne autorisée à me répondre, mais on m'a confirmé que l'info était correcte. Mathys doit bien bénéficier d'une thérapie CAR-T qui coûte quatre cent mille euros et qui n'est pas prise en charge.

Mallard n'avait donc pas replongé dans les combines de Jiménez par faiblesse ou appât du gain. La vie de son fils était bel et bien en jeu.

— Putain… grogna Kezer. En clair, si t'es ni un richard ni un voyou, ton gosse peut bien crever. Ça me dégoûte !

Cinq ans après l'accident de Thomas, Hugo ressentait toujours cette même colère. L'impression amère que tout n'avait peut-être pas été tenté. Que du temps avait été perdu, un temps précieux. Tout espoir leur avait été refusé, à Sophie et lui. Aujourd'hui encore, un doute cruel persistait : le sort de leur fils aurait-il été différent s'ils avaient joui de relations haut placées ou s'ils avaient eu eux-mêmes plus d'influence ? Sans doute tous les parents d'enfants partis trop tôt partageaient-ils ce sentiment d'injustice.

Comme ils entraient dans l'ascenseur, Franck interrompit le cours de ses pensées. Son ton était plus grave :

— Apparemment, il y a un truc que Mallard ne sait pas.

— Quoi ?

— C'est pas dans deux semaines que son môme doit subir son intervention…

— C'est quand ?

— D'après le planning du service d'oncologie, ils l'ont reprogrammé pour demain matin.

— Merde !

Le braqueur n'avait aucun intérêt à leur mentir sur un détail aussi crucial. Ne demeurait donc qu'une seule explication logique à ce raté : les consignes de silence radio propres aux braquos de grande envergure avaient dû le tenir coupé de ses proches et du changement de calendrier. Hugo le comprit aussitôt : le marché qu'il venait de conclure avec le détenu était caduc. Jamais il ne pourrait subtiliser le sac de bijoux destiné aux scellés puis en assurer la refourgue dans le temps imparti. Il était déjà trop tard pour réunir la somme réclamée.

— Il y a quelque chose qui m'échappe, reprit-il. S'il faut que le solde des deux cent mille leur soit réglé avant qu'ils procèdent à la thérapie, pourquoi ils ont avancé l'intervention de près de deux semaines ? Ça n'a aucun sens !

Pour toute réponse, Franck considéra son chef d'un œil triste. Celui-ci semblait sonné, presque dans le déni. Le Hobbit songeait encore à la manière la moins violente de lui annoncer les choses, quand Hugo s'impatienta :

— Je comprends pas, qu'est-ce qu'ils t'ont dit ? Ils veulent lui donner une chance, à ce gamin, ou ils s'en branlent ?

— Si, si, bien sûr.

Le ding signifiant l'arrivée au sixième étage, celui de la brigade criminelle, combla le silence :

— Hugo… balbutia Franck. Mathys est en train de crever. Ils ne peuvent plus attendre. C'est aussi con que ça.

Les portes s'ouvrirent puis se refermèrent sans qu'ils ne sortent de l'habitacle métallique. Kezer resta sans voix. Puis, rapidement, il fut frappé par une évidence :

s'il voulait mener cette enquête jusqu'à son terme, il avait besoin de Mallard ; et s'il lui révélait ce qu'il venait d'apprendre, il perdrait sans aucun doute son soutien. Il n'avait donc aucune alternative ni échappatoire. Il devait trahir la confiance de l'homme qui venait de sauver sa fille…

— Et sa mère, tu sais qui c'est ? T'as pu la contacter ? questionna-t-il en sortant enfin de l'ascenseur.

— Oui, Sabine Mallard, née Lebeau. Ils m'ont donné son numéro de portable, mais elle ne répond pas. Apparemment elle bosse de nuit.

Son enfant agonisait et elle allait travailler comme si de rien n'était… Soit cette femme était un monstre, soit elle se trouvait réellement aux abois.

— OK. Tu insistes. Et tu essaies de trouver le nom et l'adresse de son employeur.

Franck en avait bien conscience, cette requête sortait largement du cadre de leur enquête. Pourtant, il n'objecta rien aux ordres de son supérieur. Au moment où il acquiesçait, un SMS s'invita sur son portable.

— C'est Alex, dit-il, tout en consultant le message. Fausse alerte à la Souterraine.

— Comment ça, fausse alerte ? Ça a pété ou ça a pas pété ?

— Juste une voiture piégée sur rue, à l'entrée de l'hôtel de Toulouse.

— Sur rue ?! Elle n'avait aucune chance de percer quoi que ce soit !

— C'est aussi ce que pense Alex.

— Diversion, alors ?

— Diversion, approuva l'autre.

Franck garda le silence une seconde, avant de revenir au sujet qui les intéressait :

— À propos de Mathys… il y a un dernier hic.

— Quel genre ?

— Le médecin qui doit le traiter, Braunstein, il est injoignable depuis le début du black-out. Personne à l'hosto ne sait où il est.

— OK. Envoie une voiture à son domicile. Si ça se trouve, il a eu un pépin. Ou alors il crève de trouille et il s'est planqué. Ça changera peut-être rien pour le gamin. Mais si ça peut lui donner une chance…

— Je m'en occupe.

En dépit de l'heure avancée, tout l'étage bourdonnait encore d'une activité fébrile. La nuit du Bastion promettait d'être longue, très longue.

— Tu sais si la porte du garage a été débloquée ? lança soudain Hugo.

— D'après ce que j'ai entendu, oui.

— OK. Alors, je vais avoir besoin d'un autre service. Deux, même. Tu te souviens de ton idée de jeu à la con ?

— Ça dépend, laquelle ?

Kezer inspira largement et lâcha, laconique :

— Celle qui va foutre un putain de bordel…

23

2 h 09
Paris – 36, rue du Bastion

— Tu me suis sans discuter et surtout tu ne poses pas de questions. C'est bien compris ?

La sirène de l'alarme emplissait à présent tout le Bastion, couvrant en partie la voix d'Hugo. Mais la gravité de son expression parlait pour lui. Mallard approuva l'ordre d'un hochement de tête.

Pourtant l'irruption soudaine de Kezer dans sa cellule le prenait par surprise. Il restait assis sur sa chaise, interdit.

— Allez, bouge ! On n'a pas des heures avant que ça remonte dans les étages.

L'instant suivant, le flic et le prévenu se glissèrent dans le couloir déserté. En cas d'alerte incendie, qu'il s'agisse ou non d'un exercice, la consigne était claire : le personnel devait abandonner toute activité séance tenante et se rassembler dans le hall monumental. Les quelques détenus confinés en cellule n'étaient, eux, invités à en sortir qu'en cas de confirmation du sinistre.

Hugo savait qu'il fallait faire vite, très vite. Son adjoint lui avait expliqué qu'il ne disposerait que de quelques minutes avant que la fausse alerte ne soit éventée et que chacun regagne son poste. Par chance, Franck avait repéré de longue date l'un des rares boîtiers rouges à échapper aux innombrables caméras de surveillance du bâtiment. Pourquoi ? Son esprit joueur, avait-il prétendu. Parce qu'un jour où les circonstances le mériteraient vraiment, cela l'amuserait de déplacer les milliers de fonctionnaires de la DRPJ comme autant de pions sur un plateau.

À l'ascenseur, Hugo préféra l'escalier. Depuis le premier sous-sol, il n'y avait que trois étages à descendre pour accéder au parking. Mais quand il poussa le vantail coupe-feu, celui-ci s'ouvrit sur un garage quasiment vide…

— Fuck ! gueula-t-il. Fuck, fuck, fuck et fuck !

Entre le black-out et le problème de porte, tous les véhicules de service étaient dehors, soit en mission aux quatre coins de la capitale, soit stationnés dans la rue. Ne demeuraient plus, dans un angle, que quelques rares voitures individuelles. Et qui disait véhicules personnels, disait aussi clés dans la poche ou le sac de leurs propriétaires légitimes.

Ils s'étaient précipités dans une impasse.

— Si je comprends bien, ironisa Mallard, on est bons pour partir à pied ?

— Toi, ta gueule ! Tu m'entends, ta gueule ! T'es même pas censé être ici.

Et je suis en train de faire la plus grosse connerie de ma vie, pensa-t-il si fort que l'autre aurait pu l'entendre.

Subitement, l'éclairage agressif des néons lui vrilla les tempes. Un reflux migraineux explosa sous son crâne. De rage et de douleur, il décocha un coup de poing dans un pilier en ciment grisâtre. Il devait trouver une solution avant que le silence ne succède à l'alarme. Si seulement il avait été en état de réfléchir…

— Sinon, suggéra timidement le braqueur, le doigt tendu vers une tache rouge, y a ça…

*

* *

Anne scrutait en vain la foule assemblée dans le hall. Pas la moindre trace ni de Kezer ni de son sous-fifre. Une absence qu'elle ne pouvait s'empêcher de trouver suspecte. Elle allait confier ses doutes à Florian, quand la longue silhouette pataude du Grand Jeff fit irruption dans son champ de vision :

— Alors, ce pétard à la Souterraine ?

— Impressionnant, mais *a priori* bidon.

Gilardini n'avait pas eu besoin d'un compte rendu détaillé pour saisir que la réserve de la Banque de France pouvait être retirée de la liste des cibles potentielles de Jiménez.

— Grosse charge, quand même.

— Oui, mais sans danger réel pour les coffres. En l'état, ça ressemble plus à du vandalisme. Aucune victime. Les analyses de l'IJ sont en cours.

— Tant mieux. Et votre braqueur de Vendôme, ça donne quoi ? J'espère que vous vous tenez à carreau, Kezer et vous ?

— Comme toujours, patron, éluda-t-elle. Concernant Mallard, il a avoué bosser à nouveau pour le compte de Jiménez.

Se cantonnant à un registre strictement policier, elle se garda bien de mentionner la situation personnelle du prévenu, pour le moins dramatique.

— Très bien, et quoi d'autre ? Le lien entre les braquos et le black-out, on en est où ?

— On est dessus. Mais va falloir le cuisiner encore un peu. Pour le moment, il nie avoir été mêlé à l'organisation des attaques de transfos.

— Alors cuisinez ! Et si possible, cuisinez vite ! La CIC nous met la pression. Faut nous cracher du résultat, Gilardini. Et pas dans deux jours !

— On fait au mieux, s'agaça-t-elle.

Tel un général passant ses troupes en revue, Lespinasse s'apprêtait déjà à rejoindre d'autres officiers.

— Oh, d'ailleurs, j'allais oublier, lança-t-il. Il semblerait qu'il y ait une taupe chez RTE.

— Une taupe ?

Elle s'abstint de faire remarquer que cette information relevait plus des nouvelles attributions de Kezer que des siennes. Au moins y avait-il un bénéfice à ce que son rival ait séché l'exercice d'alerte. Elle n'allait pas s'en plaindre !

— Oui, manifestement on ne met pas des transfos HS en les bombardant au hasard. Pour ça, il faut leurs plans. Et les plans en question, seule une poignée d'agents RTE habilités y ont accès. Je vous laisse vous amuser avec ça…

*

* *

En temps normal, les flics de la PJ parisienne ne mettaient jamais les pieds au PC sécurité du Bastion. Ce n'était pas du désintérêt, encore moins du mépris, mais tous nourrissaient ce sentiment que rien de grave ne pouvait leur arriver à l'intérieur de leur forteresse de béton.

Anne ne faisait pas exception à la règle. Raison pour laquelle elle se demanda un instant ce qu'elle fichait devant ce mur d'écrans. Jusqu'à ce que Florian exige du brigadier en charge de la surveillance des locaux de repasser les deux séquences préalablement sélectionnées.

— J'ai trouvé ça bizarre, commenta le brigadier. Surtout en plein milieu d'un exercice d'incendie. Et comme je savais que le groupe de Flo avait un rapport avec ce client…

Anne tiqua. Le groupe crim' 3 de la BRB était *son* groupe, pas celui de Florian. Mais elle ne releva pas l'injure, tant ce qu'elle vit la sidéra : Hugo déverrouillant la cellule de Mallard, puis s'échappant avec lui en direction des escaliers.

— Je le crois pas, siffla-t-elle entre ses dents. L'enfoiré !

— Là, on est trois minutes plus tard, expliqua le technicien après avoir calé le second extrait. Pile à la fin de l'alerte.

En un battement de cils, Gilardini reconnut le parking du quatrième sous-sol. On y voyait les deux fugitifs tourner autour d'une moto rouge, rutilante, une Moto Guzzi V85TT. Kezer se mettait à fouiller le cadre, visiblement à la recherche d'une clé. Il s'apprêtait à abandonner, quand Mallard, d'un geste plein d'assurance, décrocha le carénage sous l'emplacement du réservoir et farfouilla dans la forêt de fils ainsi libérée. Il arracha l'un d'entre eux d'un coup sec, puis actionna le kick. Même sans son, juste au tremblement du pot d'échappement, on comprenait qu'il était parvenu à démarrer la moto.

Hugo considéra l'engin quelques secondes. Tétanisé. Anne connaissait l'historique de son rival avec ce type de monture. Elle pouvait lire la peur dans cette hésitation. Depuis combien de temps avait-il abandonné ses gestes de motard ? Quatre ans ? Cinq ? Puis subitement, il se décida, invita Mallard à grimper à l'arrière, mit les gaz et fila en trombe en direction de la rampe de sortie.

Face au moniteur, Anne répéta à mi-voix, la mâchoire contractée :

— L'en-foi-ré.

Hugo Kezer s'était volatilisé aux commandes de *sa* moto avec *leur* détenu. Sa haine se réveilla instantanément, aussi vive qu'autrefois.

Kezer passerait-il donc sa vie à lui voler tout ce qu'elle avait de plus cher ?

24

2 h 42
Paris – 3, quai de l'Horloge
Laboratoire central de la police scientifique

Hugo connaissait l'homme qu'il mettait en joue et qui refusait de lui répondre. Il s'agissait d'un ingénieur du laboratoire de la police scientifique de Paris. Celui-là même qui, deux heures auparavant, l'avait rencardé sur la carabine retrouvée chez Mallard.

— Tu sais que tu fais n'importe quoi, là ?! s'exclama le dénommé Luc.

Comme tout OPJ de la criminelle, Hugo tendait à considérer le labo comme sa deuxième maison professionnelle. Selon les affaires, il pouvait y passer autant de temps qu'à son propre bureau. Et c'était plus vrai encore autrefois, avant le déménagement de la PJ aux Batignolles, puisque le 36, quai des Orfèvres était distant de quelques pas seulement.

— Je ne vais pas le répéter deux cents fois, aboya Kezer : je veux tes conclusions sur les débris de drone. Je les veux maintenant !

Mallard assistait à la scène, partagé entre la perplexité et la crainte d'un dérapage. La salle de repos où ils avaient trouvé le responsable d'astreinte s'était chargée d'une tension inhabituelle. On dégainait rarement un flingue dans cette enceinte, si ce n'est pour les besoins d'une analyse balistique…

— Merde, Hugo, tu sais encore ce qu'est un ordre ou t'as vraiment tout oublié ? On m'a interdit de livrer mon rapport à qui que ce soit d'autre qu'à ta collègue de la BRB, Gilardini.

— Et cet ordre, tu l'as reçu quand ?

— Il y a un quart d'heure, admit l'homme en blouse blanche. Mais ça ne le rend pas moins valable.

En décodé, et comme Hugo le craignait, cela signifiait que la nouvelle de leur escapade, à Mallard et lui, avait fait le tour du Bastion. Sans doute le Grand Jeff avait-il déjà donné des consignes pour museler ses velléités d'enquête sauvage. Sous peu, ils seraient tous deux recherchés.

— J'en ai rien à foutre, dit-il d'une voix atone. Tu me donnes ton papelard !

Hugo colla cette fois le canon de son arme sur la tempe frémissante de son interlocuteur. Ce qu'il venait d'apprendre ne semblait en rien entamer sa détermination.

— OK, on se calme, chercha à temporiser l'autre. De toute façon, je n'ai encore rien signé ni diffusé.

— Je te demande juste de me raconter ce que ça contient. Balance tout ce que tu as et je lève le camp.

— Tous les bouts de drones qu'on a retrouvés dans les transfos visés proviennent du même modèle, capitula l'ingénieur dans un soupir. Le Mavic 2 Pro, un drone de livraison.

— C'est un modèle courant ?

— Pas vraiment, non. À deux mille euros pièce, ça attire surtout des professionnels.

— Comme Amazon ? intervint Mallard.

— Les drones d'Amazon sont développés sur mesure pour eux, précisa Luc. Mais oui, ça y ressemble.

L'iris d'Hugo vira du gris orage à une nuance plus bleutée. Enfin un début de piste. Il tenait peut-être quelque chose, un fil à tirer.

— À Issy, au poste d'Harcourt, le chef des pompiers nous a dit que les transfos avaient été touchés en plusieurs points. On parle de combien d'appareils par site, tu penses ?

— Si je me réfère aux relevés des différentes équipes, je dirais au moins deux.

Soit un total approchant la quarantaine de drones. Un tel achat ou un tel vol n'avait pas pu passer inaperçu. Il en restait forcément une trace quelque part, sur une ligne comptable ou dans un stock.

— Une idée de leur origine ?

— Vu l'heure et le contexte, ça n'a pas été facile de trouver des infos. Ce que je peux te dire, c'est qu'aucun des rares grossistes qu'on a réussi à joindre n'a déclaré un vol de cette ampleur. Et que rien ne correspond non plus dans les PV…

— Une commande, alors ?

À présent que les vannes de la transgression étaient ouvertes, l'ingénieur se confiait sans réserve. Sans même s'en rendre compte, Hugo avait baissé son arme.

Animé d'un nouvel espoir, il buvait les paroles de son collègue.

— Peut-être. Mais les grossistes que j'ai contactés n'ont rien noté d'inhabituel au cours des dernières semaines. Et comme je le disais tout à l'heure, les très gros acheteurs de drones de livraison, type la Poste ou Fedex, se tournent plutôt vers des constructeurs qui fabriquent des engins sur mesure, à partir de leur cahier des charges. Ils ne tapent pas dans les engins de gamme ordinaire. Donc une commande de quarante drones d'un coup, ça ne devrait pas passer inaperçu...

— En temps normal, ils s'adressent à qui, alors, ces drones standards ?

— Plutôt aux PME, aux artisans, à tous les petits commerçants qui s'essaient à la livraison à domicile. Après, évidemment, on peut toujours imaginer que les grossistes en question soient complices. Ou qu'ils aient subi des pressions.

— Pas faux... Tu penses à d'autres éléments que les techniciens de l'IJ auraient trouvés sur place ? Des images des attaques ou autre chose ?

— Pour l'instant, je n'ai aucune image. Les PC sécurité ont cramé sur la plupart des sites, avec les enregistrements de surveillance. Mais j'attends encore des retours.

— D'où ça ?

— De mémoire : Charenton, Perret, Romainville.

— OK. Et à part les drones et les douilles, tu vois vraiment rien d'autre ?

Cette question déclencha un rictus gêné chez l'ingénieur. Hugo était coriace et le gars du labo sembla être à nouveau gagné par ses scrupules.

— Bon, je suis plus à ça près, finit-il par lâcher. Mais ça, tu le gardes vraiment pour toi, hein…

— Une tombe ! opina Hugo.

— On a chopé des traces de TATP sur les principaux points d'impact. Et aussi sur les drones.

— Attends, le TATP, c'est pas l'explosif de contrebande des barbus ?

— Triperoxyde de triacétone, confirma Luc. Acétone, eau oxygénée et un acide, sulfurique ou chlorhydrique, au choix. N'importe qui peut en mélanger dans sa cuisine.

— Sous forme liquide, alors ?

— Oui, et ça a le mérite d'être plutôt stable pour un explosif dans cet état-là. C'est la raison pour laquelle nos charmants amis de l'État islamique en raffolent.

Jusque-là en retrait, sans doute plus motivé par la promesse de revoir Mathys que préoccupé par l'enquête, Mallard intervint d'une voix blanche :

— Tous les gilets explosifs des attentats de 2015 en étaient bourrés, lâcha-t-il.

Luc approuva d'un hochement de tête. Son expression paraissait dire : « Monsieur est connaisseur. » Kezer, lui, se demanda comment le braqueur pouvait être au fait de ce genre de détails. Mais il préféra ne pas creuser le sujet pour l'instant.

D'autant que d'une mimique, Gregory lui signifia qu'il souhaitait lui parler seul à seul.

D'un même mouvement, les deux hommes quittèrent la salle de repos, laissant Luc devant la machine à café, encore un peu sonné par la tournure que prenait sa nuit. Une fois dans le couloir désert, Mallard se pencha à l'oreille de l'OPJ et souffla :

— Ça confirme ce que je pensais : on les a tes 100 %.

— Qu'est-ce qui te fait dire ça ?

Hugo fouilla le regard de son interlocuteur. Il essayait d'y déceler une éventuelle manœuvre. Une fois que le braqueur aurait révélé le nom du suspect, il ne disposerait plus d'aucun levier pour faire pression sur le flic. Mallard était trop intelligent pour ne pas y avoir pensé.

Néanmoins, celui-ci poursuivit tout naturellement :

— Tous les ex-codétenus de Jiménez ne font pas mumuse avec ce genre de trucs.

— Développe, je t'écoute.

— Quand j'étais encore à Fresnes, Jim a eu un radicalisé soi-disant repenti dans sa piaule. Mehdi Bassadi.

— Jamais entendu parler.

— Normal. Bassadi est un discret. Je ne suis même pas sûr qu'il apparaisse dans les fichés S de tes potes de la DGSI ou de la SDAT[1].

— Tu l'as côtoyé, toi ?

— Pas beaucoup. Juste un petit deal de beuh de temps en temps dans la cour.

— OK, dit Hugo, dubitatif. Pour l'instant, ça ne fait pas de lui un grand artificier en puissance.

— Bassadi est une putain de tronche. Étudiant en informatique, hacker du dimanche, du genre très bricoleur. Il est tombé pour une arnaque aux faux bitcoins. Il a pris cher parce qu'on l'a suspecté de financer ses copains djihadistes avec ses combines.

— Je vois.

1. Sous-direction antiterroriste, au sein de la Direction centrale de la police judiciaire.

— Je sais plus exactement quand il est sorti du ballon. Mais c'était avant moi. De mémoire, je dirais il y a au moins six mois.

Kezer demeurait sceptique.

— Conditionnelle ?

— Oui. Avec bracelet, lui aussi. Mais si je me souviens bien des infos qui circulaient à la promenade, sans astreinte de confinement.

— Avec un périmètre, quand même ?

— J'imagine, mais si j'en crois les rumeurs, assez large pour le laisser bosser.

— Où ça, son taf ?

— Aucune idée. Je connais pas son CV par cœur.

— Et depuis ta libération, t'as eu un contact avec lui ?

— Non. J'avais pas de raison d'en avoir. On n'est pas potes.

— D'accord. Bouge pas, j'ai un coup de fil à passer.

Hugo s'éloigna de quelques pas avant de composer le numéro de Samir. Fidèle au poste, manifestement encore desservi par un réseau mobile, l'agent de surveillance du SPIP répondit sur-le-champ. Il lui suffit de quelques secondes pour exhumer de sa base l'adresse personnelle de Mehdi Bassadi, puis le poste que celui-ci occupait :

— Il a d'abord fait de l'intérim. Mais depuis cinq mois environ, il est manut' à Orly, aux trente-cinq heures.

— Pas terrible, comme boulot, pour une bête en informatique.

— Tu sais, capitaine, quand t'es en conditionnelle, généralement tu prends le premier truc qui passe. Tu peux pas vraiment faire la fine bouche.

Kezer nota mentalement d'aller fouiner du côté de l'employeur de Bassadi, mais il y avait plus urgent.

— T'as un visuel sur sa position actuelle ?

— Bien sûr. Il n'a pas bougé une oreille, il est chez lui.

— T'es sûr ?

Hugo était un peu étonné. Le profil collait, mais pas l'attitude. Comment pouvait-on être le cerveau d'une telle opération et attendre tranquillement chez soi ? N'importe qui à sa place n'aurait-il pas pris la fuite ? À moins que le type ait été assez doué de ses dix doigts pour trafiquer son bracelet.

À moins que Mallard ne l'ait baladé sur une fausse piste depuis le début…

— Un peu que j'suis sûr. Tu veux pas m'apprendre mon métier, non plus ?

— Non. Par contre, je veux bien que tu m'envoies son adresse par texto.

— Déjà fait ! Tu devrais le recevoir dans une sec…

De manière quasi synchrone, deux événements *a priori* contradictoires se produisirent : la réception du SMS annoncé par Samir, et la coupure du réseau mobile.

De cinq barres à zéro en un instant.

Jurant tous les diables, Hugo ouvrit malgré tout le message : « Mehdi Bassadi, 32, allée Gambetta, 93340 Le Raincy. » Avant de s'y rendre, il lui restait une dernière chose à éclaircir.

Une idée qui venait de surgir dans son crâne endolori.

En passant devant Mallard pour rejoindre le labo, il lui fit signe de le suivre. Intrigué, celui-ci s'exécuta en silence. La porte ne s'était pas encore rabattue sur eux que Kezer lança à Luc, sans préambule :

— Je me demandais, les drones, ça se pilote bien avec des ondes radios, on est d'accord ?

— Oui.

— Et ces ondes, on peut les tracer ?

— Bien sûr. Quand elles sont émises, il est tout à fait possible de les suivre jusqu'à leur source, avec une antenne goniométrique.

— Et après coup ?

— Ça, non. Un émetteur radio, c'est pas comme une carte SIM ou un GPS. Pour que le signal puisse être remonté, il faut que l'appareil qui le produit soit actif.

— J'imagine que c'est pareil pour les talkies ? creusa Hugo.

— Tout à fait. Pourquoi ?

L'OPJ quitta la pièce sans même répondre, seulement guidé par l'urgence. Son mobile devenu inutile, il dégaina son combiné de radio-police et le cala sur le canal que Franck et lui utilisaient habituellement :

— Pour Franck, de Hugo. Pour Franck, de…

— Putain ! T'imagines pas la zone que t'as déclenchée ici !

— Je t'avais promis du bordel, oui ou non ?

— C'est ça, fais le malin. En attendant, le Grand Jeff veut ton scalp.

— Je m'en doute, esquiva-t-il. Franck, est-ce que tu sais si Anne et son groupe ont récupéré les talkies des mecs de Mallard tombés à Vendôme ?

— Ouais, je crois.

— Top. On va encore avoir besoin d'un petit coup de main de la part d'Alex.

— Tu vas finir par le cramer, notre infiltré.

— Peut-être. Mais là, je suis pas franchement en position de faire l'impasse sur mes alliés.

25

2 h 57
Paris – Quai de la Rapée – Institut médico-légal

Piquée au vif, Anne ne décolérait pas.

La réattribution à son profit des dossiers de Kezer, sur ordre du Grand Jeff, n'estompait qu'à peine la blessure d'orgueil infligée par son rival. Elle était fatiguée d'évoluer dans cet univers masculin. Lassée de ces hommes qui avaient sans cesse besoin de prouver leur importance. Quitte à piétiner l'autre. Surtout si l'autre était une femme, *a fortiori* une femme « comme elle ».

Plus que tout, la disparition de sa V85TT rouge lui donnait l'impression désagréable d'être nue. D'être dépossédée de son indépendance et de sa liberté. Un sentiment qui se renforça quand Florian lui proposa généreusement son scooter perso.

— Tu plaisantes, là ? Tu crois vraiment que je vais monter sur ta tondeuse à gazon ?

— Pourquoi ? T'as mieux ? lança-t-il, un sourire placide aux lèvres.

Elle répondit d'un regard méprisant pour le deux-roues garé au fin fond du parking. Le 50 cm^3, un vieux Peugeot rafistolé et constellé de stickers, ne payait pas de mine. Mais au moins possédait-il deux qualités essentielles : il roulait et son réservoir était aux trois quarts plein. Au moment de grimper dessus, car elle n'avait pas tardé à capituler, Anne confia à son adjoint une mission qui lui trottait en tête depuis que Lespinasse avait évoqué le sujet :

— J'aimerais que tu appelles RTE et que tu leur demandes le listing de toutes les personnes habilitées à consulter les plans des transfos.

— OK, je m'en occupe.

*

* *

Le trajet depuis le quartier des Batignolles jusqu'au quai de la Rapée se fit à un train de sénateur sous tranquillisant, mais sans encombres. Anne n'était pas mécontente de retrouver enfin un peu de solitude. Concentrée sur ses pensées, elle tâchait de faire le plus possible abstraction du paysage urbain désolé.

Partout des feux. Voitures renversées ou incendiées. Reliefs de pillages, d'émeutes et de rixes. Hormis ces quelques sources lumineuses, il ne demeurait quasiment plus aucune forme d'éclairage artificiel. Même les phares des voitures ne projetaient plus rien dans leur immense majorité, faute de carburant pour faire tourner leur alternateur. À ce stade, on ne parlait plus d'embouteillages. Plutôt de pétrification.

À deux ou trois moments, il lui sembla croiser des corps sans vie, allongés en travers de la chaussée.

Délaissés sur le bitume. La violence de ces images était telle que, lorsque la masse en briques de l'Institut médico-légal se profila enfin, elle en conçut un réel soulagement. Ce n'était pourtant pas le coin le plus riant de la capitale.

Sans tarder, elle rejoignit la salle d'examen carrelée qui puait littéralement la mort. À sa demande, la dépouille du flic sniper de la place Vendôme l'y attendait. L'autopsie n'était pas encore achevée, mais au nombre d'impacts, on devinait sans peine qu'il était mort sur le coup. Anne interrogea le légiste d'astreinte, un quadra à lunettes aux faux airs d'enfant de chœur, mèche sur le front et raie sur le côté :

— Où sont les corps des braqueurs ?

— Au frais. L'IJ vient de finir leur identification.

— Dans les grandes lignes, ça donne quoi ?

— Tous sont déjà connus de la maison. Des mecs qui bossent à la commande, genre mercenaires du braquo.

— Je vois. À tout hasard, il n'y avait pas un certain Marco Jiménez dans le lot ?

— Non. Je crois que si leur compte rendu avait évoqué un client de ce calibre, ça m'aurait marqué. Et je pense que je l'aurais reconnu.

On parlait tout de même de l'un des principaux parrains français.

— OK. Et lui ? demanda-t-elle en désignant le macchabée sur la table.

— S'agissant des causes du décès, on est dans le très classique des blessures par balles. Sept impacts au total, dont deux potentiellement létaux, cœur et poumon droit. Un vrai carton de stand.

— Je parlais de son identité, s'agaça-t-elle. Vous savez qui c'est ?

— Inconnu au trombi de la DRCPN[1]. Et vous, il vous dit quelque chose ?

Il avait répliqué sur un ton pince-sans-rire qui déstabilisa son interlocutrice. Celle-ci ne perçut même pas la blague qui affleurait sous la question : la probabilité pour qu'elle reconnaisse l'un des quelque quarante-trois mille fonctionnaires de police que comptait Paris était plutôt faible…

— Je plaisante, suivez-moi, finit par lancer le toubib après un silence gêné.

Il lui fit signe de l'accompagner à travers les entrailles du bâtiment. Jusqu'à un bureau aveugle qui les accueillit de son confort spartiate. Le médecin se saisit d'une liasse de documents imprimés parmi son foutoir, et embraya aussitôt :

— J'ai peur que le résultat ne soit pas celui que vous attendiez.

— Dites toujours.

— Eh bien, soit ce garçon n'avait pas effectué son dépôt papillaire lors de son intégration, ce dont je doute. Soit il n'a jamais fait partie de la boutique.

— Vous avez un accès au FAED ici, n'est-ce pas ?

— Oui.

Relevant les mèches peroxydées qui barraient son front, elle adopta le ton le plus charmeur dont elle se sentait capable à cet instant.

— Vous ne nous feriez pas une petite comparaison au débotté, par hasard ?

---

1. Direction des ressources et des compétences de la police nationale, en quelque sorte la DRH de la police.

— Attendez, je veux bien faire certaines entorses, mais là on empiète carrément sur le job de l'IJ !

— Allez, quoi, il y en a pour cinq minutes. Si je me pointe maintenant au quai de l'Horloge, ils vont me faire poireauter pendant des plombes…

Le légiste semblait plus que dubitatif. Visiblement, la séduction ne fonctionnait pas sur lui. Anne changea donc radicalement de stratégie et opta pour le coup de pression :

— Je vous rappelle qu'on parle d'une enquête diligentée depuis le sommet de l'État. Toute la CIC attend notre rapport.

— OK, c'est bon, lâcha-t-il à contrecœur. Mais je vous préviens : les consultations sont tracées. Donc si on me demande pourquoi j'ai…

— Ça va, arrêtez de flipper. Je prendrai tout sur moi.

Avec nonchalance, il sortit son PC de sa veille. Importer le relevé d'empreintes numérisé et balancer celui-ci dans l'algorithme de comparaison de l'interface ne lui prit guère qu'une minute. La recherche proprement dite, elle, s'éternisa un peu plus. Puis la sentence tomba enfin : « aucun résultat correspondant ». Non seulement ce type n'était pas policier, mais il n'avait visiblement jamais eu affaire à eux dans un dossier un peu sérieux. En tout cas, il n'affichait aucune condamnation ni même la moindre garde à vue.

Une telle virginité policière était presque louche.

Anticipant les exigences de Gilardini – il devinait chez elle autant de déception que d'opiniâtreté –, le médecin aux cernes larges comme des soucoupes soupira :

— J'imagine que pour le même prix, vous allez me demander une recherche photo dans le TAJ[1] ?

— Puisque vous le proposez si gentiment !

Cette fois-ci, il s'exécuta sans discuter.

Il chargea le portrait effectué post-mortem et lança une comparaison faciale avec les centaines de milliers de clichés de la base. Pleine d'espoir, sa visiteuse ne lâchait pas l'écran des yeux. Il fallait absolument que quelque chose sorte si elle voulait avancer.

Bingo ! L'individu évitait peut-être la maréchaussée, mais on ne pouvait pas en dire tout à fait autant de ses fréquentations. Sa trombine et son nom apparaissaient en effet dans plusieurs dossiers de règlements de comptes entre malfrats. Chaque fois, il avait été auditionné en qualité de témoin. Et chaque fois, il avait selon les PV indiqué la même adresse de domiciliation, celle de l'IML du Val-de-Marne, à Créteil ! Morbide, mais pas dénué d'humour.

À part ça, le dénommé Patrick Schmidt, trente-six ans, célibataire et sans enfant, se montrait d'une discrétion presque maladive. Un vrai fantôme. Aucune présence sur les réseaux sociaux. Aucun compte LinkedIn ni aucun employeur connu. Les quelques occurrences renvoyées par Google ne concernaient que d'évidents homonymes.

— Vous avez gardé son uniforme et son équipement ? s'enquit Anne.

— Bien sûr.

Il la conduisit séance tenante jusqu'à une sorte de vestiaire, tout en boiseries lustrées, où les vêtements

1. Traitement des antécédents judiciaires.

des morts, dûment numérotés, pendaient sur d'interminables portants. La plupart y restaient quelques mois, avant probable destruction. Rares étaient les proches des légitimes propriétaires à venir chercher ces effets.

Muni de la référence, le légiste ne tarda pas à retrouver la housse en plastique contenant les habits de Patrick Schmidt. *Un déguisement !* conclut instantanément Gilardini. La copie était de qualité, mais certains éléments trahissaient la contrefaçon : la forme du col de blouson, l'emplacement de l'écusson « Police nationale » sur la manche droite, l'arrondi exagéré de la visière de casquette… Nul besoin d'un examen attentif pour repérer les différences les plus grossières.

Le toubib lui-même ne s'était pas laissé berner.

— Il avait un Antarès sur lui ? questionna Anne.

— Non. Même pas de portable. Rien.

Les yeux rivés à la veste bidon, Anne se demanda un instant comment remonter la piste du faux flic. À une époque où l'activité en ligne validait plus que toute autre chose l'existence d'un individu, l'absence de Schmidt des bases et des réseaux avait de quoi laisser songeur. Il ne lui restait pas mille options si elle voulait trouver des réponses sur le défunt. Elle devait dénicher son adresse.

Elle saisit alors son mobile, constata avec soulagement que son opérateur assurait encore le service, et composa un numéro abrégé dans son répertoire. Le contact en question répondit dans la seconde.

— Un Patrick Schmidt vaguement mêlé à des règlements de comptes dans le Val-de-Marne, ça te dit quelque chose ? demanda-t-elle sans s'encombrer d'un bonjour.

Son correspondant, l'un de ses indics les plus corvéables, laissa flotter la question un moment, pour elle une éternité. Puis il bredouilla quelques mots qui rallumèrent son œil bleu acier.

— T'aurais pas son adresse perso, par hasard ?

26

3 h 05
Le Raincy – Chez Mehdi Bassadi

— Putain, tu crois qu'ils fournissent la corde qui va avec le décor ?

Mallard n'était pas vraiment un pote à qui l'on confie ses états d'âme. Mais parvenu devant l'immeuble miteux de Mehdi Bassadi, Hugo se surprit à penser à voix haute. Sans réseau mobile, et donc sans GPS, ils tournaient dans le quartier depuis un moment, confrontés à un alignement de misère uniforme. Leur destination ne faisait pas exception à la règle. Il faut dire que l'absence d'éclairage public n'arrangeait rien au gris sale de la façade.

Ils pénétrèrent dans le hall. Leur objectif se trouvait au troisième étage, porte de gauche. Le peu d'autonomie qu'il restait sur le portable d'Hugo permit d'alimenter la fonction torche et leur ouvrit le chemin dans l'escalier tout de guingois. Celui-ci les mena jusqu'à un vantail en bois peu épais doté d'un verrou simple. L'OPJ actionna plusieurs fois la poignée, en vain, avant de toquer d'un index, d'abord discret, puis de plus en plus appuyé. Aucune réaction à l'intérieur. Sans autre préavis, il décocha un violent coup de talon, juste sous la serrure. Après deux chocs et un craquement, le battant s'ouvrit d'un coup sur un vestibule enténébré.

Leur irruption ne provoqua aucun mouvement dans l'appartement. Hugo remarqua un effort notable pour faire de cet endroit plus que modeste un chez-soi plutôt propre, presque coquet. Il n'y avait aucun doute possible, le deux-pièces était habité. Flottait même dans l'air un fumet tenace de cuisine épicée. Les mots de Samir, une grosse demi-heure plus tôt, lui revinrent en mémoire : « Il n'a pas bougé une oreille, il est chez lui. » Bassadi avait-il fini par flairer le danger ? Ou bien était-il parvenu à se défaire de son bracelet, trompant ainsi les antennes du SPIP ? Maintenant que les communications ne passaient plus, il était impossible de vérifier ces diverses hypothèses auprès de l'agent de surveillance. Kezer ne pouvait plus se fier qu'à son instinct.

Contraint d'accorder sa confiance à Mallard, au moins le temps de leur cavale, Hugo lui attribua l'inspection de la chambre, tandis que lui s'occupait du minuscule living. Il commença par observer le mobilier qui fleurait bon l'Emmaüs et la récup' de rue. En dépit des années de perquisitions, il n'était jamais à l'aise à l'idée de fouiner dans les affaires des autres, même chez les ordures de la pire espèce. Il mit pourtant ses scrupules de côté et passa la pièce au crible.

Au mur, une photo encadrée prise à Disneyland donnait à voir un trentenaire basané au bras d'une femme voilée d'un certain âge ; vraisemblablement Bassadi et sa maman. Hormis ce visage qu'il pouvait mettre enfin sur le nom du suspect, sa fouille ne menait à rien. Jusqu'à ce qu'il déniche, dans une petite commode lasurée, au fond du tiroir supérieur, un ensemble de schémas techniques qui retinrent son attention. Il n'y connaissait rien en électricité, mais, pour ce qu'il parvenait à en décrypter, ce qu'il avait entre les mains pouvait correspondre de manière crédible aux plans des transformateurs ciblés par les attaques de drones. Il obtint confirmation en retournant chacune des feuilles A3 pliées en deux, toutes frappées d'une mention topographique : Ampère, Arrighi, Avenir, Charenton, Chevilly, Cretaine, Fallou, Harcourt, Malassis, Menus, Moulineaux, Muette, Novion, Perret, Puteaux, Romainville, Saint-Ouen et Vincennes.

Le doute n'était plus permis : Bassadi était bel et bien impliqué dans l'organisation du black-out. Et pour entrer en possession de documents aussi sensibles, soit il disposait d'une complicité au sein de RTE, soit il avait hacké leurs serveurs. L'absence de tout matériel informatique dans son appartement faisant pencher la balance en faveur de la première option.

— J'ai quelque chose, annonça Mallard en sortant de la chambre.

— Vas-y… lança Hugo, tout en roulant la liasse en un seul tube rigide.

Le braqueur lui tendit un prospectus qu'il déchiffra à la lueur de son téléphone. Le flyer vantait les mérites d'un drone-club de la région, au Bourget. Dessus figuraient le nom de son président, un certain Antoine Derrivaud, ainsi qu'une adresse postale et un e-mail. L'OPJ se garda bien de relever à voix haute ce qui lui sautait aux yeux : le logo du club était le même que celui qui frappait la casquette retrouvée chez Mallard.

— C'est bizarre quand même, non ? s'étonna celui-ci.

— Quoi ? Qu'il fréquente un club de dronistes ?

— Non. De laisser traîner ce genre de papelards derrière lui. C'est pas très pro.

— Si j'en crois mon indic, Bassadi se trouvait encore là il y a peu. Il est peut-être parti à l'arrache…

À ces mots, Kezer se dirigea vers la cuisine, dont l'exploration sembla confirmer ses dires. Dans le placard sous l'évier, scotché à même le bac métallique, Hugo exhuma un sac congélation plein de cash ainsi qu'un téléphone. Il s'agissait d'un antique Nokia 3310. Modèle très apprécié des malfrats pour faire office de portables de guerre, ces combinés rudimentaires sans GPS ni connexion Internet étaient destinés à être jetés après un nombre limité d'usages.

Cette fois, le message était clair : à moins d'un imprévu, jamais un fugitif n'aurait mis les voiles en oubliant des éléments à la fois aussi utiles et compromettants. Sans le code PIN, Hugo ne pouvait rien faire du téléphone. Il l'empocha malgré tout, en vue d'un examen ultérieur à l'Horloge.

La suite de leur visite fut plus probante encore. En particulier lorsqu'ils tombèrent sur une série de bidons et d'entonnoirs en plastique. Tous vides, mais à l'odeur de chimie prononcée. Il faudrait attendre l'avis des ingénieurs en physico-chimie du laboratoire central pour confirmer que tout cela avait servi à confectionner de la TATP. Mais la piste paraissait plus que sérieuse.

— Pour Franck, de Hugo…

Le Hobbit répondit dans la seconde à son combiné de radio-police.

— Je t'écoute.

— J'aimerais que tu me ramasses tout ce que tu peux trouver sur le dénommé Mehdi Bassadi, ancien pensionnaire à Fresnes et ex-codétenu de Jiménez. Il est encore suivi par Samir, mais il semblerait qu'il ait pris des vacances depuis peu.

— OK, je vois ce que je peux faire.

— Il faudrait aussi que tu contactes le siège de RTE.

— Alors là, vu le merdier, pas sûr qu'ils répondent cette nuit…

— Essaie quand même. J'ai besoin de la liste de leurs personnels habilités à consulter les plans d'installation des dix-huit transfos visés.

— Ça roule, je m'en occupe. Au fait, c'est bon pour les talkies. Alex a réussi à en choper un. Sa cheffe a quitté le bercail.

Franck lui apportait là une très bonne nouvelle.

Kezer se demanda toutefois où Gilardini avait bien pu se rendre au milieu de la nuit. Il imaginait la fureur qui devait l'habiter depuis leur fugue du Bastion. Une rage probablement mêlée de satisfaction, si l'on considérait qu'elle avait depuis repris la main sur toute l'affaire.

Alors qu'Hugo s'apprêtait à raccrocher, une voix s'invita dans la pénombre du petit logement.

— Bonsoir, messieurs. Vous êtes… ?

L'obscurité était telle qu'on devinait à peine les traits de l'homme qui dressait sa haute stature devant eux. Il devait afficher un certain âge si l'on se fiait à son timbre légèrement chevrotant et à sa posture voûtée. L'une de ses mains s'appuyait d'ailleurs sur une canne, tandis que l'autre demeurait calée au creux des reins.

— Capitaine Kezer. Brigade criminelle de Paris.

— Je peux voir votre carte ?

Hugo s'exécuta, mais assortit sa docilité d'une question :

— Vous résidez dans l'immeuble ?

— Oui, Philippe Abgrall. J'habite au rez-de-chaussée depuis trente ans.

L'intéressé avait proféré cela avec fierté, comme s'il s'agissait d'un titre de gloire. Cela dit, Hugo reconnaissait volontiers qu'il fallait une bonne dose de courage pour passer sa vie dans un cloaque pareil.

— J'ai entendu du bruit, reprit-il, bavard. J'ai voulu m'assurer que tout allait bien.

— J'en déduis que vous connaissez Mehdi Bassadi ?

— Oh, vous savez, comme des voisins, rien de plus…

Hugo n'avait pas besoin d'échanger davantage avec cet homme pour saisir quel type de voisin celui-ci était. Le genre qui prétend respecter votre vie privée mais se révèle capable de détailler vos moindres allées et venues. Ça valait la peine de creuser de ce côté :

— Vous savez quand il est sorti ?

— Je n'ai pas fait très attention. Il y a deux heures, je dirais. Peut-être trois.

Deux heures ? Pourtant Samir avait spotté le fugitif à cet endroit même, moins d'une heure auparavant.

— Comment vous pouvez être sûr que c'était Bassadi qui partait à ce moment-là ? Vous l'avez vu ?

— Non, mais vous savez, je suis en invalidité depuis des années. Spondylarthrite ankylosante. J'ai des problèmes de dos chroniques. Je ne sors pas beaucoup de chez moi. À force, j'ai fini par identifier le pas de chaque résident de l'immeuble.

Un vrai mouchard en puissance.

27

3 h 10
Orly (la ville)

D'abord, il y eut le passage d'une voiture de police sérigraphiée, deux tons en berne, mais gyrophare tournoyant dans la nuit. La patrouille remonta la rue du Kéfir au pas. Quand Jimémez et Offmann la repérèrent, il était déjà trop tard pour se réfugier à l'arrière du fourgon, dans la cabine protégée par ses vitres sans tain. Alors, ratatinés au pied de leurs sièges, ce qui n'était sans doute qu'un contrôle de routine prit l'allure d'un supplice. Chaque seconde compta pour une heure.

Puis, quelques instants plus tard, ce fut au tour d'un vigile de l'entrepôt ciblé de s'offrir une balade à l'air frais. Juste quelques pas pour se délasser les jambes, clope au bec. Mais si sa démarche paraissait anodine, mille alarmes résonnèrent dans la tête des braqueurs lorsque l'homme en noir, plastronné d'un pare-balles, s'approcha de l'utilitaire.

— Qu'est-ce qu'il fout là, ce Trafic ? marmonna-t-il pour lui-même.

D'ordinaire, les entreprises voisines ne stationnaient pas leurs véhicules si près de chez eux, justement pour éviter toute méprise. D'un index, il cogna sur la tôle.

— Y a quelqu'un là-dedans ?

Un tsunami d'adrénaline déferla sur les deux occupants de l'habitacle. Le vigile, obstiné, ne décollait pas. Ils l'entendirent faire le tour du fourgon, déclencher à plusieurs reprises la fonction photo de son portable, sans doute pour immortaliser leur absence de plaques. Puis s'approcher de l'avant.

L'obscurité ambiante avait beau soustraire l'intérieur du véhicule au regard de l'homme, Gilou n'en pouvait plus. Jim sentit la fébrilité de son compagnon monter d'un cran. Il le connaissait par cœur, il était prêt à craquer.

— Tu bouges pas, *pierdo*[1] ! souffla-t-il.

Mais, convaincu qu'ils ne tarderaient plus à être démasqués, son lieutenant, sourd à la voix qui le retenait, ouvrit sa portière. Dans un même mouvement, son ombre glissa sur l'asphalte. Pris par surprise, le garde n'eut pas le temps de dégainer son arme de service. Déjà, la lame surgie de la nuit tranchait sa gorge et un flot de sang chaud recouvrait les mains du tueur.

Face au corps de la victime étendu sur le bitume, Jim ne gronda même pas. Le mal était fait. Très bien fait, même.

*

* *

1. « Idiot », en argot gitan.

— Le QG des flics, carrément ! Tu veux pas non plus que je prenne d'assaut l'Élysée ?!

La voix de Ludovic Cargol, sourde, tonna dans le talkie longue distance. Quoiqu'un peu irrité par l'insolence de son subalterne, Jim répondit avec sa maîtrise de soi coutumière :

— Maintenant, tu la fermes, et tu ouvres grand tes oreilles.

Depuis sa plongée dans les égouts, Ludo n'avait plus donné signe de vie. Jiménez l'avait pensé digéré par les intestins de la ville, avant que l'intéressé ne refasse surface sur le canal 158. « La poulaille a écumé les galeries pendant des heures », se justifia-t-il pour expliquer son silence.

À son tour, le caïd gitan exposa en quelques mots la récente mésaventure qui les avait opposés, Offmann et lui, au vigile trop curieux. La dépouille de l'homme reposait à présent dans la cabine arrière de la camionnette.

— En principe, poursuivit Jim, les hommes encore retranchés dans le dépôt n'ont plus d'Internet, plus de fixes et surtout plus de réseau sur leurs portables. Ils ont encore du jus en local, mais l'absence de courant sur les lignes de la ville neutralise leurs alarmes reliées au *ciat*[1]. Donc même s'ils flippent pour leur pote disparu, ils ne pourront pas faire grand-chose.

En résumé, Jim et ses complices n'attendaient plus que le passage de la cuve de gasoil sain à celle plombée par leurs soins. Ils n'agiraient que lorsque le groupe électrogène tomberait enfin en carafe. Pour l'heure, et

1. « Commissariat », en argot gitan.

bien qu'aucune lueur ne s'échappât du bâtiment, les quelques veilleuses en façade leur prouvaient que ce temps n'était pas encore arrivé.

— OK, acquiesça Ludo, signifiant qu'il suivait.

— Bref, même si ça s'agite un peu trop à mon goût par ici, tout est sous contrôle. On ne bouge pas d'un pouce, je veux voir tout ce qui entre et tout ce qui sort de ce hangar. Par contre, Greg entre les mains des flics, j'aime pas trop ça.

Dans l'esprit de Jiménez, les braquages de la place Vendôme n'avaient jamais été autre chose qu'une simple diversion conçue pour laisser le champ libre en périphérie. Là où le véritable trésor se nichait. Mais, comme un boomerang, cette opération était en train de leur revenir en pleine face. Mettant tout le reste en péril.

— Qu'est-ce que tu attends de moi ?

— Tu vas aller nous débrancher cette balance de Mallard.

— Il a donné les emplacements aux condés, tu crois ?

— Peu de chance. Il n'est pas censé les connaître. Mais d'un côté, on a Greg chez les poulets, de l'autre Sofiane dans la nature. Et nous on est au milieu, prêts à être cueillis si l'un des deux a le nez creux et se met à baver. Donc à partir de maintenant, on se méfie de tout le monde et on règle les problèmes avant qu'ils virent au sérieux.

— Je comprends, mais quand même, patron : le Bastion, putain… On parle pas de braquer un commissariat de quartier !

Ludovic Cargol semblait tétanisé par la mission que lui imposait Jiménez. Il tentait bien de maîtriser la peur que celle-ci lui inspirait, mais sa voix le trahissait.

Certes, depuis le début du black-out, les flics et les bâtiments qui les abritaient étaient devenus des cibles privilégiées. Plus vulnérables que jamais. Lui-même avait croisé de nombreuses bandes guidées par leur seule haine de l'autorité, animées par un sentiment d'impunité. À la faveur du noir, elles fracassaient tout sur leur passage, de préférence ces lieux incarnant le pouvoir. Mais là, on parlait du Bastion. Comment pourrait-il pénétrer dans une pareille forteresse sans se faire repérer ? Par quel miracle parviendrait-il à débusquer sa cible au milieu des milliers d'uniformes, puis à l'éliminer ? Comment sortirait-il lui-même vivant d'un tel guêpier ?

Son chef dut entendre ses interrogations muettes, car il conclut leur échange par cette évocation nostalgique :

— Ludo, tu te souviens quand on était gosses…

— Quoi ? De quoi tu me parles ? Tu crois que c'est le moment de se rappeler le bon vieux temps ?

— Tu te souviens comment on s'y prenait pour débusquer les renards ? Pense aux renards.

28

3 h 22
Charenton/Paris
Chez Patrick Schmidt/36, rue du Bastion

Vu le peu d'informations qu'elle détenait sur Patrick Schmidt – pour un faux flic, le patronyme était plutôt cocasse –, Anne ne s'attendait à rien de précis s'agissant de son logement. Ça ne l'empêcha pas d'être tout de même un peu surprise par l'apparence pour le moins cossue du quartier et de l'immeuble devant lequel elle se trouvait.

Descendue du scooter de Florian, elle considéra un moment le bâtiment, gros cube moderne de facture récente. Dans son dos, les arbres du bois de Vincennes déployaient leur masse sombre et menaçante. C'est fou comme sans lumière, la frontière entre la nature et le domaine des hommes, la vie sauvage et la civilisation devenait poreuse.

Le visiophone dernier cri n'étant plus d'aucune utilité, la flic se borna, comme un métronome, à cogner du poing sur la porte vitrée dûment verrouillée. Après deux ou trois minutes de ce raffut, une silhouette se profila dans le hall. Sans éclairage, le marbre qui tapissait murs et sols aurait pu être confondu avec le plâtre brut de n'importe quelle cité. À la réflexion, l'opulence ou le dénuement ne tenaient qu'à quelques watts judicieusement placés.

Le visage encore bouffi de sommeil de la concierge surgit enfin derrière le carreau. À la lumière de son portable, Anne présenta son sourire le plus avenant :

— Désolée de vous déranger aussi tard, madame. Capitaine Gilardini, police judiciaire de Paris. J'ai besoin d'accéder en urgence à votre immeuble.

Anticipant les craintes de l'habitante, elle prit le soin de coller sa carte à la paroi translucide. La femme en robe de chambre marinait probablement dans son jus de psychose. Elle considéra la visiteuse un bon moment, avant de glapir :

— À cette heure-ci ?

— Oui. C'est en rapport avec le bla… avec la panne.

La vieille tourna les talons, puis revint deux longues minutes plus tard, munie d'un gros trousseau. Quand elle s'effaça pour laisser entrer Anne, après avoir débloqué la gâche, un voile de remords tomba sur son visage. À l'évidence, elle se demandait si elle avait bien fait. Si ce n'était pas là une ruse de ces voyous qui dépouillaient les beaux quartiers livrés au noir.

— Bonsoir, lui lança Anne, sur le ton le plus cordial possible.

— Bonsoir. Vous vouliez voir quoi, au juste ?

En bon cerbère de ses résidents, la gardienne des lieux n'était pas du genre commode. Il fallut encore parlementer un moment avant qu'elle accepte de confier à l'OPJ les clés de l'appartement 44, celui du « si gentil et si serviable » Patrick Schmidt.

L'intérieur qu'Anne découvrit alors lui raconta bien des choses au sujet du faux flic. En effet, si ses aptitudes lui avaient offert un certain confort, elles ne lui avaient clairement pas donné le sens de la déco. Des murs totalement nus, un mobilier à pleurer d'ennui, des couleurs d'une neutralité toute carcérale… L'absence d'objets féminins, en particulier dans la salle de bains, acheva de dessiner une vie de célibataire endurci. Sans aucune fantaisie ni légèreté.

— Ben dis donc, mon patoche, marmonna-t-elle pour elle-même, c'était pas vraiment l'éclate, ta vie.

En fouillant le petit dressing donnant sur le vestibule, elle dénicha l'emballage du costume que le défunt portait place Vendôme. Mais les choses devinrent plus intéressantes encore par la suite. Dans le prolongement de la chambre à coucher, où il n'y avait rien de notable, s'ouvrait une pièce qui ressemblait à un bureau. Là, trônait une installation informatique dernier cri : plusieurs PC, un serveur, un rack de disques externes et des périphériques à foison, le tout agencé selon un ordre parfait, sans fils qui traînent ni poussière apparente. Le maître des lieux prenait un soin maniaque de son matériel.

Faute de courant, Anne ne pouvait rien en tirer dans l'immédiat. Elle supposait de toute manière qu'un type possédant de telles bécanes devait les protéger avec un niveau de sécurité plutôt élevé.

— Pour Alex, de Anne ! Pour Alex, de Anne ! lança-t-elle dans son Antarès.

Seul le silence lui répondit.

Elle en profita pour refaire le tour de la pièce. Décidément, tout cela lui semblait trop dépouillé pour être honnête. Elle frappa alors sur les cloisons et sur le sol, à la recherche d'une cache éventuelle, mais ces surfaces lui renvoyaient un son plein. Un seul détail la chiffonna : le volet roulant à demi abaissé, et surtout placé de guingois par rapport au cadre de la fenêtre. Surprenant, dans un appartement où rien ne dépassait…

Guidée par son intuition, elle attrapa d'une main la manivelle et s'employa à mouvoir les lames en PVC, afin de redresser l'ensemble. Mais le mécanisme tournait dans le vide. Elle grimpa alors sur une chaise, puis cogna cette fois sur le coffrage en bois contenant le volet. L'écho d'un cliquetis métallique lui parvint. Tirant de toutes ses forces, elle arracha l'ensemble du plafond, dans un craquement sec et sinistre. Ce qui tomba du coffre ainsi délogé produisit un second vacarme au moment de son impact sur le sol. Ou plutôt, une série de bruits mats.

Il y avait là un véritable arsenal : trois Glock 18 semblables à celui retrouvé entre les mains de Schmidt place Vendôme, une kalachnikov, un pistolet-mitrailleur Mini Uzi, deux carabines 9 mm à lunette de visée, ainsi que des boîtes de munitions correspondantes, à profusion. Elle ne fut pas déçue par sa trouvaille.

— Ah ouais ! Quand même !

Soit Schmidt était un sociopathe du dimanche qui avait fait son nid dans le black-out, soit c'était un pro de la gâchette. Anne penchait nettement pour la seconde option. Elle ne voyait pas quel intérêt un tueur de masse aurait eu à ne cibler que des braqueurs en opération. Et puis, elle n'oubliait pas ce que lui avait appris Florian un peu plus tôt : Schmidt était présent place Vendôme *avant* que l'équipe de Mallard n'entre en action. *Il était là pour les cartonner.*

Restait à savoir qui avait eu recours à ce tueur à gages.

Le parrain gitan entretenait assez d'inimitiés dans le milieu pour qu'on puisse y voir l'œuvre d'un de ses concurrents. Mais, qui que fût le commanditaire, de toute évidence, celui-ci avait été informé du plan de Jiménez. En d'autres termes, un traître se nichait probablement parmi son clan.

À moins... À moins que Jiménez lui-même...

Mais pour quelle foutue raison celui-ci aurait-il sacrifié ses propres troupes ? Les hypothèses tournaient à cent à l'heure dans la tête de Gilardini quand son Antarès se manifesta :

— Pour Anne, de Alex ! Anne, tu m'entends ?

— Tu faisais quoi, bordel, tu roupillais ?

Son adjoint choisit d'ignorer sa mauvaise humeur :

— Qu'est-ce que je peux faire pour toi ?

— J'ai besoin de l'IJ dans un appartement à Charenton. Il y a du gros matos. Armes et informatique.

— OK.

— Il me faut des gars réactifs et qui ne poseront pas trop de questions. De préférence, balance-moi une équipe qu'on connaît.

Une qu'on peut maîtriser, pensa-t-elle sans le dire.

*

*   *

Alex mit fin à la communication et lâcha, d'une voix agitée :

— Elle ne va pas tarder à rappliquer. Faudrait sérieusement vous bouger les fesses !

Le talkie Midland qu'il avait barboté sur le bureau de sa cheffe de groupe reposait sur une table. Franck n'en menait pas large non plus, d'autant que le technicien de la SDLC[1] qui venait de les rejoindre, un brun enveloppé aux cheveux et au front huileux, faisait plutôt preuve de nonchalance.

— Comme je viens de vous l'expliquer, reprit le spécialiste, notre antenne gonio est d'une puissance limitée. Donc plus la cible est distante, plus la localisation risque d'être imprécise.

— On ne peut rien faire pour l'améliorer ?

— En principe, quand on chasse une source radio, on déplace l'antenne sur le terrain, en bagnole. Mais vu le temps qu'on a, ça va être compliqué de procéder comme ça.

— C'est sûr… soupira Franck. Fais au mieux.

L'homme acquiesça, se munit de gants, puis manipula l'appareil comme s'il s'agissait du plus précieux des bijoux, ouvrant une communication sur le canal préréglé. Le 158.

— Allô ? Allô ? répéta-t-il à intervalles réguliers.

Durant plusieurs minutes, aucun son ne leur parvint en retour. Annonciateur d'un échec probable, le silence se faisait pesant. Aucun d'entre eux n'osait parler. Quand soudain, un souffle confus s'éleva. Suivi d'éclats de voix. Des cris. Presque des aboiements.

1. Sous-direction de la lutte contre la cybercriminalité, également installée au 36, rue du Bastion.

— Allô ? C'est qui là ? éructa un timbre anonyme, visiblement en proie à la panique.

Puis il se dissipa, plongeant de nouveau la radio dans le silence. Concentré sur son écran, le technicien grimaça :

— Désolé, mais il n'a pas parlé assez longtemps pour qu'on puisse remonter le signal.

Il renouvela alors ses appels, encore et encore, jusqu'à ce qu'une seconde voix se fasse entendre. Celui qui tenait le talkie semblait ne pas savoir s'en servir. Ses propos n'avaient ni queue ni tête. Mais au moins, la communication restait active. Côté Bastion, la tension était à son comble.

— Vous n'allez pas me croire… souffla le technicien au bout d'un moment.

— Quoi, t'as une géoloc ?

— Pour en avoir une, j'en ai une… Votre type est rue du Faubourg-Saint-Honoré.

Franck et Alex échangèrent un regard étonné. Tout ça n'avait aucun sens. Jiménez avait-il réellement pris le risque de rester en plein cœur de Paris ? Dans un lieu saturé de flics et à quelques centaines de mètres seulement de la place Vendôme ?

— À quel niveau ?

— Pile devant l'Élysée ! ajouta leur interlocuteur.

29

3 h 40
Paris – Hôpital Saint-Louis

Si on avait demandé à Damien Caseuil de définir ce qui faisait l'essence d'un héros, il eût sans doute évoqué l'abnégation des infirmières qui travaillaient avec lui, le dévouement de son ami Miguel, ou encore la science des grands patrons de son service qui sauvaient des vies à longueur d'année. L'interne en oncologie aurait sans hésitation parlé de patience et de travail acharné, et non de bravoure, comme on aurait pu s'y attendre. Il fut pourtant l'un des seuls à s'interposer entre les pillards qui prirent d'assaut Saint-Louis et les malades. Et, ce faisant, l'un des premiers à tomber sous leurs coups. Il ne serait pas le dernier…

Si on avait posé la même question à Mila et à Sophie ce soir-là, peut-être eussent-elles, elles aussi, parlé de ces soignants admirables qui avaient pansé les multiples contusions de la première et calmé les angoisses de la seconde. Car si la jeune fille ne présentait, dans l'ensemble, que des blessures superficielles, les médecins des urgences avaient préféré la garder en observation.

Leur professionnalisme avait su les apaiser, la mère comme la fille ; jusqu'à ce que les cris des assaillants retentissent dans les couloirs de Saint-Louis. D'instinct, elles s'étaient alors réfugiées dans le minuscule cabinet de toilette attenant à la chambre de Mila.

Là, terrifiées, elles n'avaient plus bougé.

*
* *

Les deux intrus masqués progressaient à présent dans les étages du bâtiment Fougère. Depuis le rez-de-chaussée jusqu'à son sommet. Méthodiques. Pendant ce temps, d'autres continuaient à écumer les urgences, saccageant tout ce qui tombait à portée de main ou de batte.

Leurs hurlements barbares ricochaient sur les murs. À leur approche, certains personnels tentaient bien de s'interposer. Aussitôt mis à terre, aussitôt roués de coups. Les armes étaient légères, mais les frappes pleuvaient. Lourdes. Impitoyables.

Tous les patients valides fuyaient leurs chambres. Ne demeuraient plus, ici ou là, que quelques cas intransportables, et que seule une providence favorable pourrait protéger. Car les pilleurs appliqués poussaient toutes les portes, l'une après l'autre. Emportant tout ce qui pouvait être emporté, cognant tous ceux qui n'avaient rien à leur donner. Juste pour le plaisir.

C'était presque trop facile.

*

* *

— Faut qu'on se casse, Math ! Tu m'entends ? On peut pas rester ici.

Debout dans la pénombre, terrifié, Théo secouait doucement le corps décharné de son camarade. Mais Mathys était incapable de réagir. C'est tout juste s'il entrouvrit les paupières.

L'aîné des deux garçons était désemparé. Il tendit l'oreille. Plus personne ne parlait dans les couloirs désertés. Et chaque bruit qu'il percevait sonnait désormais comme une menace.

Le spectre du toxico en manque flottait encore dans la pièce.

Les envahisseurs étaient-ils parvenus au quatrième étage ? Atteindraient-ils bientôt la chambre 18 ?

Théo espérait encore obtenir réponse à ses innombrables questions sur l'existence. Mais pour ça, il fallait d'abord survivre. Ne pas attendre qu'on choisisse à sa place.

Mobilisant toutes ses forces, il ouvrit alors le fauteuil roulant calé contre un mur, souleva son compagnon en le saisissant sous les aisselles, puis l'y déposa. La manœuvre lui demanda autant d'énergie qu'elle le galvanisa. Mathys lui parut si léger – littéralement, la vie de son ami ne pesait plus grand-chose.

Après avoir pris soin de transférer la poche sur la perche à perfusion du fauteuil, Théo s'assura que son cadet était bien installé. Fiévreux, ce dernier frissonnait.

Il arracha la couverture du lit et la cala tant bien que mal sur les jambes frêles et inertes.

Il avait déjà la main sur la poignée de la porte, horrifié à l'idée de faire une mauvaise rencontre dans le couloir, quand une pensée stoppa momentanément son élan. Et si leurs proches les cherchaient ? Et si Miguel n'était plus là pour indiquer leur cachette à quelqu'un ?

Alors il saisit son dictionnaire étymologique, puis griffonna deux mots sur un bout de papier qu'il glissa dans le volume en le laissant dépasser. « Ambre jaune », y avait-il inscrit. Il n'y avait plus qu'à espérer que ceux qui leur voulaient du bien comprendraient le message.

Rien n'était moins sûr… Les adultes étaient si cons, parfois.

30

4 h 09
Le Bourget – Chez Antoine Derrivaud

— Gregory, tu me reçois ?

— Ouais, ouais, c'est bon.

Hugo avait été bien inspiré lorsqu'il avait embarqué deux combinés de radio-police au moment de fuir le Bastion. Il n'était certes pas censé lâcher le braqueur d'une semelle. Mais la situation présente le contraignait à improviser.

Par prudence, il avait préréglé l'Antarès confié à Mallard sur le canal privé qu'il utilisait avec Franck, réduisant ainsi le risque que l'autre ne capte des informations qui ne lui étaient pas destinées.

Par la fenêtre, en planque derrière un double-rideau lie-de-vin, l'OPJ apercevait la large silhouette de son improbable coéquipier, tapi dans l'impasse, accroupi entre deux voitures.

— Tant que tu ne vois personne venir en direction de la maison, tu ne bouges pas. Et lorsque ça approche, surtout tu ne parles pas. Tu te contentes de tapoter sur le micro pour me prévenir. C'est compris ?

— Reçu.

Maintenant que tout était en place, il n'y avait plus qu'à patienter.

À l'abri dans le confort douillet du pavillon, Hugo ne s'était pas attribué la tâche la plus ingrate. Le domicile du président du drone-club du Bourget s'apparentait à n'importe quelle villa de banlieue, toiture en ardoises à double-pente, crépi crème et volets en bois brun. Cette nuit-là, seules quelques rares bougies l'éclairaient, rompant sur son ordinaire.

Après un court instant, il se tourna vers la femme en robe de chambre sagement assise sur le canapé du salon, et lui demanda :

— Votre mari ne vous a pas dit quand il rentrait, j'imagine ?

— Non, il m'a juste dit qu'il allait capturer des images de Paris plongé dans le noir.

Le survol de la capitale par un drone, au même titre que toute agglomération, était strictement prohibé. Autant dire que l'usage de ces engins de nuit, *a fortiori* quand l'éclairage public faisait défaut, constituait une infraction plus grave encore. Quant à savoir quelles images le droniste comptait capturer, puis diffuser sur les réseaux une fois le courant revenu, Kezer préférait ne même pas le savoir.

Il ne connaissait pas encore ce Derrivaud, mais il le détestait déjà. Ce type faisait vraisemblablement partie de ces connards sans scrupules, prêts à tirer profit de tout, y compris des drames. Combien de millions de vues sur YouTube valaient des images d'émeutes ou de pillages ? Combien de plus pour une rixe vue du ciel ? Agacé, Hugo jeta un œil par la fenêtre.

Sa confiance en Mallard tenait à peu de chose. Pourtant, le braqueur n'avait aucune raison de prendre le large. Si ce dernier voulait que le flic tienne sa promesse et finance l'opération de son fils, il lui fallait coopérer. Au moins… tant qu'il ignorerait que leur pacte était caduc.

Kezer se sentait corseté dans son costume de salaud. De celui qui manipule. Qui trahit.

Cette pensée réveilla instantanément une autre culpabilité. Mathys le ramena à l'hôpital Saint-Louis. À Mila. À Sophie. À son absence auprès de sa fille, une fois de plus, depuis qu'il les avait laissées aux urgences. Muselant tant bien que mal ses états d'âme, il se mit à explorer le salon du regard, en quête d'éléments inédits.

Quoique plutôt bien rangée, ce qui lui apparaissait de la vaste pièce à vivre débordait d'emballages et de cartons. La passion d'Antoine Derrivaud semblait pour le moins envahissante. Kezer repéra notamment une bonne vingtaine de drones neufs ; que Bassadi ait pu user de cette filière pour se fournir n'était donc pas une perspective si absurde. Il dégaina son mobile et, malgré l'absence de réseau, effectua quelques clichés. Grâce au flash intégré, il capta un détail qui lui avait échappé jusque-là : sur le buffet voisin, au milieu des photos de famille, un portrait de groupe détonnait.

Uniquement des hommes. Alignés devant une sorte de hangar. Tous portant une casquette noire frappée d'un logo qui ne lui était pas inconnu. Le même que celui du flyer trouvé chez Bassadi… et celui floquant la casquette prélevée chez Mallard.

— Ce sont les membres du drone-club ? demanda-t-il à la maîtresse de maison.

— Oui. En juin, ils font toujours une fête. C'est leur petite tradition, avant les vacances.

— Votre époux, c'est bien le grand au milieu ?

— Oui, c'est lui.

Ce dernier, front dégarni et brioche en avant, approchait la cinquantaine. Mais celui qui retint l'attention d'Hugo était le type qui se trouvait juste derrière l'épaule droite de Derrivaud. *Bassadi…* murmura-t-il en capturant cette nouvelle image dans la mémoire de son portable.

La connexion Bassadi-Derrivaud ne faisait plus vraiment de doute. Que les deux hommes se soient fréquentés environ cinq mois avant le black-out confirmait *a minima* la piste d'une préméditation. Restait juste à déterminer si le bon père de famille, Antoine Derrivaud, n'était qu'un instructeur et un fournisseur peu regardant, ou s'il avait pris une part active au plan du hacker radicalisé.

Était-il allé jusqu'à piloter lui-même l'un des engins qui avaient bombardé les transformateurs ?

— Vous dites qu'il est sorti à quelle heure ?

— Vers 11 heures. 11 heures et demie.

Kezer prit mentalement note de cette information et se pencha de nouveau sur la photo du club. On eût dit qu'un des figurants cherchait à disparaître derrière ses camarades. En effet, malgré son grand gabarit, son visage était en partie mangé par ceux qui posaient devant lui. Le reste disparaissait sous sa casquette et derrière ses lunettes de soleil.

— Lui, vous le connaissez ? questionna Hugo.

— Non. Mon mari me présente rarement les adhérents de son club.

— Lui non plus ? insista-t-il en pointant cette fois Bassadi.

— Si, lui, il est venu à la maison une fois ou deux. Mais je ne me rappelle même pas son nom. Je n'ai quasiment pas échangé avec lui.

À l'évidence, Derrivaud prenait soin de cloisonner sa vie de famille et son activité professionnelle. Cela ne faisait pas pour autant de lui un coupable. Mais Hugo le flairait : une vraie piste s'ouvrait ici, quelque part sur cette photo d'une confondante banalité.

Il s'apprêtait à poursuivre son interrogatoire informel, quand son coéquipier refit surface sur le combiné de radio-police :

— Pour Hugo, de Franck.

— Franck ! T'as des news de RTE ?

— Attends, j'ai plus chaud, là.

En quelques mots, il lui raconta leur découverte faite à partir du talkie subtilisé à l'équipe Gilardini, à la BRB. La patrouille envoyée devant l'Élysée avait bel et bien trouvé un combiné sur place, mais fixé à une gouttière à l'aide d'un adhésif épais. De toute évidence, il avait été installé là en amont, dans le seul but de les balader. Un leurre.

Comme l'explosion à la Souterraine.

— Je vois, encaissa Kezer. Et RTE alors ?

— La bonne nouvelle, c'est qu'ils ont bien une liste de personnels habilités. La mauvaise, c'est qu'elle comprend plus de mille noms. Autant dire que ça va pas être coton pour localiser et interroger tout ce petit monde.

— OK, grogna-t-il. Et sur Bassadi ?

— J'ai un pote à la SDAT qui peut pas blairer ses collègues de la DGSI. Il s'est fait un plaisir de me transférer sa fiche S.

— Ça donne quoi ?

— Disons que ça correspond plutôt pas mal à ce que tu m'as dit sur lui : arrêté en 2014 pour ses arnaques aux bitcoins, le profil du parfait djangster[1]... Mais c'est pas le plus beau. Devine à qui est mariée sa sœur aînée ?

— Putain, Franck, j'ai pas le temps pour les devinettes, là !

— Mohammad Haffaz.

— Haffaz ? T'es sûr ?

— Affirmatif, répondit-il sur un ton militaire. Le mec se fait des repas de famille avec l'un des terroristes présumés les plus surveillés de France.

— Et Bassadi a quand même été libéré en conditionnelle ?

— Oui. Il y a six mois, début mai. Pour justifier sa décision, le juge de l'application des peines a écrit, je te lis : « Mehdi Bassadi présente des signes encourageants de déradicalisation dans le cadre de la prévention en milieu carcéral. »

1. Contraction de « djihadiste » et « gangster » : malfrat qui réalise des braquages pour financer la cause terroriste, sans forcément participer lui-même aux attentats.

Malgré le programme pilote mis en place, le centre de détention de Fresnes demeurait, au contraire et de manière notoire, l'un des foyers de radicalisation les plus actifs de tout le pays. La clémence du jugement avait donc de quoi surprendre…

— Haffaz, il est toujours sous bracelet, lui aussi ?

— Oui. J'ai déjà cuisiné Samir à son sujet. Il est confirmé chez lui depuis hier soir 19 heures. Il n'a pas bougé.

Hugo s'estimait souvent chanceux de bosser avec un mec comme Franck. Son adjoint était passionné, vif et déterminé. En un mot : irremplaçable. Il songea qu'une fois de plus le Hobbit avait dû sacrément retrousser ses manches. Joindre leur tonton du SPIP sans réseau mobile relevait de l'exploit.

— Je préférerais quand même qu'on vérifie ça. Demande à Szumlanski s'il peut pas faire un petit tour au fief d'Haffaz, à Montfermeil.

— OK. Mais il va faire la gueule. Il va encore dire qu'on l'utilise pour nos « ménages ».

— T'inquiète. Il fait tout le temps la gueule, de toute façon.

Un toc-toc répété s'invita dans leur échange.

Merde, Mallard ! Le signal !

Hugo en avait presque oublié le braqueur caché dans la rue, et la consigne qu'il lui avait donnée. Il s'élança vers la fenêtre et fouilla la nuit du regard. Il n'écoutait plus vraiment les informations que lui transmettait son coéquipier.

— Dernières choses, ajouta celui-ci, ignorant tout du dispositif en cours. J'ai réussi à parler avec la mère du gamin. Elle sera à Saint-Louis dans quelques heures. Par contre, le toubib n'était pas chez lui. Il est introuvable. Ça m'étonnerait que l'opération du gosse puisse avoir lieu demain comme prévu.

— Putain ! rugit Kezer en sourdine.

Il prit soudain conscience de la bombe que Franck venait de balancer sur les ondes.

Dans la seconde, il coupa la communication et la chique à ses deux interlocuteurs. Mais il était déjà trop tard. Un drone de gabarit moyen sous le bras, Antoine Derrivaud remontait l'impasse pavillonnaire vers son domicile quand Mallard surgit de sa tanière, enragé par ce qu'il venait d'entendre.

Hugo lui avait menti. Sciemment. Le deal qu'il lui avait proposé n'avait jamais été rien d'autre qu'un appât. Comment avait-il pu faire une chose pareille ? « Ça nous fait au moins ça en commun », lui avait-il dit pour mieux l'endormir, évoquant leurs fils.

Mais cette crevure de Kezer l'avait manipulé dès le début. Pire, il l'avait peut-être privé des derniers instants qu'il aurait pu partager avec Mathys ! Sa colère l'aveuglait.

Surpris par l'apparition soudaine de cet inconnu à l'air peu commode, Derrivaud, lui, se figea à quelques enjambées de son portail. Puis il vit un deuxième homme, ombre incertaine dans la nuit, sortir de sa maison et fondre sur eux, flingue en main.

— Derrivaud, brigade criminelle ! Mettez-vous à terre ! J'ai dit à terre !

Le brusque démarrage de la Moto Guzzi accapara l'attention d'Hugo une seule seconde. Mais ce fut assez. D'un mouvement, Derrivaud remit son drone sous tension et, de quelques pressions expertes sur les commandes, lui fit prendre de l'altitude. L'appareil bourdonnait à présent dans les airs, stabilisé à hauteur d'épaules, pile dans la ligne de mire du Sig.

— Jouez pas au con ! cria l'OPJ. Je sais que vous avez fourni Mehdi Bassadi en drones.

Au bout de la rue, Mallard filait déjà sur la bécane, pleins gaz, ses lumières aussitôt avalées par la nuit.

— Et alors ? C'est un crime, peut-être ?

— Quand ces drones participent à un crime, oui ! Baissez-moi tout de suite cet engin.

Loin de dissuader Derrivaud, l'information sembla au contraire doper sa méfiance et sa combativité. L'homme actionna alors le projecteur de l'aéronef, afin d'éblouir le flic qui lui faisait face. Puis il lança son engin en direction de son adversaire, tel un obus, dans une trajectoire plongeante. Aveuglé, Hugo ajusta son tir sur le faisceau du projectile. Il pressa la détente. Avec plus de détermination et d'assurance qu'il n'aurait dû sans doute en éprouver.

Ce n'est qu'à cet instant qu'il comprit que l'engin et son pilote étaient alignés sur le même axe. Filant plus vite que sa conscience, la balle avait déjà atteint son but. Dans son dos, un cri de femme déchira l'obscurité.

31

5 h 01
Paris – 3, quai de l'Horloge
Laboratoire central de la police scientifique

— Donc, si je comprends bien, c'est *la* nuit où tout le Bastion a décidé de me faire chier ?! soupira Luc en voyant débarquer Anne.

Une fois les prélèvements chez Patrick Schmidt achevés par l'équipe de l'Identité judiciaire, Anne avait en effet insisté pour monter à bord de leur fourgon et rallier avec eux le quai de l'Horloge. C'était sans aucun scrupule qu'elle avait abandonné la pétrolette souffreteuse de son adjoint à Charenton. Plus confortable, son nouveau mode de locomotion lui permit d'avertir Alex de sa virée jusqu'au labo, au cas où le Grand Jeff chercherait des poux à son groupe.

L'OPJ ne cacha pas sa surprise face à l'accueil que lui réserva l'ingénieur de service. Jusqu'à ce que ce dernier lui résume l'irruption de Kezer et Mallard, plus de deux heures auparavant. Les menaces qu'il avait subies.

Et toutes les informations qu'il avait été contraint de leur délivrer.

— Et vous savez où ils sont allés après ça ? demanda Gilardini, au bord de l'explosion.

— Non. L'ambiance n'était pas vraiment aux bavardages, si vous voyez ce que je veux dire. Mais ils avaient l'air plutôt pressés.

En clair, grâce aux infos sans doute détenues par Mallard, ils possédaient une longueur d'avance sur elle. Elle tâcha de ne pas se laisser abattre par cette perspective et s'enquit :

— Avec ce bordel, vous avez encore des informaticiens opérationnels ?

— J'en ai un.

— Un bon ?

Il préféra ne pas répondre à ce qu'il considérait comme une provocation, et lui indiqua l'endroit où elle pourrait trouver le technicien d'astreinte. Face à celui-ci – elle ne tarda pas à le dénicher –, elle ne sut masquer sa perplexité. En effet, l'homme s'inscrivait assez mal dans les clichés attachés à sa corporation. Plus âgé que la moyenne, il affichait un look et des manières de vieux médecin anglais. Son crâne aussi glabre qu'un œuf et sa grosse moustache grise en guidon de vélo participaient largement à ce style décalé.

À peine eut-il branché et mis le matériel de Schmidt sous tension, puis connecté celui-ci à ses propres bécanes d'analyse, qu'il annonça la couleur sans détour :

— Je préfère vous prévenir, ça va être un peu long. C'est du matériel très pro. Les verrous logiciels m'ont l'air costauds.

— Long comment ?

— Difficile à dire. Mais vous feriez mieux de rentrer vous reposer un peu.

— Je vais plutôt rester dans les parages, grommela-t-elle. Prévenez-moi quand vous aurez du neuf.

Après avoir erré dans les couloirs environnants, testant chacun des sièges en plastique, tous plus durs les uns que les autres, elle trouva finalement refuge dans un recoin de l'accueil. Sur un petit canapé gris élimé, à l'abri d'un paravent. Là, le sommeil l'écrasa presque aussitôt. Juste le temps de se demander à quand remontait sa dernière nuit complète. Incapable de dire depuis combien de temps elle n'avait plus étreint Élodie.

Un rêve trouble et moite s'ensuivit. Perclus de doutes sur la pérennité de son couple et traversé de baisers fiévreux. Suite à ces effusions, sa compagne lui rappelait son désir d'enfant et, comme chaque fois que le sujet revenait sur le tapis, Anne refusait. Inflexible.

« Non, non, non. »

*

* *

— Non, je ne suis pas au Bastion. Je suis à l'Horloge.

La voix qui tira Anne de sa somnolence lui sembla familière. Elle mit pourtant une seconde à poser un nom dessus. *Alex Courtois*... Elle crut alors qu'il s'était adressé à elle via la radio qu'elle avait conservée sur son ventre. Mais les mots ne provenaient pas du combiné. Ils ne lui étaient même pas destinés. Ils s'élevaient derrière la mince cloison de bois et de bambou qui la séparait du hall d'entrée.

— OK. Et pourquoi t'es à l'Horloge ?

Bien qu'assourdi par la transmission, ce timbre-là non plus n'était pas étranger à Anne.

Kezer !

— À ton avis ? répondit Alex. Ta super potesse Gilardini est ici. Elle attend les résultats d'expertise des PC de Schmidt.

— C'est qui, Schmidt ?

— Le faux flic de la place Vendôme.

— OK, parfait. Ça m'intéresse.

— Je me doute. C'est pour ça que j'ai pris les devants. Je vais essayer de choper le rapport avant elle. Je te préviens quand j'en sais plus.

Alex se montrait zélé. On pouvait presque parler d'enthousiasme. Manifestement, les missions qu'il effectuait pour ses anciens collègues l'excitaient plus que son boulot officiel au sein du groupe crim' 3 de la BRB.

— Tu vas faire comment ?

— Je connais bien le type à qui a été confiée l'analyse du matos.

— Bien jusqu'à quel point ?

— J'ai joué avec lui dans une équipe d'Alliance[1] pendant dix ans. Il me doit une putain de passe décisive en finale.

— Très bien. Tiens-moi au courant quand tu as du nouveau.

---

1. Alliance Police nationale, l'un des principaux syndicats de policiers français, historiquement situé à droite de l'échiquier politique.

Courtois n'avait ni perçu l'ombre contournant le paravent ni senti approcher l'arme qui braquait à présent sa tempe.

— Sale fils de pute ! éructa Anne dès que la communication fut coupée. Depuis quand tu joues la taupe pour la BC ?

32

6 h 03
Paris – Plusieurs hôpitaux parisiens

Coupable.

Hugo ne ressentait rien d'autre à cet instant que cette émotion viciée. Aussi envahissante qu'un virus. Aussi lourde qu'une enclume. Il pouvait bien demeurer au chevet de ce malheureux Derrivaud aussi longtemps qu'il le voulait. Cela n'ôterait rien à sa bévue.

Il venait de mettre l'un des témoins clés de cette affaire hors d'état. De nuire comme de parler. Quand bien même d'autres l'excuseraient, comment pourrait-il se le pardonner ?

La scène se rejouait en lui, encore et encore, à chaque vision plus incompréhensible. L'éblouissement. La visée maladroite, une fois de plus – une fois de trop. La précipitation. Le coup qui part. Le souvenir vrillait son crâne d'une énième vague migraineuse.

Le président du drone-club reposait dans une vaste salle commune de l'hôpital Lariboisière transformée en dortoir. Les lits de fortune étaient tous occupés par des blessés graves, mais Derrivaud s'en tirerait *a priori* sans séquelles. Aucun organe vital n'avait été touché. C'était bien la seule bonne nouvelle en cette fin de nuit…

Hugo ressassait également la fuite de Mallard et sa coupable complicité. Dans l'ambulance venue les ramasser, Derrivaud et lui, au Bourget, il avait passé un appel radio collectif afin d'annoncer la fuite à moto du braqueur. Appel anonyme et sans illusions, vu le chaos ambiant. Aucun doute, cependant, qu'Anne Gilardini apprécierait de savoir sa bécane aux mains du truand en cavale. Aucun doute non plus sur la nature des sanctions qui l'attendaient. On ne lui imposerait même pas de passer aux aveux ; les caméras du Bastion parleraient pour lui.

Coupable.

Vautré sur une chaise au confort tout hospitalier, Hugo laissa vagabonder son aigreur au-delà des hautes fenêtres à croisillons. Le jour ne s'était pas encore levé, mais déjà un halo hésitant tentait de percer le noir uniforme. Cette nuit, il avait merdé sur toute la ligne…

Et dire qu'ailleurs dans Paris, dans un autre hôpital, sa Mila reposait elle aussi sur son lit de douleur. Faute de réseau, cela faisait plusieurs heures qu'il n'avait plus de nouvelles. Elle méritait tellement mieux que le père qu'il était pour elle. Tellement mieux que son absence. Elle méritait un père qui saurait la protéger plutôt que de faire le mariole dans les égouts ou sur une moto volée avec un fugitif. Un père qui saurait se relever de la perte de son fils. Qui aurait appris de ses erreurs. Elle méritait un père qui ne l'abandonnerait jamais.

Plongé dans ses pensées, il tressaillit quand son combiné grésilla. Il en avait presque oublié qu'il lui restait un allié. Fidèle, même au cœur de la tempête.

— Hugo ? Toujours à l'hosto avec ton droniste ? s'enquit Franck.

— RAS de mon côté. Et toi, t'es à la boutique ?

— Oui et non… éluda son coéquipier d'une voix tintée d'angoisse.

Ce ton-là ne lui ressemblait guère.

— Qu'est-ce qui se passe ?

— Il y a eu une attaque au Bastion.

— Une attaque ?!

— Un incendie volontaire au cocktail Molotov. Tout le bâtiment a été évacué.

Cette fois, l'alerte était bien réelle.

Hugo avait beau détester cette cage à poulets ultramoderne, il ne souhaitait pas pour autant la voir partir en fumée.

— Mais toi, t'es où là ? Ça va ? s'inquiéta Hugo.

— Oui, oui, t'en fais pas, tout le monde va bien. Je suis dehors.

— On sait qui a fait ça ?

— Non. Pour l'instant, c'est un peu la panique.

Comme une confirmation, Kezer perçut le concert lancinant des sirènes de pompiers en fond sonore. Franck lui résuma la scène telle que les agents en faction à l'entrée du Bastion l'avaient vécue : les badauds attroupés, la plupart vêtus de gilets jaunes pour être vus dans le noir ; les bouteilles enflammées qui volent à travers la nuit ; les chasubles synthétiques qui s'enflamment instantanément ; les torches humaines qui se ruent à l'intérieur du bâtiment, ouvrant la voie à d'autres projectiles… Chevaux de Troie, chevaux de feu.

— C'est juste l'enfer, conclut Franck.

— J'imagine ! Avec ce merdier, tu crois que tu pourrais quand même mobiliser une voiture ?

— Je peux toujours essayer. Tu veux les envoyer où ?

— Hôpital Saint-Louis.

— Tu penses que Mallard…

— Peut-être. À sa place, tu ferais quoi, toi ?

*

*   *

Coupable.

Mallard regrettait d'avoir bêtement fait confiance à Jiménez, puis à Kezer. De ne pas avoir davantage écouté les mises en garde de Sofiane.

Si seulement il avait faussé compagnie à ses compagnons de braquage dès sa sortie de la première bijouterie, son butin en main… Si seulement il avait suivi son instinct plutôt que les ordres et les promesses d'hommes qui se foutaient de lui… S'il avait été moins crédule, tout aurait pu être différent. Mais les « si » d'hier ne payaient pas aujourd'hui. Ce n'était pas avec des « si » qu'il sauverait Mathys. Voilà qu'il était seul, traqué et sans un sou. Aussi dépourvu d'espoir qu'il l'avait toujours été.

En chemin vers l'hôpital, il avait fait un détour par les égouts. Il comptait y récupérer le magot que, dans la précipitation, il avait planqué là-bas. Mais, rapidement, il avait dû se rendre à l'évidence : soit sa mémoire lui jouait des tours et il ne cherchait pas dans la bonne galerie ; soit quelqu'un d'autre l'avait trouvé avant lui…

Quand il arriva à Saint-Louis, il comprit aussitôt que l'hôpital avait été la cible d'une attaque. Son cœur s'accéléra encore.

Chaque corps inanimé qu'il enjambait à présent, sa patte folle plus raide que jamais, lui semblait être celui de son fils. Quel que fût l'âge réel des victimes, c'était comme si un champ d'enfants morts avait fleuri dans tout Saint-Louis. La plupart n'étaient sans doute qu'inconscients ; mais peu importait, l'impression produite par cette vision d'horreur était la même qu'au sortir d'une bataille.

Dans le hall, le long des couloirs, à chaque étage, partout la même désolation tapissait le lino triste. Le personnel était si accaparé par les soins à apporter aux innombrables victimes qu'il reportait à plus tard le traitement des cadavres.

Très vite, il ne croisa plus âme qui vive. Le bâtiment Fougère, celui du service d'oncologie, était totalement désert. Il y avait bien quelques blessés gisant çà et là, gémissant leur peine, mais plus un seul homme debout. Malgré le chaos qui régnait autour de lui, Mallard prêtait attention aux annonces qui lui parvenaient sur le canal général de l'Antarès. Sa seule chance d'échapper aux flics désormais lancés à ses trousses.

Il progressait sans précipitation, attentif au moindre signe, tenu par cette conviction : chacun de ses pas le rapprochait de son fils. Il tentait cependant de ne pas se laisser envahir par la précipitation. Il n'avait plus droit à l'erreur. Sur l'ordinateur encore sous tension du secrétariat abandonné, il parvint à dénicher le numéro de la chambre de Mathys : la 18. Lorsqu'il la trouva vide, il fut saisi d'un vertige.

Vu la situation, il ne sut s'il devait s'en réjouir ou s'en désoler. Même vivant, même soustrait aux fous furieux qui avaient dévasté l'hôpital, son fils ne survivrait plus bien longtemps, désormais.

« Ça m'étonnerait que l'opération du gamin puisse avoir lieu demain comme prévu », avait dit le flic.

Il devait retrouver Mathys.

Retrouver Braunstein.

Il devait réunir les deux dans une même pièce, aussi vite que possible. Avec ces maudites doses de cellules CAR-T, indispensables au premier, et que seul le second savait manier avec l'expertise nécessaire.

Ensuite seulement, il se rendrait.

Dans sa tête, son plan semblait simple. Mais, dans la pratique, il se trouvait totalement démuni.

Où chercher ? Par où commencer ? Son enfant lui était devenu un étranger. Que savait-il encore de lui ? Ses envies, ses goûts, ses peurs. Ces dernières années, durant lesquelles il avait été tenu à l'écart, l'avaient privé de tant de choses. Autant poursuivre un inconnu. Autant chasser un fantôme.

Pour la forme, il fouilla le moindre recoin de la pièce en désordre. Jusqu'à ce que son regard soit attiré par un dictionnaire laissé en évidence. Une feuille volante dépassait d'entre les pages. En la tirant, il put y lire deux mots, rédigés d'une main tremblante : « Ambre jaune ». Fallait-il y voir un code ? Un indice ? Faute de mieux, il décida d'explorer cette piste. Dans le lexique français-grec, « Ambre jaune » le renvoya à *Elektron*.

Les quelques lignes qui suivaient évoquaient les propriétés électrostatiques de cette résine. Impossible, vu le contexte, de ne voir dans le choix de ce terme et ce rapport à l'électricité qu'une banale coïncidence.

L'invitait-on à un jeu de piste ? À cette idée, un frémissement le parcourut. Irradia jusqu'à ses tripes et à son cœur. Il quitta la chambre en trombe. Prêt à relever le défi.

33

6 h 37
Région parisienne – Une cave

L'homme ouvrit la porte blindée d'un geste plutôt vif pour sa corpulence. Des relents de pisse et d'excréments lui montèrent instantanément au nez. Son prisonnier n'avait pas pu se retenir. C'était prévisible. Malgré la croûte sanguinolente qui s'était formée sur le crâne de ce dernier, pile au point d'impact de la torche, il était encore en vie. Bonne nouvelle ? Mauvaise nouvelle ? Ce qui était sûr, c'est qu'il avait respecté les consignes reçues, on ne peut plus claires : « Le conserver en état de réfléchir et de parler », dans l'éventualité où ses lumières leur seraient encore utiles.

Après tout, c'était de cette masse informe qu'avait jailli ce plan génial. Jusque-là, jusqu'à « lui », ce n'était qu'une vague idée. Un désir de vengeance, aussi dévorant que diffus.

L'individu vautré sur le sol avait bien essayé d'arracher son bâillon en frottant celui-ci sur tous les supports à sa portée. Mais ses vaines tentatives n'avaient eu pour effet que de maculer son visage et ses vêtements de terre battue. Il ressemblait à un gars des commandos. Sauf que son combat à lui était perdu d'avance.

— Ben mon cochon, tu t'es mis dans un bel état !

L'autre grogna tant bien que mal un mélange de suppliques et d'injures inintelligibles que son tortionnaire préféra ignorer. Ce dernier avait d'autres préoccupations, ô combien plus importantes. Péniblement, mètre après mètre, il tirait une masse lourde, qu'il lâcha sans ménagement à côté de son prisonnier. Une ombre longue et molle. Le corps inerte d'une autre victime.

— Au moins, tu pourras pas te plaindre de pas avoir de compagnie, lança-t-il au type ligoté.

Le faisceau de la torche du geôlier passa sur son codétenu. Il ne fallut qu'une poignée de secondes au reclus pour comprendre que celui-ci n'était déjà plus qu'un cadavre. Le visage tuméfié, méconnaissable, n'exhalait plus le moindre souffle. Un liquide translucide et visqueux s'échappait de la fracture qui fendait son front en deux. Les gémissements affolés du séquestré redoublèrent. Sa plainte virait au viscéral. La sanction fut immédiate : plusieurs coups de pied s'abattirent dans ses côtes, son ventre, puis enfin sur son dos qu'il présenta tel un bouclier. Après plusieurs salves, il s'immobilisa. Vivant, mais résigné.

Rassuré sur la docilité de son pensionnaire, l'homme referma le battant et le verrouilla de deux tours de clé. Il se félicita d'avoir fait installer cette porte l'été précédent. Grâce à elle, depuis le couloir des caves, on n'entendait rien ou presque de ce qui se passait à l'intérieur. Certes, il aurait été plus prudent de descendre cette dépouille plus tôt. Il s'était exposé à de trop grands risques en la conservant toutes ces heures chez lui. Heureusement, cela ne portait pas à conséquence.

À dire vrai, pas mal de détails s'écartaient désormais du script initial. Même la machination la plus brillante recélait une part d'impondérable. Il devait l'accepter.

34

7 h 12
Banlieue sud de Paris – À l'entrée de Gentilly

Depuis plus d'une heure, Hugo traversait Paris en direction du sud. Il avait commencé à pied. Puis avait extrait un Vélib' d'une grappe de cycles jetés à même la chaussée. Ainsi équipé, il sillonna les avenues ravagées du 5e et du 13e arrondissement, jusqu'aux confins de ce dernier, aux portes méridionales de la capitale : Ivry, Choisy, Italie. Plus il progressait, plus ses coups de pédale lui semblaient ralentis par la fatigue et par la faim. Son corps anémié se fondait dans le paysage urbain. Cette ville où d'ordinaire on se bousculait s'était transformée en un véritable *no man's land*. De ces deux versions, l'une agressive, l'autre anxiogène, Hugo n'aurait su dire laquelle le déprimait le plus.

Oui, Paris s'éveillait mollement, encore sonné par les drames de la veille, aussi désert et languide qu'une cité de boule à neige. Un soleil automnal se levait timidement, vaine tentative pour le décorer d'un peu d'espérance.

Mais la lumière du jour, qui aurait dû offrir l'illusion d'un retour à la normale, soulignait au contraire les innombrables exactions de la nuit passée. Partout des débris. Pas un mètre d'asphalte qui ne soit scarifié par les voitures calcinées ou le verre en miettes.

Déjà, l'absence d'eau courante asséchait les égouts, d'où remontait un fumet pestilentiel. Privées de jus, les pompes des stations d'épuration et de potabilisation se trouvaient à l'arrêt. Plus aucun flux ne pouvait être injecté dans le circuit d'eau potable. À peine douze heures sans électricité, et Paris n'était plus qu'une charogne puante. Une gigantesque scène de guerre au sortir des combats. Un corps privé de toute énergie. Les rues étaient vides de vivants. Chacun demeurait claquemuré chez soi. Même les pillards et les vandales, même les plus minables des opportunistes avaient regagné leur tanière. Jusqu'à ce que revienne le noir, probablement.

Bassadi. Le nom tournait dans la tête d'Hugo. Il était porté par l'espoir de détenir enfin une clé. Car son détour par le Bourget avait au moins eu une vertu : confirmer la piste esquissée par Mallard. Bassadi était bien impliqué dans l'organisation du black-out. Et Derrivaud avait probablement permis l'approvisionnement en drones pour rendre son plan opérationnel. En revanche, plus d'une ombre pesait encore sur les motivations qui animaient Mehdi Bassadi. Crapuleuses ? Terroristes ? Bassadi avait-il profité du plan de Jiménez pour y infiltrer son combat idéologique – prétendument remisé à la faveur de sa déradicalisation ? Le lien avec Haffaz, ainsi que les divers éléments matériels retrouvés chez lui, tout, jusqu'à présent, plaidait en faveur de cette hypothèse. Après tout, quel meilleur contexte pour une attaque terroriste qu'un black-out ? Et quel meilleur moyen y avait-il de perpétrer celui-ci sans éveiller les soupçons, si ce n'est d'en imputer la conception à d'autres que soi ?

Tel que Kezer l'imaginait, Bassadi et son beau-frère, Haffaz, s'étaient comportés comme de vulgaires coucous, faisant leur nid dans les noirs desseins qu'ils avaient eux-mêmes inspirés à d'autres. En l'occurrence, à Jiménez. Des parasites opportunistes et invisibles.

Dans ce cas, le pire était encore à redouter. Après tout, peut-être n'en était-on encore qu'à l'aube du pandémonium prévu par les deux hommes. Les responsables de RTE n'avaient-ils pas parlé de plusieurs jours, voire de plusieurs semaines, de panne généralisée ? S'il ne mettait pas la main sur eux, et vite, personne ne pouvait prédire les désastres qui s'inviteraient encore dans cet intervalle.

Pour Hugo, tout était clair – au moins essayait-il de s'en convaincre un peu plus à chaque tour de roue. Il lui fallait remonter jusqu'à l'instant qui avait donné naissance à cet univers chaotique. Car, pour clandestin qu'il fût, le projet était forcément né d'un échange. D'une discussion entre Jiménez et Bassadi. Certes, il ne savait plus très bien qui des deux était le commanditaire et qui était le maître d'œuvre. Mais il connaissait suffisamment le gitan pour savoir qu'il n'aurait jamais conclu une pareille affaire dans l'anonymat crypté d'une discussion sur Telegram. Jim était plutôt du genre à sonder l'âme de ceux qui s'engageaient à ses côtés. *Ils se sont forcément vus. Au moins une fois*, se répétait Hugo. Et où les deux hommes avaient-ils pu se croiser depuis la libération de Bassadi, si ce n'est au parloir de Fresnes ?

L'OPJ sentait l'adrénaline le doper. C'était elle aussi, il en avait bien conscience, qui occultait pour part cette culpabilité qui le poursuivait, plus fidèle que son ombre. Il pouvait toujours se dire qu'en se battant comme il le faisait pour la collectivité, il cherchait à protéger tous les Thomas et toutes les Mila de Paris et de France. Que ces deux combats n'étaient pas incompatibles. Que la paix ne serait possible qu'en unifiant les luttes, celle qu'on menait pour le bien commun et celle qu'on accomplissait pour les siens. C'est d'ailleurs le discours que lui avaient servi les quelques psys qu'il avait consultés au fil des cinq dernières années. Mais, au plus profond de lui, il savait que rien n'était plus faux.

La vérité de cette nuit, c'est que, sous prétexte de sauver le monde, il avait tardé à voler au secours de sa propre fille, qu'il l'avait mise en danger. La vérité de ce noir, c'est qu'à l'instant même, Mathys Mallard se mourait seul à Saint-Louis, sans aucun proche ni parent, et qu'en trahissant la confiance du braqueur comme il l'avait fait, il ne serait pas étranger à la brutalité de cette fin-là. Il avait donné de l'espoir à un père là où il n'y en avait plus. Égoïste et cruel.

Dans une vitrine fracassée, il capta son reflet, zébré lui aussi de part en part. Il détourna son regard avec dégoût, fixant son attention sur le ruban d'asphalte jonché de détritus.

En un sens, il ne pouvait pas donner complètement tort à Gilardini. Qui placerait encore sa confiance en un homme ainsi rapiécé ?

Le crépitement de la radio-police à sa ceinture dissipa d'un coup ces pensées. La voix d'Alex Courtois s'éleva dans l'étrange silence citadin.

— Pour Hugo, de Alex !

— Alex ?

— Hugo ! T'es où ?

Courtois avait beau être leur allié, à Franck et lui, un fond de méfiance le retint de répondre. Les oreilles du Bastion portaient loin, et son intuition lui dictait de rester discret.

— On s'en fout, où je suis. Qu'est-ce que tu veux ?

— J'ai les résultats d'analyse des PC de Schmidt, le faux flic.

— Tu as réussi à doubler Anne ?

— Oui.

— Je t'écoute.

— Ça va pas trop te plaire…

35

7 h 25
Paris – Bar *Le Théatro*

— Qu'est-ce qui va pas me plaire ? lâcha Kezer à travers le combiné.

Attablée face à Alex, Anne ne perdait pas une miette de l'échange. Dans l'urgence qui avait suivi l'embrasement du Bastion, une partie des groupes de la PJ s'était réfugiée au *Théatro*, un bar à chicha situé à deux pas. En attendant mieux. Le patron du rade, qui avait rouvert son établissement sous la contrainte, ne reverrait sans doute jamais autant de flics chez lui, ni aussi bien disposés à son égard. Gilardini fit signe à son traître de coéquipier de poursuivre le baratin convenu. Il fallait qu'il se montre convaincant si elle voulait que son vieux rival gobe leur intox.

— Les documents qu'on a captés sur les ordis de Schmidt dessinent clairement un profil de radicalisé, répondit docilement Alex.

— Islamiste, tu veux dire ?

— Aucun doute.

Hugo parut hésiter sur la réaction à adopter face à ces révélations. Paradoxalement, plus ils avançaient et plus le tableau s'opacifiait.

Il garda le silence quelques instants, livrant les ondes à un crachotement sonore proche du larsen. Si, à l'instar de Bassadi et d'Haffaz, Schmidt avait infiltré le plan de Jiménez, son carton sur les braqueurs de la place Vendôme faisait sens. Du point de vue de ces fanatisés, il n'y avait pas plus impies que de vulgaires voleurs. Mais Kezer en doutait. Il y avait réfléchi et, selon lui, Mallard était dans le juste : le faux flic avait simplement été chargé d'éliminer des complices trop encombrants ou potentiellement trop bavards.

Or, les infos d'Alex affirmaient exactement l'inverse.

— Écoute, appuya celui-ci. Mon pote à l'Horloge n'a pas encore tout fait traduire. Mais il y avait pas mal de papelards et de vidéos en arabe sur ses disques durs.

— Quel genre ?

— Genre sourate du Repentir, instructions de l'EI pour mener le djihad…

Objet de tous les fantasmes de la part des services de renseignement occidentaux, la sourate 9 du Coran, dite du « Repentir », était connue pour avoir servi à l'endoctrinement des terroristes du 11-Septembre. Depuis, ses premiers versets demeuraient dans les esprits : « Les mois sacrés expirés, tuez les idolâtres partout où vous les trouverez, faites-les prisonniers, assiégez-les et guettez-les dans toute embuscade […]. »

— Tu sais s'il était fiché S ?

Alex suspendit sa réponse durant une poignée de secondes :

— Non. Mais je peux vérifier.

Hugo ne mordait pas facilement à l'hameçon. Anne s'y était attendue. Dans le fond, une seule pensée obsédait la capitaine de la BRB : qu'est-ce que Kezer savait qu'elle ne savait pas ? En quoi consistait exactement cette longueur d'avance qu'il détenait sur elle et qui l'avait poussé à fuguer ? Qu'avait-il saisi dans les découvertes de Luc, l'ingénieur de l'Horloge, qui lui avait échappé à elle ?

*

* *

Une heure plus tôt, Anne avait coincé Olivier Barré, le boss de Kezer, devant leur bâtiment en flammes. Elle s'était alors fait un devoir – et un plaisir – de lui lister les innombrables entorses à la procédure commises par son protégé au cours des dernières heures : l'évasion de Mallard dont il était devenu le complice, la menace qu'il avait exercée à l'encontre d'un ingénieur du laboratoire de la police scientifique, l'enquête qu'il poursuivait en dehors de tout cadre légal.

— Pourquoi je devrais vous croire ? avait d'abord rétorqué Barré. Vous n'avez jamais pu blairer Hugo. Tout le monde sait au Bastion que vous raconteriez n'importe quelle connerie pour le planter !

— Demandez à Franck Caillot, vous verrez bien.

Ce dernier étant introuvable, le patron de la BC avait dû se résigner et se contenter de cette version à charge. L'évasion de Mallard lui était déjà remontée aux oreilles. Et si Hugo était l'un des meilleurs officiers qu'il ait jamais eus sous ses ordres, il lui fallait pourtant admettre que, depuis la mort de Thomas, le flic d'élite avait perdu de son discernement. Il demeurait ce flic besogneux et méthodique qu'il avait toujours été. Mais il se montrait aussi plus impulsif, moins affûté. Loin d'être irréprochable, en définitive.

Tout le monde gardait d'ailleurs en mémoire l'arrestation catastrophique de Mallard et Jiménez à Montreuil, laquelle avait conduit à la mort du compagnon d'Anne. Manque de lucidité, peut-être, ou défaut de réactivité. Le cerveau d'Hugo avait traité l'information trop lentement. Au rayon des bavures policières, cet incident faisait en quelque sorte office de chef-d'œuvre. Un cas d'école dont, près de cinq après les faits, Olivier Barré et ses hommes payaient encore le prix fort auprès du Grand Jeff.

Le patron de la Crim' s'était pourtant toujours employé à préserver Hugo et à le maintenir dans l'équipe. D'abord en l'écartant de toutes les affaires à risque. Puis, la veille au soir, en ferraillant avec Lespinasse pour imposer son poulain à la tête de la cellule black-out. De l'eau avait coulé sous les ponts et il l'avait cru capable de revenir sur le devant de la scène. Hélas, Hugo était en train de leur prouver qu'ils avaient eu tort. Qu'il n'était pas prêt.

— Je pense que vous n'avez plus le choix, avait martelé Anne. Il faut le mettre hors circuit.

— Merde, Gilardini ! s'était-il empourpré. Le patron vous a déjà refilé ses dossiers en cours. Qu'est-ce que vous voulez de plus ?

— Nous devons le boucler. Au moins le temps que durera cette enquête. Les enjeux sont trop lourds. Et vous savez comme moi que ce ne serait pas agir *contre* lui, mais au contraire *pour* lui.

Le regard de Barré avait flotté un moment sur le sinistre voisin. À cet instant, il lui avait semblé que toute la confiance acquise au sein de sa brigade partait elle aussi en fumée.

— OK, avait-il finalement soufflé. Mais je vous préviens : si je découvre que tout ça n'était qu'une manœuvre de votre part pour le foutre dedans, vous serez radiée bien avant que la question ne se pose pour lui. C'est clair ?

Elle s'était contentée d'acquiescer en silence. Il avait alors empoigné la radio-police qu'elle lui tendait, puis passé un appel aux quelques patrouilles encore en circulation, diffusant l'ordre d'appréhender le capitaine Hugo Kezer et de le placer en détention immédiate.

Avant de s'éloigner, il lui avait jeté, par-dessus son épaule :

— Ne vous réjouissez pas trop vite. On ne remporte jamais de victoire durable quand on cherche à humilier son ennemi…

*

* *

— La sourate, les instructions, et c'est tout ? s'enquit de nouveau Hugo. Il n'y avait rien d'autre sur ses bécanes ?

Voilà une question qu'Anne n'avait pas anticipée. Sortant un stylo de sa poche, elle griffonna sur une serviette en papier : « échange avec chef radicalisé ».

— Si, embraya aussitôt Alex. On a également chopé un dialogue entre Schmidt et son donneur d'ordre chez les barbus.

— Ah bon ? Sous quelle forme ?

La défiance de Kezer ne laissait décidément rien passer. Courtois roula des yeux désemparés, jusqu'à ce que sa cheffe lui dicte de nouveau sa réponse :

— Il a commis une erreur. Il a copié-collé un bout de discussion Telegram dans un fichier texte à cryptage simple.

— Pourquoi il aurait fait ça ? C'est débile ! Ça parle de quoi cet extrait ?

— De la place Vendôme. On a la date et l'heure de l'attaque.

— Il avait Alzheimer ou quoi, ton Schmidt ? Y a quand même pas besoin de prendre des notes pour se rappeler un rendez-vous pareil…

— Qu'est-ce que tu veux que je te dise ? s'agaça Alex. OK, c'est bizarre, mais j'imagine qu'il avait ses raisons.

— Et son interlocuteur, il a un nom ? rebondit Kezer.

Dessinant un point d'interrogation dans l'air, Anne somma son subalterne de répondre par une question. N'importe quoi d'assez flou et de suffisamment ouvert pour faire parler leur interlocuteur.

— À ton avis ?

— Putain… Me dis pas que c'est Bassadi !

Bingo ! Kezer avait enfin baissé la garde.

Anne n'en revenait pas. Deux secondes plus tôt, elle redoutait de sortir bredouille de cet échange. Mais son rival venait de foncer tête baissée dans son piège. L'écart entre leurs deux lignes d'investigation, elle en était sûre, se réduisait désormais à rien, ou presque. Car si elle ignorait encore totalement qui était ce « Bassadi », il était à n'en point douter la clé qui lui manquait. Ses yeux bleus écarquillés, elle fit un grand oui de la tête, invitant Courtois à enchaîner.

— Bonne pioche, approuva ce dernier avec toute l'assurance dont il était capable. Bassadi en personne.

36

7 h 39
Paris – Hôpital Saint-Louis

Le local électrique ! Mallard n'avait plus que cet objectif en tête. Pour lui, le mot *Elektron* ne pouvait renvoyer à rien d'autre. Ça paraissait limpide. Presque trop simple. Il espérait ne pas faire fausse route en suivant le chemin indiqué sur les divers plans d'évacuation, tels qu'affichés dans les couloirs de l'hôpital. À en croire ceux-ci, le principal local électrique se terrait juste sous le pavillon abritant le service d'oncologie.

Depuis le quatrième étage, le braqueur dévala cinq niveaux de marches pour déboucher sur un boyau gris et sinistre à souhait. Il le parcourut jusqu'à une porte frappée d'un éclair et des mentions : « DANGER – TGBT – 20 000 VOLTS – PERSONNEL AUTORISÉ UNIQUEMENT ». Il posa alors une main sur la poignée. Constata que, de manière assez surprenante, la porte était déverrouillée. Sans doute les responsables du lieu, pris par l'urgence et une certaine panique, avaient-ils omis de la boucler derrière eux.

En poussant le battant, Mallard tomba sur une vaste pièce technique, presque aussi propre et ordonnée qu'un bloc opératoire, où s'alignait un impressionnant appareillage fait de boîtes métalliques, de caissons scellés à la dalle de béton et de disjoncteurs fixés aux murs. Ce qui le frappa avant tout fut ce silence qui régnait dans la salle. L'absence de vrombissement, caractéristique de ce type d'installation, prouvait qu'aucun courant ne circulait plus nulle part.

Seules deux veilleuses vertes assuraient l'éclairage. Mais leur pâle lueur suffisait à constater qu'il n'y avait là pas âme qui vive. L'examen minutieux du lieu ne fit hélas que confirmer cette impression première…

— Math ? Math, t'es là ?

La panique l'envahit de nouveau. Un poids écrasant pesa sur ses entrailles. Il ne pouvait pas échouer. Il devait être plus combattif que ça. Luttant contre le fatalisme qui s'emparait de lui, il fit un nouveau tour de la salle. Le braqueur n'y connaissait rien ou presque en électricité, mais cette fois, un grésillement très léger, tout juste perceptible, attira son attention. Il provenait d'une haute armoire proche de l'entrée sur laquelle un panonceau sérigraphié indiquait : « ARRIVÉE GE – HTA ». Son cerveau moulinait à cent à l'heure. S'il était question d'arrivée, cela signifiait nécessairement que ce matériel était relié à un autre équipement électrique. Et si un bruit provenait de cette armoire, on pouvait supposer que l'équipement en question fonctionnait toujours…

Putain, le groupe électrogène ! s'exclama-t-il intérieurement.

De retour dans le corridor, il ne tarda pas à dénicher un nouveau plan. Son objectif y figurait bien, niché sous le bâtiment des services techniques, presque à l'autre bout de l'hôpital. Afin de gagner du temps, il passa par l'extérieur, puis il se rua vers la zone sud-ouest du site. Là, s'élevait le bloc des services techniques, un parallélépipède de plain-pied, moderne et sans caractère, couvert d'un toit de tôle. Mallard entra dans la bâtisse et s'engagea vers le sous-sol.

Lorsqu'il trouva enfin la porte espérée, elle aussi assortie d'une mise en garde, son élan fut stoppé net. Elle était fermée à double tour. Impénétrable. D'un poing fébrile, il frappa l'épais vantail blindé :

— Math ? Math, c'est papa ! Réponds-moi si t'es là !

Aucun son ne lui parvint en retour, si ce n'est le ronron assourdi de la machinerie tapie de l'autre côté. Il tendait encore l'oreille, à l'affût du moindre bruit, quand soudain l'obscurité tomba. L'écho du groupe électrogène s'évapora dans le même temps. Il décrypta immédiatement le message : plus aucun courant ne circulait désormais dans tout Saint-Louis. L'unité de secours venait de rendre son dernier souffle…

*

* *

Longtemps, Sophie n'avait éprouvé pour Hugo que de la colère et du ressentiment. Cinq ans plus tôt, leur mariage avait implosé. Car, aussi grand fût-il, l'amour ne pesait pas lourd quand la douleur née de la perte d'un enfant s'invitait sur la balance du couple.

Puis, le temps aidant, n'était plus resté pour son ex qu'une rancœur presque amicale, un vague mépris teinté d'une nuance miséricordieuse, comme on en nourrit pour des êtres fragiles ou irresponsables. Les années d'analyse qu'elle avait elle-même entreprises après la mort de Thomas l'avaient apaisée. Elle n'allait pas jusqu'à excuser la faute d'Hugo. Probablement ne s'en sentirait-elle jamais capable. Mais elle reconnaissait désormais sa souffrance. La façon qu'il avait de faire son deuil était certes très particulière. Néanmoins, la détresse de son ex était tout aussi réelle que la sienne.

C'est quoi ça, encore ? La brusque interruption de la lumière la tira pour de bon de sa somnolence. Allongée contre sa fille, Sophie n'avait dormi que d'un œil depuis que le calme semblait être revenu à Saint-Louis.

« Après Thomas », Sophie avait prié pour ne remettre les pieds dans un hôpital que lorsqu'il s'agirait de sa propre mort. C'est fou comme la vie s'ingéniait à tordre nos espoirs, y compris les plus légitimes.

— Qu'est-ce qu'il se passe ? s'éveilla à son tour Mila.

— Apparemment, l'alimentation de secours a lâché.

— Chelou… souffla l'adolescente.

Sophie pressa Mila contre sa poitrine. Elle éprouvait l'impérieux besoin de la sentir. Et, remisant un instant ses dix-sept ans revêches, son enfant s'abandonna en retour à la chaleur de ses bras.

— T'as des nouvelles de papa ?

— Pas encore. Pourquoi ?

— Pour rien…

— De toute façon, il n'y a plus aucun réseau.

— Mais il sait qu'on est ici, au moins ? dit-elle sur le ton du reproche.

— Oui, oui… Bien sûr.

Mila n'ajouta rien. Un silence qui disait toute sa déception.

Sophie resserra son étreinte et caressa avec tendresse la chevelure de jais qui s'offrait à sa main. Elle ne compenserait jamais les absences et les défaillances d'Hugo. Pourtant, après toutes ces années, elle se sentait encore tenue de les justifier :

— Je sais que c'est dur à accepter, mais il n'y a pas que nous qui avons besoin de lui ce soir. Des dizaines de milliers de personnes sont touchées par cette coupure.

— Je sais, soupira Mila.

Depuis toujours, ce même alibi, ces mêmes excuses. Mila n'y prêtait plus attention. Avec le temps, elle avait compris que sa mère elle-même n'y croyait plus.

37

8 h 23
Paris – Quartier du Bastion – Timhotel Berthier

Anne se réveilla en sursaut, arrachée à son premier sommeil – elle ne s'était allongée sur le lit que depuis une dizaine de minutes.

— Pour Alex, de l'Horloge ! Pour Alex, de l'Horloge. Tu m'entends, gros feignant ?

Quoique encore ensuquée, elle se rua sur la radio-police sans laisser le temps à Courtois de s'en saisir. Depuis qu'elle l'avait pris en flagrant délit de trahison, elle avait perdu toute confiance en lui. Mais elle détenait désormais un levier pour le manipuler à sa guise. Un mot ou un acte de travers, et elle se ferait fort de dénoncer ses pratiques douteuses à leur hiérarchie.

— Capitaine Gilardini pour Horloge, je prends la communication pour le lieutenant Courtois.

À travers le combiné, elle sentit la perplexité de l'informaticien à moustaches. Elle n'était pas l'interlocuteur qu'il avait espéré et il ne s'en cachait pas vraiment.

Il renoua cependant le fil de leur conversation d'un ton plus déférent :

— Capitaine… J'ai fini l'inspection des ordinateurs de Patrick Schmidt. Ça n'a pas été facile. Le type savait y faire, en matière de crypt…

— Venez-en au fait, s'il vous plaît.

Fuyant le Bastion toujours en proie aux flammes, le gros des officiers et des agents s'était réfugié dans le Timhotel voisin, réquisitionné pour l'occasion. Par la fenêtre en meurtrière de sa chambre, Anne pouvait suivre à la fois cette discussion et contempler l'étendue du sinistre en cours.

Parti du rez-de-chaussée, le feu avait gagné peu à peu les étages de l'immense édifice. Des flammes jaillissaient à présent des fenêtres et noircissaient les dalles bleues de la façade. Même à une distance respectable, on pouvait percevoir le ronflement du foyer qui grondait tel un tonnerre perpétuel. Des débris de verre pulvérisé jonchaient le sol plusieurs dizaines de mètres à la ronde.

Le spectacle était surréaliste.

En sa qualité de chef de groupe, Gilardini s'était vu attribuer une chambre twin pour son seul usage. Puis, constatant que les gars de son équipe ne tenaient plus debout, elle avait choisi de partager le second lit avec eux. La situation, cocasse, ne manqua pas de susciter d'abord quelques blagues graveleuses. Depuis, les dormeurs se relayaient sans plus de commentaires, affamés de sommeil qu'ils étaient.

— Il n'y avait pas grand-chose sur les PC eux-mêmes, reprit le technicien, contredisant l'intox servie plus tôt à Kezer.

— C'est-à-dire ?

— D'après ce que j'ai pu observer, je dirais que notre homme prenait le soin de faire un grand ménage après chaque utilisation : historique de connexion et journal d'activité vidés, logs supprimés, aucun mail stocké… Une vraie page blanche.

— Et ses disques durs ?

— Pareil. À part du porno à gogo, rien d'intéressant. Par contre, j'ai déniché un truc : il avait planqué un accès à Tor dans les tréfonds du système.

Anne n'était pas une spécialiste en cybersécurité, mais ce logiciel client d'accès au dark Web ne lui était pas inconnu.

— Donc notre homme n'allait pas sur des sites uniquement fréquentés par monsieur Tout-le-Monde, lâcha-t-elle, comme pour elle-même. On peut supposer qu'il est passé par là pour se fournir en armes d'occase.

— C'est possible. Mais même là, la pêche a été plutôt maigre. Je n'ai réussi à retracer qu'une seule connexion significative au cours des dernières vingt-quatre heures. Et encore, vu les précautions qu'il a prises par ailleurs, c'est étonnant que je sois tombé là-dessus. J'imagine qu'il était en stress. Ou qu'il a oublié de l'effacer.

— Il s'est connecté à quoi ?

— Un compte bancaire. Un compte offshore, pour être précis. J'ai relevé trois virements en sa faveur au cours du dernier mois. Tous émis par la même société, Kild Invest, établie aux Caïmans.

— Vous avez réussi à savoir ce qu'il y a derrière ?

— En principe, c'est intraçable. C'est justement à ça que servent les entités écrans. Mais je me suis permis d'appeler un ami qui bosse à la financière, pour voir si ça lui disait quelque chose.

— Conclusion ? le pressa-t-elle, agacée par les détours que prenait son interlocuteur.

— Conclusion, tous les noms indiqués dans les statuts de Kild Invest sont évidemment bidon. Mais mon camarade m'a quand même mis sur une piste.

Accouche, bordel !

— D'après lui, le mot *kild* a une signification dans deux langues seulement : ça veut dire « fragment » en estonien et « beurre » en argot gitan.

Le beurre et l'argent du beurre de la mafia gitane, se dit-elle en raccrochant. D'instinct, Anne sut qu'elle tenait quelque chose. Si, comme elle commençait à l'entrevoir, Jiménez en personne se cachait derrière Kild Invest, alors le motif de la présence de Patrick Schmidt place Vendôme ne faisait pour elle plus aucun doute. Le tueur à gages avait bel et bien été missionné pour éliminer l'équipe Mallard.

Cette réponse remettait une autre question au cœur de ses priorités. Puisque Jiménez avait voulu se débarrasser de ses gars, ceux-là mêmes qu'il avait chargés de braquer les bijouteries de luxe, alors on pouvait considérer que cette partie du plan ne constituait qu'une diversion. À l'instar de la voiture piégée à la Souterraine.

Alors, quel était le véritable objectif de Marco Jiménez ?

Un instant, elle s'en voulut : dans l'enchaînement un peu fou des événements de la nuit, elle n'avait pas pris le temps d'établir une liste sérieuse des cibles potentielles. Et ce n'était pas là, sans PC ni connexion, qu'elle pourrait le faire.

Tandis qu'elle réfléchissait en marmonnant, sur le lit contigu Alex s'était redressé, en appui sur ses coudes. Il la dévisageait. Mi-aigre, mi-admiratif. Il n'avait jamais pu blairer cette amazone cassante, autoritaire, par moments arrogante, pétrie selon lui de haine du masculin. Pourtant, il fallait reconnaître qu'elle savait mener sa barque. Aussi opiniâtre qu'un âne, aussi déterminée qu'un commando en mission.

— Tu bugges ou t'es en train de tomber amoureux ? lança-t-elle, moqueuse, une main dans sa tignasse.

— Ni l'un ni l'autre, bougonna-t-il. Je tuerais juste mon chien pour un café chaud.

Pourvu d'un groupe électrogène sous-dimensionné pour une coupure aussi longue, l'hôtel ne disposait plus de courant que dans certaines pièces et espaces communs. Dans les chambres, en revanche, les bouilloires d'appoint demeuraient désespérément froides.

— T'as un chien, toi, maintenant ?

— Non. Mais si je pouvais, j'en prendrais un rien que pour le buter.

La référence à Judas, le bouledogue de sa cheffe, était à peine voilée.

En dépit de la fatigue, Anne conservait assez d'énergie pour apprécier ce genre d'humour politiquement incorrect. Elle lui décocha un sourire vaguement complice. Elle appréciait chez Alex cette capacité à désamorcer les situations les plus tendues. Elle n'en oubliait pas pour autant sa trahison. Mais elle se sentait prête à lui accorder à nouveau quelques miettes de confiance. Le retard rattrapé sur Kezer y était aussi pour beaucoup.

Plus détendue, elle échangea avec son adjoint les conjectures que lui inspiraient les révélations de l'informaticien. Mais celles-ci ne suffisaient pas à son bonheur de flic. D'autres fils de cette enquête tentaculaire demeuraient dans l'ombre, obsédants. Elle ne cessait par exemple de se demander à quel stade du dispositif élaboré par Jiménez intervenait le fameux Mehdi Bassadi évoqué par Hugo. Quelques vieux contacts à l'antiterrorisme lui avaient permis d'en savoir plus sur le hacker radicalisé, ex-codétenu de Jiménez à Fresnes et beau-frère de Mohammad Haffaz. Mais les éléments dont elle disposait ne s'emboîtaient toujours pas.

La fausse piste islamiste fournie à Kezer pour l'enfumer recélait-elle un fond de vérité ?

Elle en était là de ses réflexions quand on toqua à la porte de la chambre. Alex bondit aussitôt sur ses jambes et se chargea d'ouvrir. Face à lui, la masse cubique de Florian se découpa dans l'embrasure de la porte. Égal à lui-même, celui-ci n'avait pas émis la moindre récrimination en apprenant l'abandon de son scooter à Charenton. Il était resté concentré sur l'essentiel, bataillant pour obtenir le listing complet des potentielles taupes au sein de RTE. Après quoi, réfugié dans une salle de réunion de l'hôtel, il avait épluché le fichier Excel fourni avec cette application besogneuse que tous lui connaissaient.

— Comme aucun nom ne me disait rien, j'ai balancé une routine, expliqua-t-il à sa cheffe. D'abord dans le TAJ, et ensuite sur Salvac.

— Sur les mille noms ?

— Mille cinquante et un, pour être précis. D'ailleurs, on peut dire que j'ai eu du bol, parce que la connexion dans la salle de conf' est morte juste après.

— Résultat des courses ?

— Aucun d'entre eux n'a d'antécédent. Et aucun n'a été mêlé de près ou de loin à une affaire criminelle.

Le Grand Jeff paraissait pourtant sûr de son fait : une telle attaque sur les dix-huit transformateurs desservant Paris était inenvisageable sans une complicité en interne.

— J'ai exclu d'office l'idée d'un chantage exercé sur un des employés, pour la seule raison que ça me semblait invérifiable pour le moment, reprit Florian. J'ai aussi dégagé l'idée qu'un employé lambda puisse prendre le risque de perdre son emploi en communiquant de telles informations, même en échange d'un gros billet. Par contre, plus j'y songe et plus une autre piste me semble tenir la route. Je me suis dit que la taupe avait peut-être des raisons de s'en prendre à son employeur. Qu'à un moment ou à un autre de son parcours professionnel, elle avait pu être en conflit avec lui. Le genre de tensions qui laissent forcément des traces.

Concentrée sur le fil tiré par Florian, Anne reconnut là le bon sens et la logique de son subordonné. Elle valida ses premières déductions d'un hochement approbateur.

— Du coup, conclut-il, aussi imperturbable qu'un programme informatique, je me suis rendu à la tour Initiale.

— Tu t'es pointé au siège de RTE ?

— Vu qu'ils sont tous sur le pied de guerre là-bas, c'était le seul moyen de choper leur DRH rapidement.

Anne imaginait sans peine l'ébullition chez le principal responsable de ce cataclysme.

— Et il t'a reçu ? T'as pu parler avec lui ?

— Avec elle, c'est une femme, la corrigea-t-il. Et je l'ai interrogée, oui, ça lui a un peu arraché la gueule, mais elle a fini par admettre que la liste qu'ils m'avaient fournie n'était pas tout à fait complète.

— Comment ça ?

— En fait, il y a pas que les gus en poste qui peuvent avoir fuité. Tu peux ajouter quelques centaines d'ex-salariés de RTE qui ont eu accès à ces plans avant leur départ à la retraite ou leur licenciement.

— Ou leur démission, ajouta Alex.

— OK, et ce second listing, tu l'as ? s'impatienta Anne.

— Oui, sur une clé. Ce coup-ci, ils nous ont même collé le trombinoscope qui allait avec. Et le dossier de chacun des salariés concernés. Elle n'était pas très causante, mais, au moins, elle m'a filé du biscuit.

— Magnifique. Et donc ?

— Ben… Faut juste que je reprenne tout depuis le début.

38

8 h 33
Paris – Hôpital Lariboisière – Salle d'attente

On n'est jamais préparé à rien.

Affalé sur la chaise où il avait pris le relais d'Hugo, Franck Caillot, les yeux fermés, philosophait comme on se laisse porter par une bouée, suspendu entre deux nappes de conscience.

Il était encore sous le choc de ce spectacle improbable : le Bastion en proie aux flammes. Les images se bousculaient dans sa tête. L'incendie avait été aussi violent qu'inopiné. Il ne lui avait pas laissé le temps de soustraire les bijoux du braquage avant leur transfert aux scellés.

À présent, il regrettait de ne pas s'en être occupé plus tôt, comme le lui avait demandé son supérieur. De ne pas les avoir déposés en priorité à Saint-Louis, en garantie du second versement exigé pour l'intervention de Mathys. Mais qui aurait pu prévoir qu'une force invisible s'ingénierait à condamner le gamin ? Dans le fond, on pensait maîtriser chaque aspect de nos vies, mais la réalité, c'est que le moindre accroc dans la toile du destin nous prenait au dépourvu. Rien ne nous préparait à ce qui nous arrivait

— Lieutenant ? Lieutenant Caillot ?

Une voix douce tenta de l'arracher à sa torpeur stoïcienne. Mais ce fut la main qui se posa de concert sur son épaule qui le ramena au présent. Franck découvrit alors l'ovale délicat du visage d'une infirmière. Coiffée d'un chignon, celle-ci se penchait sur lui.

— M. Derrivaud s'est réveillé.

— OK, très bien… s'ébroua le Hobbit, un peu désorienté. Vous pensez qu'il est en état de parler ?

— Si vous limitez votre temps à ses côtés à quelques minutes, ça devrait aller. On lui a donné une forte dose d'antalgiques. Sa blessure au sternum est sérieuse, mais il a eu de la chance. La balle a comme slalomé entre les principaux organes.

— Parfait. Dans ce cas, j'aimerais le voir maintenant.

— D'accord, mais j'insiste, j'ai dit quelques minutes ! Et vous n'oublierez pas : votre collègue qui était là tout à l'heure a laissé un portable pour vous à l'accueil.

L'appareil évoqué par la jeune femme en blouse blanche n'était rien de moins que le portable de guerre de Bassadi. Hugo l'avait déposé là à l'intention de son adjoint, afin qu'il puisse le transmettre pour analyse. Aucun risque que Franck omette de récupérer une pièce aussi essentielle. Il acquiesça donc simplement, puis emboîta le pas de la soignante.

Il allait enfin pouvoir tirer les vers du nez à Derrivaud !

Pourtant, quand il arriva au chevet du blessé, sa détermination flancha aussitôt. L'apparence de l'homme n'incitait pas à l'interrogatoire poussé que le Hobbit escomptait. Bandé sur tout le torse, le teint hâve et les yeux mi-clos, il paraissait encore lutter pour sa survie. L'OPJ prit donc place sur une chaise avant de se présenter.

— Rassurez-moi, souffla le blessé, vous n'avez pas l'intention de me tirer dessus, vous aussi ?

Le lieutenant s'abstint de répondre à cette provocation par une saillie humoristique de son cru. Mais la repartie de son interlocuteur lui ôta quelques scrupules et il ouvrit à son tour les hostilités.

— Avez-vous passé, au cours des dernières semaines, une commande d'une quarantaine de drones Mavic 2 Pro pour le compte d'un membre de votre club ?

— Oui, admit Derrivaud.

La question qui découlait naturellement de cette première réponse brûlait les lèvres de Franck, mais il la contint. C'était trop tôt. S'il voulait obtenir une information sincère, il devait s'efforcer de surprendre son interlocuteur. De ne pas suivre un chemin trop balisé.

— Vous vous êtes fourni où ? demanda-t-il alors.

Franck se souvenait de ce que leur avait appris Luc, au labo central de l'Horloge : aucun grossiste français ne reconnaissait avoir assuré une pareille livraison à un particulier.

— Directement en Chine. Auprès d'un revendeur agréé.

— J'imagine que ce n'est pas une pratique courante. C'est vous qui en avez eu l'idée ?

— Non, c'est mon client.

— Et ça ne vous a pas paru louche ?

— Si. Mais je me suis pas mal endetté pour monter le club. Et on ne peut pas dire que les affaires tournent à fond. Donc quand on me propose un gros chèque…

En décodé : il avait fermé les yeux sur l'usage qui serait fait desdits drones, comme il avait par la suite fermé les yeux sur les probables auteurs de l'attaque des transfos, quand la rumeur d'un raid aérien s'était mise à fuiter sur les réseaux sociaux.

Ces quelques entorses à la légalité expliquaient sans doute pourquoi il s'était montré plus agressif que coopératif, quand Hugo l'avait interpelé devant son domicile.

— Je vois. Et ces Mavic, tous les adhérents de votre club savent les piloter ?

L'homme hésita, laissa son regard flotter dans la pièce, puis lâcha :

— Oui. Mais ces engins n'étaient pas destinés à des membres habituels. J'ai formé cinq gars. Ça faisait partie du deal. Je ne les avais jamais vus avant, je le jure.

D'ordinaire, Franck se méfiait des gens qui juraient. Ils cachaient bien souvent un loup plus important encore que leurs aveux. Mais Derrivaud paraissait désireux de se confier, comme pour se délester d'un fardeau trop lourd pour lui. Plus dépassé par les événements qu'autre chose.

Il avait clairement le profil d'un complice passif, et non celui d'un homme personnellement impliqué dans un projet d'attaque de transformateurs.

— Seulement cinq ? s'étonna l'OPJ.

— Oui. Mais les manips élémentaires s'apprennent en quelques heures. Si on les a bien comprises, il est assez facile de les expliquer à son tour, dit-il en réprimant une grimace endolorie.

Il fallait l'admettre, la tactique était plutôt ingénieuse. En limitant le nombre de personnes officiellement formées, puis en créant une chaîne de transmission de leurs compétences, les organisateurs du black-out avaient sans doute réussi à constituer une petite armée de dronistes en éveillant un minimum de soupçons.

— C'était quel genre, ces types ?

— Des mecs ordinaires, plutôt cool franchement, lâcha le blessé dans un souffle.

La description qu'il fit de chacun d'entre eux brossait chaque fois un profil presque identique : homme dans la trentaine, physique lambda, pas de signe particulier, des prénoms on ne peut plus communs…

— Par contre, je me souviens de m'être fait une réflexion à ce sujet, précisa Derrivaud. Quand ils se sont présentés, je me suis dit qu'ils s'étaient inventé des pseudos. Qu'ils ne s'appelaient pas vraiment comme ça.

— Pour quelle raison ?

— C'est-à-dire qu'ils faisaient plutôt…

Un scrupule sembla le museler quelques secondes.

— Plutôt quoi ? le pressa Franck.

— Vous voyez… plutôt beur, quoi.

Franck ne s'appesantit pas sur les relents racistes de la remarque. Ce qui monopolisait son attention résidait plutôt dans la capacité de son interlocuteur à lui livrer les informations voulues. Or, ce petit dérapage le prouvait, Derrivaud semblait mûr pour aborder la question qui le taraudait depuis le début.

— Tout à l'heure, vous m'avez dit que votre client, celui qui a commandé les Mavic, était un membre du club, on est bien d'accord ?

— Oui, admit-il du bout des lèvres.

— C'est aussi lui qui a fait venir les cinq hommes pour que vous les formiez, on est toujours d'accord ?

— Oui.

Bien qu'il n'ait pas mis les pieds dans le pavillon du Bourget, Franck pouvait encore entendre ce qu'Hugo lui avait relaté à propos de la photo de groupe. Les casquettes noires frappées du logo en forme de drone. L'homme brun de taille moyenne derrière l'épaule droite de Derrivaud…

— Ce membre, c'était Mehdi Bassadi, n'est-ce pas ?

— Mehdi qui ?

L'interrogation fusa avec une telle spontanéité qu'il était impossible de croire à une quelconque comédie.

— Bassadi… répéta Franck avec un peu moins d'assurance.

L'étonnement du blessé s'expliquait assez simplement : le cerveau de l'opération diligentée pour le compte de Jiménez s'était sans doute présenté lui aussi sous une fausse identité.

Hélas, puisque son chef n'avait rien pu lui envoyer, il ne disposait d'aucune photo pour confirmer son hypothèse. Sans smartphone ni le moindre accès à Internet, il était impossible de montrer la capture qu'Hugo avait réalisée au Bourget. Celle où Bassadi apparaissait sans doute possible parmi les dronistes de Derrivaud.

— Le type avec qui j'ai fait affaire s'appelle vraiment Bassadi ? interrogea ce dernier.

— Oui, pourquoi ? Vous avez l'air surpris…

— Parce que lui, pour le coup, il ne faisait pas du tout rebeu.

À cet instant précis, l'infirmière passa une tête dans l'entrebâillement de la porte. Elle ne prononça pas un mot. Mais d'un signe, elle indiqua à l'OPJ qu'il était temps de prendre congé. Sa curiosité plus que jamais piquée au vif, Franck choisit d'ignorer cette irruption.

— Vous pourriez me le décrire ?

— Plus âgé. Je dirais une bonne quarantaine. Peut-être cinquante. Grand. Assez gros. Enfin, disons, bien en chair.

Le portrait ne ressemblait pas vraiment au hacker du Raincy. *Mallard ?* Se pouvait-il que le braqueur ait été plus impliqué que ce qu'il avait bien voulu admettre ? Après tout, cette soirée leur avait déjà prouvé que les bracelets électroniques ne constituaient pas des alibis aussi fiables qu'attendu.

— Il avait les yeux de quelle couleur ?

— Aucune idée. Je l'ai toujours vu avec des lunettes de soleil et une casquette. Il a acheté celle du club dès son inscription. Ça m'a marqué parce qu'il en a pris plusieurs d'un coup.

— Et vous avez remarqué s'il marchait bizarrement ?

— Bizarrement ?

— Est-ce qu'il boitait ?

— Non, je ne crois pas. Comme je vous le disais, il n'avait juste pas l'air très sportif.

Exit la théorie Gregory Mallard. Et, dans ce cas, une perspective aussi grisante que déstabilisante voyait le jour : celle d'un troisième homme à la manœuvre. Jiménez, Bassadi… et maintenant cet énigmatique quidam en casquette et lunettes de soleil. Un homme de l'ombre. Un homme dont ils ignoraient tout, ou presque…

Lorsque la jeune femme en blouse blanche ouvrit de nouveau la porte, elle ne se contenta pas d'un message implicite. Elle entra cette fois dans la pièce et se planta devant le flic, bien décidée à couper court à l'échange. Son malade avait besoin de repos, clamait son regard courroucé.

— Juste une dernière chose, lança le lieutenant avant de capituler : ce type, sous quel nom s'est-il inscrit au drone-club ?

— Allard. Louis Allard, si je me souviens bien.

Sans qu'il sache vraiment pourquoi, ce patronyme fit résonner une petite alarme dans l'esprit du Hobbit. Mais les heures de veille commençaient à peser lourd. S'il était à peu près certain de l'avoir déjà lu ou entendu quelque part, impossible de se remémorer dans quelles circonstances.

Allard, un nom parmi tant d'autres.

39

Au même moment
Fresnes – Centre pénitentiaire

Mater la mutinerie n'avait pas été une mince affaire. Quand un nombre jugé suffisant de CRS était arrivé sur place pour intervenir, la prison appartenait déjà presque entièrement aux insurgés. Une anarchie totale prévalait dans l'enceinte. Plusieurs bâtiments brûlaient, à quoi s'ajoutaient en divers endroits des foyers plus circonscrits de type feux de poubelles ou de matelas. Alors, bloc par bloc, quartier par quartier, la troupe avait rétabli un semblant d'ordre.

Leur action avait été longue. Brutale. Elle avait généré un surcroît de victimes, surtout dans le camp des mutins. Mais au petit matin, le calme était revenu. Il avait fallu ensuite plusieurs heures pour répartir les prisonniers dans les cellules encore habitables. L'envoi par la préfecture d'un groupe électrogène d'urgence, accompagné d'une réserve de gasoil suffisante pour tenir une semaine, avait signé le retour officiel à la normale. À nouveau, le système de sécurité et les portes automatiques tributaires du courant fonctionnaient. La prison était redevenue prison.

Kezer, lui, était à l'approche. Les derniers kilomètres jusqu'à Fresnes, semés de barrages sauvages et autres exactions, l'avaient contraint à effectuer plusieurs arrêts involontaires. Ici planqué dans un hall d'immeuble. Là dans les toilettes d'une station-service en proie aux pillards. Il allait enfin passer l'entrée monumentale donnant sur l'allée des Thuyas quand la voix de Szumlanski retentit dans son Antarès :

— Pour Hugo, de Steph.

— Steph ! Alors Haffaz, ça donne quoi ? mitrailla aussitôt Hugo.

— Franchement, plutôt décevant : Bassadi a bien créché chez lui à sa sortie de taule. Deux-trois semaines au mois de mai. Mais c'est tout.

— Comment ça, « c'est tout » ?

— Qu'est-ce que tu veux que je te dise ? Je vais pas te mythoner pour te faire plaisir. Son SPIP certifie qu'Haffaz est tranquille chez lui depuis deux jours. Tous ses voisins confirment, même ceux qui rêveraient de le voir quitter le quartier. Et je sais pas si tu écoutes le canal général, mais depuis l'explosion des transfos, y a pas eu un seul incident à ranger dans la case terrorisme. Histoire d'être sûr, j'ai quand même passé un coup de fil à un pote de la DGSI. D'après lui, aucun de ses fichés S les plus chauds n'a bougé une oreille de tout le black-out.

— OK… grommela Kezer.

— Donc, de deux choses l'une : soit nos amis djihadistes ont décidé de faire profil bas le moment venu et de tout coller sur le dos de Bassadi, soit ça n'a rien à voir avec une action terroriste. Perso, au pif, je pencherais plutôt pour cette version-là.

Voilà qui contredisait totalement le fil qu'il remontait depuis sa visite à l'Horloge, puis au Raincy. Mallard l'avait-il baladé ? Pourtant, ils n'avaient pas inventé le cash, les plans RTE et le petit nécessaire de chimiste dénichés dans le deux-pièces minable de Mehdi Bassadi. Tout cela composait un ensemble d'éléments à charge. Sans oublier les infos fournies par Alex, qui elles aussi allaient dans ce sens.

Plus les heures passaient, plus Kezer se sentait perdu. Et seul. Hormis Franck, et peut-être Szumlanski, il ne pouvait plus se fier à personne. Même Courtois lui semblait désormais suspect. Jusque-là loyal, ce dernier appartenait qu'il le veuille ou non à l'équipe de Gilardini. Qui sait, cette punaise avait peut-être trouvé le moyen de retourner leur « taupe ».

Comme un clin d'œil du destin, un bip lui indiqua que le Hobbit cherchait à le joindre sur leur canal dédié. Il le rappellerait plus tard.

— Hugo ? reprit le chef du groupe crim' 2.

Celui-ci semblait autant embarrassé par le silence qui régnait que par ce qu'il avait encore à dire.

— Oui…

— T'es au courant que le Grand Jeff et Barré ont demandé qu'on te cueille ?

Même le patron de la BC avait tourné casaque. C'est son chef en personne qui avait diffusé l'avis de recherche sur les ondes. Ce détail l'avait remué bien au-delà de l'annonce elle-même.

— J'ai entendu ça, ouais…

Hugo était bien placé pour savoir qu'entre ce genre de consigne et l'interpellation elle-même, il ne s'écoulait bien souvent qu'un temps très bref. Avec un peu de chance, le black-out ralentirait la machine policière. Mais sa liberté de mouvement et d'enquête, sa liberté tout court, tout était devenu précaire.

Il fallait faire vite, à présent. Direct. Efficace. Optimiser son temps et hiérarchiser ses priorités. Il décida donc de repousser son appel à Franck après sa visite en prison.

Un frisson parcourut son échine au moment d'aborder le premier poste de contrôle et de montrer patte blanche. Par chance, police nationale et administration pénitentiaire demeuraient deux entités bien distinctes. Et puisque la seconde n'était pas branchée sur la radio de la première, à Fresnes, personne ne savait encore que l'OPJ Hugo Kezer était un homme recherché.

Sa carte bleu-blanc-rouge, précieux sésame, suffit à lui ouvrir les portes du centre de détention. Les conditions d'accès se voulaient plus sommaires qu'à l'accoutumée. Car sur les trois cents surveillants d'ordinaire en poste par roulements, près du tiers manquait désormais à l'appel. Ceux d'entre eux qui n'étaient ni morts ni blessés avaient fait valoir leur droit de retrait. La nuit avait visiblement été éprouvante…

En franchissant la grille de séparation entre l'espace public et la zone des détenus, Hugo se représenta Jiménez passant par là lui aussi, la veille au soir, mais dans le sens inverse. Puis il se soumit à une seconde inspection, plus brève. Après un rapide salut, l'officier responsable de la sécurité, un chauve lippu au faciès peu engageant, le conduisit jusqu'à son fief, le poste central d'information.

— Vous êtes là pour Jiménez, je suppose ?

L'OPJ se fendit d'un résumé aussi elliptique que possible de la situation. Une enquête n'était pas une gazette. Et moins ceux qu'il sollicitait en savaient, mieux ses investigations se portaient. La raison de sa visite était simple : il avait besoin de visionner les vidéos de toutes les visites au parloir que Marco Jiménez avait reçues au cours des six derniers mois.

— Je vais vous caler ça en accéléré, précisa le maton en chef. Mais vous allez voir, y a pas tant de choses que ça. Notre Jim n'est pas un grand bavard.

En soi, que le braqueur entretienne une vie sociale réduite n'avait rien de surprenant. Tout le monde le savait : les détenus de ce standing bénéficiaient de portables cachés, grâce à la complicité de gardiens « téléphoneurs ». Ainsi, la plupart parlaient avec leurs proches à longueur de journée. Des contacts souvent plus satisfaisants que les visites physiques, soumises à d'innombrables restrictions. Néanmoins, Kezer doutait que Jiménez ait pu monter un tel coup sans avoir une seule fois sondé le regard de celui en qui il placerait sa confiance. Il n'était pas du genre à l'offrir si facilement. Pas même à un ex-codétenu.

Bientôt, les images défilèrent sur le moniteur grisâtre. Hugo reconnut l'épouse du parrain gitan, Salma, certains de ses enfants et petits-enfants, et même quelques voyous de faible envergure, membres du clan, pour qui ces rencontres devaient constituer autant d'occasions de réaffirmer leur allégeance au caïd.

— Vous cherchez quelqu'un en particulier ?

— Oui… Mehdi Bassadi.

— Son ex-coloc ? s'étonna l'autre.

Ce disant, l'officier saisit le nom de l'intéressé dans le champ de recherche placé en haut à droite de l'écran.

— Exactement. Mais je pense que c'est bien le genre à se pointer avec de faux papiers, nota Hugo.

Le logiciel moulina quelques secondes. Puis le résultat tomba : le nom de Bassadi n'apparaissait sur aucune des séances de parloir recensées pour le numéro d'écrou 18 189, celui de Marco Jiménez.

— Vous avez raison, reconnut l'officier, Bassadi a pu facilement contourner le contrôle. Mais depuis la rénovation de 2018, on nous a collé un système de reconnaissance faciale. Si vous voulez mon avis, c'est un peu une usine à gaz. Mais l'avantage, c'est que la bécane peut reconnaître un visiteur toute seule.

Illustrant son propos, une seconde salve de recherche se déclencha d'elle-même, sans qu'il ne touche à rien. Cette fois-ci, l'écran se figea sur une silhouette qu'Hugo reconnut aussitôt. Mehdi Bassadi en personne.

— C'était quand, ça ? demanda-t-il.

— Le 15 juin.

Soit plus de quatre mois auparavant, et environ six semaines après sa libération conditionnelle.

— Il n'est venu qu'une seule fois ?

— Apparemment, oui.

— Ce serait possible d'établir une sorte de classement ? lança Kezer, soudainement inspiré. Un classement des personnes qui ont visité Jiménez le plus souvent. De préférence par ordre décroissant.

— J'imagine que ça doit pouvoir se faire.

De nouveau, son vis-à-vis tapota quelques secondes sur son clavier et obtint un listing. Le nom qui figurait en tête, avec pas moins de sept visites au cours des cinq derniers mois, était sans surprise celui de Salma. Mais juste en dessous, en deuxième position, apparaissait un certain Louis Allard. Hugo se sentait bien incapable d'y associer un visage, mais il était convaincu d'avoir déjà aperçu ce nom.

— Vous pouvez me passer la vidéo du premier parloir de Jiménez avec cet homme ?

L'officier s'exécuta. Assis derrière la console de commandes, Kezer regarda attentivement l'entrevue. La paroi de séparation privait l'instant de tout affect. La communication paraissait impersonnelle, froide, comme aseptisée. Mais cette impression ne pouvait être mise sur le seul compte de la vitre. En effet, à voir les attitudes des deux protagonistes, tout en réserve, l'OPJ aurait pu jurer que ceux-ci ne se connaissaient pas. Qu'ils échangeaient pour la première fois en face à face. Avisant un curseur de volume, il régla celui-ci au maximum. Hélas, même ainsi, leurs propos restaient quasiment inaudibles.

— C'est volontairement bridé, indiqua le maton en chef. La loi nous interdit d'écouter les conversations privées des détenus.

Quelque chose dans le ton de la voix de son hôte semblait indiquer qu'entre cette règle et la pratique effective, certaines libertés étaient parfois prises. Devant l'urgence de la situation, Hugo n'éprouva aucun scrupule à dégainer son smartphone et à enregistrer un extrait de la conversation qui s'écoulait en sourdine sous ses yeux. Peut-être serait-il arrêté avant de pouvoir en tirer la moindre information. Mais il savait tout de même quel genre de prodiges Luc et les gars de l'Horloge étaient capables d'accomplir à partir d'un fichier sonore, même aussi médiocre. Il devait se laisser une chance d'aller au bout de cette enquête.

Il pressa ensuite le bouton « pause », immobilisant le visiteur à l'image. Il éprouvait le besoin de détailler l'inconnu. Qui était donc ce grand bonhomme corpulent, coiffé d'une casquette noire frappée d'un logo blanc, le visage masqué par des lunettes opaques ? Comme le sniper de réverbères à Harcourt. Comme ce type qui se cachait sur la photo de groupe du drone-club.

S'agissait-il du même bonhomme ?

Louis Allard...

Hugo relança alors la séquence en intégralité. Il remarqua qu'une drôle de pantomime se jouait au début, au moment où l'individu pénétrait dans le parloir. Selon toute évidence, le surveillant de service exigeait de lui qu'il retire ses accessoires. Mais l'intéressé rechignait, argumentait, pour finalement présenter une carte plastifiée difficile à identifier. Celle-ci devait valoir son pesant d'autorité, car le maton n'insista pas davantage, autorisant l'inconnu à entrer sans autre forme de procès. Infraction manifeste au règlement.

— Vous le connaissez, ce type ? demanda Hugo à l'officier.

— Je ne l'ai jamais vu, mais vous avez son identité : Louis Allard.

— C'est le nom sous lequel il s'est présenté, en effet. Mais je serais quand même curieux de voir ce qu'en dit votre algorithme magique…

— La reconnaissance faciale ?

L'OPJ opina du chef. Son interlocuteur s'exécuta. Cette fois pourtant, le système ne renvoya aucune réponse.

— Alors ça, c'est pas banal ! s'exclama l'opérateur en chef. C'est bien la première fois que ça tourne dans le vide.

Kezer demanda alors s'il était possible de vérifier auprès du contrôle quelle pièce avait produit le dénommé Louis Allard. Un coup de fil plus tard, ponctué d'interminables palabres exaspérées, l'officier de sécurité fut bien obligé d'admettre, la honte au bord des lèvres :

— Je ne comprends pas ce qui s'est passé. Le visiteur en question a bien présenté une carte d'identité.

— Probablement falsifiée.

— Falsifiée ou non, elle n'a pas été scannée comme le veut la procédure…

Pas plus que lors de ses autres parloirs, visiblement. Hugo lisait très bien la situation : les matons qui se faisaient soudoyer à longueur d'année par les détenus pouvaient aussi bien fermer les yeux sur un visiteur, pour peu que celui-ci allonge assez de billets.

— Le surveillant qu'on voit à l'image, il est en service en ce moment ? rebondit-il aussitôt.

— Désolé. Il est en repos. Il ne sera pas de retour ici avant deux jours.

Jusque-là très coopératif, l'officier se fit cette fois tirer l'oreille. Kezer dut parlementer de longues minutes pour obtenir l'adresse personnelle du maton en question. Il puisa dans ses inflexions les plus convaincantes, jusqu'à ce que son interlocuteur se laisse bercer par ses promesses de silence absolu.

40

9 h 02
Paris – 3, quai de l'Horloge
Laboratoire central de la police scientifique

— Luc ! Luc ! On a les images des derniers transfos !

Le technicien vidéo déboula dans le bureau de l'ingénieur, une tablette entre les mains, aussi vif qu'un ressort. Il paraissait électrisé par sa découverte. Son supérieur se redressa d'un coup. Une nuit sans sommeil avait chiffonné ses traits, mais son intellect paraissait toujours opérationnel.

— Charenton, Perret ou Romainville ? s'enquit-il.

Sur ces trois sites, il avait fallu attendre la fin des travaux de déblaiement pour accéder aux PC sécurité et à leur console de surveillance. Puis, faute de réseau, les enregistrements avaient dû être transférés sur de simples disques durs mobiles, avant d'être acheminés par les gars de l'Identité judiciaire.

— Romainville. Les images des deux autres ont pris un coup de chaud. Elles sont inexploitables.

— Je t'écoute.

Plus parlant qu'un long discours, le technicien tendit sa tablette, où s'affichait une image fixe extraite d'une caméra de surveillance. Au pied d'un réverbère, sous le halo lumineux qui brouillait en partie le cliché déjà pixellisé, on devinait la silhouette d'un homme vêtu de noir, coiffé d'une casquette et portant des lunettes de soleil. Il s'agissait très certainement du sniper qui, la veille du black-out, s'était occupé de neutraliser les lampadaires.

— On ne l'a pas en action ?

— Si, mais franchement ça ne t'apportera rien de plus. On a tout épluché. C'est la meilleure vue dont on dispose.

— C'est la meilleure qu'on ait ? grinça Luc. Tu déconnes ! On voit que dalle !

Du pouce et de l'index, il zooma en râlant sur la tête du suspect. Mais celle-ci demeurait plongée dans une pénombre indistincte. Le type restait tout bonnement impossible à identifier. En outre, et en l'état, il était difficile de déterminer si la carabine brandie en direction de la caméra qui l'avait capturée était une Ruger 9 mm, comme celle retrouvée chez Mallard.

— L'arme, au moins, on sait ce que c'est ? lâcha-t-il, frustré.

— Minute. Les logiciels d'optimisation sont en train de tourner.

— OK. Et t'as lancé la reconnaissance faciale ?

Luc avait beau appartenir à la vieille garde de l'IJ, par nature réfractaire aux derniers outils high-tech, il n'ignorait pas les prouesses que réalisaient désormais de tels algorithmes. D'un amas informe, ils extrayaient souvent un nom, ou mieux encore, toute une fiche signalétique. Parfois même une géolocalisation en temps réel.

— Tu crois qu'on fait quoi, exactement, pendant que tu dors ? répliqua le technicien, piqué au vif.

L'ingénieur se contenta d'accueillir l'insolence de son confrère d'un sourire crispé. Ils manquaient tous de sommeil, c'était indéniable. D'ailleurs, il ne pouvait pas lui reprocher son absence d'initiative. Grâce à lui, peut-être ne tarderaient-ils pas à tenir un premier élément tangible.

Moins de dix minutes plus tard, le technicien l'invitait à le rejoindre à son poste.

— Alors, ton biniou nous a craché un nom ? s'exclama Luc, en prenant place face au mur de moniteurs.

Sa tentative pour détendre l'atmosphère tomba à plat. Son vis-à-vis ne lui opposa qu'une grimace embarrassée. Il en menait visiblement beaucoup moins large, tout à coup.

— Je suis désolé. C'est très rare, mais le système n'a rien trouvé.

— Je croyais qu'il pouvait identifier n'importe qui, même avec des lunettes noires et un chapeau ?

— En principe, oui. Au début, il y avait des ratés, mais depuis la dernière mise à jour, on a des taux de réussite qui frôlent les 95 %.

— Et les 5 % restants ?

— Ce sont plus des faux amis que de réelles erreurs. Je ne vais pas te vendre un truc infaillible, mais franchement on n'en est pas loin.

L'échec présent clamait pourtant le contraire. Luc tenta de trouver une explication à ce fiasco :

— De toute façon, si notre homme ne figure pas au TAJ, j'imagine que l'algorithme mouline dans le vide, non ?

— Non, ça aussi, ça a bien bougé ces derniers mois.

— C'est-à-dire ?

— Désormais, quand l'affaire est vraiment importante, le huitième étage nous autorise à taper dans d'autres bases pour effectuer nos comparaisons. Les bases publiques, les fichiers des administrations, les réseaux sociaux… En fait, tout ce qu'on peut se mettre sous la dent.

Par « huitième étage », il fallait comprendre « le directeur de la DRPJ », le Grand Jeff en personne. Luc préféra ne pas commenter la révélation de son collègue. La CNIL était-elle informée de ces entorses flagrantes au respect de la vie privée ? C'était peu probable.

— Donc si je te suis bien, la tête du type de Romainville n'a aucune existence numérique nulle part ?

— C'est ça… lâcha le technicien, penaud.

— Même pas une photo sur une carte vitale ou un passeport ?

— Rien du tout.

— C'est impossible… souffla Luc, un peu abasourdi.

— Sur le principe, tu as raison. Sauf s'il savait comment transformer son visage pour ne pas être identifié.

— Pardon ?

— En théorie, le système est capable de reconnaître un individu même si celui-ci a procédé à une chirurgie esthétique ou s'il porte des prothèses. Mais si notre homme s'est procuré le mapping des repères faciaux analysés par ce genre de programmes, il a tout à fait pu apprendre à les masquer…

— … Et déjouer l'algorithme ! s'écria l'ingénieur.

Son excitation retomba aussitôt, cédant la place à un long soupir.

On nageait en plein *Fantomas* !

Comment allait-il faire avaler ça à Gilardini ? Malgré l'irruption et le coup de pression de Kezer, il était décidé à ne prendre aucun risque avec sa hiérarchie. C'est au chef de groupe de la BRB qu'il confierait leurs conclusions, et non à celui de la Crim'.

— Et la carabine ?

— Heureusement pour nous, il n'a pas pensé à la maquiller. La comparaison avec la base balistique est formelle : c'est bien une Ruger PC 9 mm.

— Celle retrouvée chez Mallard ?

— Sur ce point, en revanche, je ne serais pas aussi catégorique : le numéro de série de la culasse est gravé du côté opposé à la prise de vue. Tout ce que je peux te dire, c'est que les rayures sur la crosse et les traces d'usure du canon correspondent plutôt pas mal.

41

9 h 37
Paris – Hôpital Saint-Louis – Local « GE HTA »

Miguel n'avait jamais vu un truc pareil. Ni du temps où il réparait les installations dans les entreprises du Val-de-Marne, ni depuis qu'il officiait en sa qualité de « référent énergie » à Saint-Louis. Par la trappe d'alimentation sur le dessus de la cuve de gasoil, la numéro 2, il introduisit une barre métallique qu'il ressortit aussi visqueuse et collante qu'un caramel. D'ordinaire épaisse, la soupe nauséabonde avait presque viré au solide.

— Putain de putain de putain, grogna-t-il. Qui est-ce qui m'a refilé cette merde ?

Cette technique de sabotage ne datait pas d'hier : un peu d'épaississant en quantité suffisante dans le réservoir, par exemple un sucre quelconque, et l'essence ainsi transformée encrassait le carburateur, avant de figer pour de bon les pistons dans le bloc-cylindres. Comme un vieux teuf-teuf, le diesel toussait, crachait, puis s'arrêtait net quand la réaction en chaîne de la combustion devenait impossible. Aussi simple et facétieux qu'une blague de gosses.

Sauf que les deux mômes qu'il venait de libérer ne pouvaient être mis en cause. En effet, lorsqu'il était arrivé sur place, une dizaine de minutes plus tôt, son double de clé en main, il avait d'abord trouvé le père de Mathys planté devant la porte verrouillée, impuissant et en proie à la panique. L'homme avait manifestement tout tenté pour forcer le passage, comme l'attestait la barre métallique à ses pieds.

En vain.

Puis, à l'intérieur du local, Miguel avait découvert ses deux petits protégés, allongés à même le sol, de toute évidence shootés par les émanations provenant de la cuve à l'odeur suspecte. Inconscients.

Et dire que c'est lui qui leur avait conseillé de se réfugier là !

Sans même avoir à se concerter, le père de Mathys et lui avaient sorti les garçons de la pièce pour leur offrir un peu d'air frais. Après quelques interminables secondes d'attente, ils les avaient vus reprendre leurs esprits. Très doucement. Comme une bouteille qui se remplirait goutte à goutte.

Miguel se sentait coupable. Il n'osait même pas imaginer ce qui aurait pu se produire sans leur intervention. Le drame dont il aurait pu être responsable.

Déjà, quelques heures plus tôt, il avait vu son ami Damien tomber sous les coups aveugles des pillards. Sur le moment, dans le feu de l'action, il n'avait pas pleinement pris la mesure de l'événement. Il s'était interdit toute émotion. Mais à présent, tout remontait à la surface. La mort de l'interne comme le reste.

Et c'est toute son âme qui hoquetait et menaçait d'imploser.

— Vous allez réussir à le relancer ? s'enquit Gregory Mallard, fébrile, son fils inanimé dans les bras.

L'état du générateur de secours lui importait probablement plus qu'à n'importe qui d'autre. Miguel pouvait le comprendre. Car sans courant, pas de thérapie CAR-T. Or, la vie ne se perfusait pas uniquement d'espoir. Il y fallait aussi cette débauche de science, tout cet attirail de machines et de molécules.

Sur le moment, le brancardier ne trouva rien à répondre. D'un point de vue purement technique, il n'envisageait plus qu'une solution : détourner le courant fourni par l'ultime groupe disponible, celui dédié au pavillon de radiologie, afin d'alimenter les services vitaux. Certes, cela priverait les médecins des examens nécessaires à certaines prises de décision. Mais entre les morts de demain et ceux d'aujourd'hui, le dilemme ne résista pas longtemps. Il fallait agir.

Déjà les aides-soignants appelés en renfort évacuaient les deux garçons vers le bâtiment Fougère. À les entendre, il n'y avait désormais plus rien à craindre. Les pirates affamés de substances avaient quitté le navire.

Retour à la chambre 18 pour Mathys et Théo.

De son côté, Miguel mit un bon quart d'heure pour mobiliser quelques bonnes volontés parmi ses confrères. Puis il lui fallut à peu près le même laps de temps pour modifier avec leur concours les câblages indispensables à la dérivation. Un bricolage dont il espérait secrètement qu'il tiendrait.

Au moment d'actionner le groupe électrogène de la dernière chance, il ressentit une émotion comme il en avait rarement connue. Pour une fois, il se sentait réellement utile. Pour une fois, ses bras ne seraient pas que des bras. Lui aussi, il contribuerait à sauver des vies. Enfin, son cœur se gonflait d'autre chose que de tristesse.

L'irruption d'un interne en oncologie, soucieux de connaître l'autonomie de leur installation de fortune, doucha en partie ce sentiment.

— Si l'occupation des lits reste au niveau actuel, je dirais quatre ou cinq heures, calcula-t-il, déçu de ne pas pouvoir offrir plus. Pourquoi ?

— C'est pour le petit Mallard. Je viens de récupérer son dossier. Braunstein est enfin arrivé.

Une boule enfla dans la gorge de Miguel. À peine disparu, Damien Caseuil avait déjà cédé sa place. La prise en charge des patients ne souffrait aucune pause. Pas même un instant de deuil. Il pouvait le comprendre, et pourtant…

Il ne songea même pas à demander comment le professeur avait justifié sa disparition. Plus tard, des rumeurs circuleraient : une maîtresse, des visites clandestines dans un appartement de l'avenue Mozart, un ascenseur bloqué par la panne… Bref, un véritable vaudeville.

— On n'attendait plus que lui pour lancer l'injection CAR-T, poursuivit son interlocuteur. Elle doit durer au moins quatre heures. Donc il vaudrait mieux pour lui qu'on soit dans la fourchette haute de ton estimation.

D'instinct, Miguel trouva cet apprenti médecin beaucoup moins sympathique que son prédécesseur. Remplaçant ? Non, personne ne remplaçait jamais qui que ce soit.

Alors, sans prendre la peine de lui répondre, le brancardier pressa enfin l'interrupteur du groupe. Un vrombissement sourd s'éleva du panneau mural. Et l'électricité courut à nouveau dans les veines thrombosées de Saint-Louis. Le compte à rebours venait de commencer.

42

Au même moment
Vitry-sur-Seine – Cité Balzac

La piste Mallard avait conduit Hugo à Jiménez, qui l'avait mené à Bassadi, lequel s'effaçait désormais en partie derrière la silhouette – visiblement massive – de cet homme mystère. Le fameux Allard aperçu sur les vidéos de Fresnes. S'agissait-il d'un agent fraîchement recruté par le parrain gitan ? D'un complice de Bassadi ? D'où sortait cette ombre nouvelle ?

Les questions et les doutes colonisaient les pensées d'Hugo. Et sa migraine reprenait de plus belle. Ajouté à ça l'absence de carte et de GPS, il dut mettre environ une heure pour rallier la cité Balzac à vélo. Pourtant, de Fresnes à Vitry, il n'y avait guère qu'une petite dizaine de kilomètres à parcourir à travers la banlieue sud…

Il faut dire qu'en route, il avait aussi dû éviter quelques barrages sauvages dressés par des caïds de quartier. La D160, axe est-ouest à dominante pavillonnaire, virait depuis la veille à la zone de non-droit. À chacun des octrois érigés sur le trajet, il fallait désormais s'acquitter d'un règlement pour prix de son passage, au choix en cash ou en barrettes de shit.

Quand il atteignit enfin le cœur de la cité Balzac, elle lui sembla aussi désolante que dans son souvenir. Il n'y était venu qu'une fois ou deux, pour de menues affaires de recel, à l'époque où il officiait encore à la BRB. Elle lui avait toujours fait l'impression d'une tranche de misère coincée entre un cimetière et une friche industrielle. Très vite, il repéra l'immeuble « Candide », connu pour son potager sur le toit. Les salaires de maton avaient beau être modestes, l'OPJ se demanda comment le gardien qu'il recherchait avait pu échouer ici. À moins que celui-ci n'ait été originaire du coin et soit resté fidèle à son quartier. Il fallait au moins ça, ou un dénuement total, pour supporter un tel décor.

La porte sur rue du bâtiment béait à tous les vents, privée de digicode et de serrure. Dedans, la panne immobilisait aussi les ascenseurs, mais Hugo gagea que, même en temps normal, ceux-ci ne devaient pas fonctionner très souvent. Il grimpa les six étages indiqués sur son papier et parvint un peu essoufflé à destination.

Sur le palier, il eut le sentiment que des yeux le scrutaient derrière les judas de chaque porte. Une impression qui se mua en certitude quand il frappa à l'une d'entre elles, au milieu du couloir.

— Monsieur Martinez ?

La présence dissimulée par le vantail ne moufta pas. Il dégaina sa carte de police et la plaça pile en face de l'œilleton.

— Monsieur Martinez, bluffa-t-il, c'est votre patron qui m'envoie. C'est très important.

Kezer songea qu'il ne connaissait même pas le nom de l'officier de sécurité qui l'avait reçu à Fresnes. Mais, après quelques secondes seulement, son audace paya. Le double claquement sec produit par des verrous qu'on débloque résonna dans le silence miteux. L'extrémité d'un canon, une arme de poing, se profila dans l'entrebâillement. Hugo brandit une nouvelle fois son badge professionnel.

— C'est un vrai. J'imagine que vous savez faire la différence, n'est-ce pas ?

— Ouais, bougonna l'homme. Rentrez, restez pas là.

Le battant s'entrouvrit juste assez pour laisser passer Kezer. Une violente odeur de pisse de chat et de bière mêlée l'agressa instantanément. Au contact des douces fragrances de l'univers carcéral, l'odorat du dénommé Martinez s'était visiblement peu à peu émoussé. L'OPJ, lui, ne supporterait pas longtemps cette puanteur. Après un rapide préambule explicatif, il le questionna sans détour sur cet étrange visiteur masqué venu rencontrer Marco Jiménez à plusieurs reprises au parloir. Pour qu'aucune ambiguïté ne subsiste, il décrivit l'individu aussi précisément que possible : grand, corpulent, le visage en partie mangé par des lunettes noires et coiffé d'une casquette de même couleur.

— Pourquoi vous l'avez autorisé à garder ça sur lui ? C'est contraire au règlement, non ?

Le surveillant au crâne rasé haussa les épaules, répliquant sur un ton d'évidence :

— Pour la même raison que je vous ai ouvert ma porte. À cause de sa carte.

— Je l'ai vue sur la vidéo, opina Hugo. Enfin, j'ai plutôt aperçu un rectangle plastifié. Il était trop pixellisé pour que je reconnaisse le document.

— C'était une carte d'invalidité. Le truc qu'ont les handicapés.

D'un coup, la scène prenait tout son sens. Pourtant, il lui sembla qu'un détail lui échappait encore. L'OPJ réfléchit. L'image se fondait dans ses pensées brumeuses. Il n'avait pas dormi depuis une bonne vingtaine d'heures. Une chape cotonneuse s'était abattue sur ce qui lui restait de discernement. Mais quand même… cette histoire d'invalidité ne lui était pas étrangère, il en était certain. Quelque part dans sa mémoire, ces mots trouvaient un écho, petite musique entêtante. *Invalidité… Invalidité… Je suis en invalidité depuis des années… Vous savez, je suis en invalidité depuis des ann…* Hugo se figea. *Putain, Abgrall.* Le voisin de Mehdi Bassadi, au Raincy !

— Abgrall, lâcha-t-il à l'intention du maton. Philippe Abgrall ? Ça vous dit quelque chose ?

— Rien du tout.

— C'était pas le nom sur la carte d'invalidité ?

— Peut-être… Je sais plus.

Pour ce que Kezer avait mémorisé de la silhouette du visiteur, le gabarit correspondait pas mal avec celui du fouineur croisé chez Bassadi. Quant à son âge et sa condition physique, ils devaient être, en réalité, bien plus flambants que ce qu'il avait affiché. Hugo en était désormais persuadé : Abgrall leur avait joué la comédie du croulant perclus de douleurs dorsales.

— Une dernière question : cet homme, est-ce qu'il paraissait souffrir du dos ?

— Vous savez, soupira son interlocuteur, j'en vois passer du monde. Je ne peux pas me souvenir de tous les détails.

Hugo approuva d'un hochement distrait, remercia son hôte d'une tape sur l'épaule, puis repartit aussi sec. Tout en dévalant quatre à quatre l'escalier, il tâcha de se rappeler les quelques informations délivrées par Abgrall. Il y avait fort à parier que celles-ci contenaient leur pesant d'intox.

L'homme résidait-il vraiment dans l'immeuble délabré du Raincy depuis trente ans ? Habitait-il, comme il le prétendait, au rez-de-chaussée de ce taudis ? Son infirmité était-elle entièrement feinte ou en partie seulement ? Avait-il menti en affirmant que Bassadi était parti depuis deux ou trois heures, contredisant ainsi les indications fournies par Samir ? C'était très probable, mais pourquoi ce baratin ? Quel lien unissait l'infirme et le hacker ?

En bas du HLM, le Vélib' emprunté dans le 5e s'était volatilisé. La rapidité avec laquelle les choses disparaissaient dans ce genre de cités épaterait toujours l'OPJ. D'autant qu'il n'y avait pas âme qui vive aux alentours. Pestant, Hugo s'apprêtait à appeler Franck pour partager ses trouvailles – mais aussi lancer son adjoint sur la piste Abgrall – quand le deux-tons familier d'une patrouille de police résonna dans son dos.

L'un des agents en uniforme jaillit d'une Clio blanche, son Sig braqué sur lui :

— Capitaine Kezer ?

Hugo songea un instant que rien sur lui ne certifiait son identité. Qu'il pouvait aussi bien le baratiner. Mais un reste de conscience professionnelle répondit à sa place :

— C'est moi.

— Je vais vous demander de tendre vos mains derrière vous, et de ne pas résister. Mon collègue va vous passer les menottes.

43

10 h 16
Paris – Timhotel Berthier

Elle qui ne supportait pas l'inaction se sentait condamnée à tourner en rond. Le scorpion avait du plomb dans les pinces.

« Et donc je dois tout reprendre depuis le début », avait lancé Florian, imperturbable, deux heures plus tôt. Sauf que, désormais privé d'une connexion à Internet, son travail sur les fichiers papier fournis par la DRH de RTE prenait un tour infiniment plus fastidieux. Un vrai boulot de fourmi. Il lui fallait détailler chaque page des dossiers personnels des ex-salariés habilités. Regarder chaque portrait du trombinoscope fourni. Même avec un Alex en renfort, il y en avait pour un temps fou.

Certes, elle avait reçu des nouvelles de Luc, à l'Horloge, à propos du sniper de Romainville. Mais celles-ci épaississaient plus encore le mystère qui entourait l'organisation du black-out. Car un quatrième homme apparaissait dans le décor. Un homme qui semblait avoir la confiance de Jiménez, et qui n'était ni Bassadi ni Mallard. Alors qui ? D'où ce type sortait-il ?

L'avantage qu'elle croyait avoir pris sur Kezer avait fondu comme un Esquimau un jour de canicule. Et tandis qu'elle restait là, au point mort, son rival cavalait toujours. Insaisissable. Ça la rendait dingue. Allongée dans sa chambre du Timhotel, elle ressassait. Incapable de récupérer malgré la fatigue qui l'écrasait. Sa tête moulinait. Sa poitrine l'oppressait. Son ventre semblait livré à une autre toupie.

Dans la débâcle du grand incendie, elle avait juste eu le temps de sauver son casque Bluetooth fétiche, ce dont elle se félicitait à présent. Les yeux clos, elle s'abandonnait aux envolées d'une cantate de Bach. Ses goûts musicaux, assez peu raccord *a priori* avec son look, ne cessaient d'étonner ses collègues. Mais elle ne connaissait rien de mieux que le classique, et le baroque en particulier, pour s'abstraire de la fureur du monde. Le chant des flûtes, plus que de tout autre instrument, l'emportait si loin. De telles harmonies la réconciliaient presque avec le genre humain.

Soudain, la mélodie s'interrompit avec la netteté d'un coup d'archet. Ouvrant les yeux, elle découvrit le visage de Florian penché sur elle. Ce dernier venait d'arracher son casque de ses oreilles.

— Désolé, dit-il sans l'être.

Anne accueillit l'intrusion de son adjoint d'une grimace, qu'elle corrigea aussitôt d'un « ça va, t'inquiète » laconique.

— On a peut-être un truc…

Elle se redressa d'un coup. Tapotant les draps du plat de la main, elle l'invita à s'asseoir près d'elle.

Si les collègues de la BRB avaient été là, plus d'un se serait payé sa tête : voilà qu'il partageait le lit de sa patronne ! Mais Florian n'accordait aucun crédit à de telles gamineries. C'est avec naturel qu'il prit place, calant sa grande carcasse contre la tête de lit en métal sombre, d'épaisses liasses entre les mains.

— Vas-y, je t'écoute.

— Je suis d'abord parti du principe que, parmi les ex-salariés, les seuls qui nous intéressaient sont ceux qui avaient eu accès aux plans assez récemment. Donc, disons ceux qui ont quitté la boîte il y a moins de deux ans.

— Pourquoi ?

— Parce que même si la vengeance est un plat qui se mange froid, on peut supposer que quelqu'un de vraiment remonté contre RTE – en tout cas assez pour prendre le risque de faire fuiter de tels documents – n'attendrait pas plus longtemps que ça pour passer à l'action.

— Si je te suis bien, rebondit Anne, tu exclus d'office le pur intérêt financier. Tu ne penses pas qu'un type qui a quitté la boîte depuis plusieurs années aurait pu se laisser tenter par une enveloppe ?

— Je me trompe peut-être, mais je crois surtout que tout finit par se savoir. Un ex-employé qui n'aurait rien à se reprocher ne prendrait pas le risque de se griller dans toute la profession pour quelques billets. La vengeance, par contre, me semble être une motivation autrement plus solide. Justement parce qu'elle est irrationnelle.

— Hum… grogna-t-elle, encore un peu sceptique. Ça nous laisse combien de candidats ?

— Si on ne garde que ceux qui ont été licenciés, on tombe à une trentaine de gus. Et ceux qui ont été remerciés pour faute grave ne sont que sept, expliqua-t-il en baladant son index sur les informations surlignées en jaune fluo.

— On a le motif des fautes graves ?

— Non. En tout cas pas dans les dossiers qui nous ont été fournis par RTE. Le seul moyen d'en savoir plus, ce serait de coller les noms des sept en question dans le TAJ ou sur Salvac.

— Et on n'a plus de connexion nulle part… finit-elle pour lui.

Il approuvait d'un hochement de tête lorsque Franck apparut subitement dans l'entrebâillement de la porte. Sans gêne, il s'invita dans leur discussion :

— On n'a peut-être plus de connexion, mais moi j'ai ça.

Le dossier qu'il tenait en main était bien plus fin que ceux de Florian. Mais il le brandissait fièrement.

— Putain, t'as rien de mieux à faire que de nous casser les couilles ? Tu vois pas qu'on bosse, là ?

Après sa discussion avec Derrivaud, le Hobbit était passé en coup de vent au labo de l'Horloge pour y faire analyser le portable de Bassadi. Il avait ensuite essayé de joindre Hugo. À de nombreuses reprises. Mais, depuis qu'il lui avait rapporté sa conversation avec Alex, Kezer demeurait injoignable sur leur canal réservé. Il espérait se tromper, mais le Hobbit redoutait de plus en plus que son supérieur ait fini par se faire serrer…

— Merde, Anne… lâcha Franck en entrant dans la pièce. Tu crois pas qu'on ferait mieux de bosser dans le même sens, plutôt que de se tirer dans les pattes ?

Ainsi exprimée, si directe, si candide, l'offre de paix laissa son interlocutrice perplexe.

— C'est ton patron qui t'envoie jouer les négos ?

— Laisse-le en dehors de ça. Je pense juste que si on unissait nos forces, on y gagnerait tous. D'ailleurs, si tu patinais pas dans la semoule, toi aussi, t'aurais pas cherché à nous envoyer dans le décor avec tes pistes en carton. Tu pensais vraiment que Kezer allait gober ton histoire ? Sérieux, la sourate du Repentir ? Tu nous as pris pour des bleus, ou quoi ?

Un peu sonnée, un peu piteuse, elle se contenta de lui renvoyer un sourire qui semblait dire : « À notre place, t'aurais fait pareil, non ? » Puis, sans renoncer à une certaine prudence, elle fit mine de baisser les armes.

— Tu proposes quoi ?

— Simple : on met tout en commun et on partage les lauriers. Bref, on arrête la guéguerre BC-BRB. Parce que tel que c'est parti, ça ne profitera à personne.

En coulisse, il se murmurait déjà que la cellule black-out, dont la BRB avait repris la tête depuis la fugue coupable de Kezer, tomberait dans l'escarcelle d'un autre service si celle-ci ne produisait pas de résultats probants rapidement. Peut-être celle de la DGSI. Il était clair pour tout le monde que plus les heures passaient, et plus la pression exercée par la cellule interministérielle de crise sur le Grand Jeff augmentait.

— Et qu'est-ce qui me prouve que Kezer n'est pas en train de nous la faire à l'envers dans son coin ? lança-t-elle, dubitative.

Après tout, Franck n'était jamais que le sous-fifre. Le factotum dans l'ombre du superflic déchu. Pour l'heure, sa proposition n'engageait que lui.

— Rien, t'as raison. Mais je connais Hugo. Il préférera toujours la jouer gagnant avec le collectif que perdant en solo.

— Si tu le dis… Je préférerais quand même lui parler, histoire de vérifier.

— Je n'arrive plus à le joindre, argua Franck.

— Depuis longtemps ?

— Plus de deux heures.

Cela n'augurait rien de bon pour le chef du groupe crim' 1. D'instinct, Anne comprit qu'elle était peut-être parvenue à ses fins. La voie semblait enfin libre, et ça changeait la donne. Son regard devint grave. Il y avait au moins un point sur lequel elle tombait d'accord avec ce troll de Caillot : l'heure n'était plus aux vieux griefs. Sous peu, Hugo moisirait sous les verrous en attente d'un passage en commission disciplinaire, si ce n'était pas déjà le cas. Dès lors, il ne constituerait plus une menace, encore moins une concurrence. Fini les conneries, ils n'auraient plus à se chamailler sur les cendres du Bastion.

— OK, finit-elle par lâcher, on commence par quoi ?

— Par jeter un œil à ça. Vous avez sept noms dans le collimateur chez RTE, c'est bien ça ?

Il écoutait donc à leur porte avant de faire son entrée. Florian et Anne approuvèrent d'un simple mouvement de tête.

— Et de mon côté, Salvac m'en a craché trois.

— Qu'est-ce que t'as rentré comme critère de recherche ? demanda-t-elle avec fièvre, son regard azur déjà plongé dans le document qu'elle venait de saisir.

— Les condamnés de ces dernières années dans des affaires de dégradations volontaires sur installations électriques. Ce sont tous d'anciens salariés d'organismes publics type EDF, ERDF, RTE. Avec un peu de chance, on aura peut-être une correspondance entre nos deux listes.

Les quelques secondes nécessaires pour comparer les patronymes s'étirèrent dans un silence pesant. La tension dans la chambre était montée d'un cran. Leurs gestes, fébriles, trahissaient leur excitation.

— Je l'ai ! s'exclama-t-elle. Yves Abgrall. Ex-responsable d'exploitation chez ERDF, puis directeur technique chez RTE, condamné il y a deux ans pour un départ de feu sur des pylônes HTB. Licencié à la même période. Sans indemnités ni chômage.

— Pénalement, il a pris cher ? demanda Florian.

— Pas vraiment. Cinq ans avec sursis.

— Ça pue la pression de RTE pour étouffer le truc, nota Franck.

Anne le fixa de son regard pénétrant.

— Ce Abgrall, vous l'avez vu sortir ailleurs ? Du côté de Jiménez ou de Bassadi ?

— Non. Mais tu veux pas la taille de mon slip, non plus ?

Le message ne se voulait pas subtil. De fait, Anne le décrypta sans mal : Caillot avait déjà beaucoup donné, et le temps de la réciproque était venu. Alors, avec une bonne volonté qui ne lui ressemblait pas, la cheffe du groupe crim' 3 de la BRB exposa tout ce que ses hommes et elle avaient glané au cours des dernières heures. Elle commença par brosser un portrait plus fidèle de Patrick Schmidt, le faux flic de la place Vendôme. Elle mentionna l'analyse balistique des armes retrouvées dans son appartement de Charenton, qui confirmait l'hypothèse d'un pro de l'assassinat. Tous les numéros de série avaient été limés. Source probable, les Balkans et le flot non répertorié qui s'en était échappé après les conflits successifs des années quatre-vingt-dix. Le fournisseur ? Certainement le dark Web. Enfin, elle partagea les révélations de Luc sur le fameux quatrième homme, le tireur fantôme de Romainville.

Mis en confiance, Franck déballa à son tour tout ce qu'il savait, pêle-mêle : Jiménez le commanditaire probable du black-out ; Bassadi l'organisateur ; Mallard chargé malgré lui de la diversion place Vendôme ; Derrivaud le vendeur de drones et formateur de pilotes ; et enfin les cinq apprentis dronistes recrutés par un dénommé Louis Allard, un grand gaillard mou à lunettes et casquette noires, dont la description ressemblait à s'y méprendre à celle du sniper de réverbères fournie par Luc.

— Putain, c'est pas vrai ! s'emporta Florian, pourtant peu coutumier des éclats de voix. « Louis Allard », c'est le nom du PDG de RTE ! Ce mec se fout de nous !

Qui que fût réellement cet homme, on pouvait lui reconnaître une certaine ironie dans le choix de ses pseudos.

À présent, chacun se livrait sans retenue. Les deux flux d'informations convergeaient en un seul et même courant. Tout était fluide, à défaut d'être limpide. Alors, pour preuve supplémentaire de sa bonne foi, le Hobbit révéla également ce qu'il venait de glaner à l'Horloge.

Là-bas, le service nocturne de Luc étant terminé, il s'était adressé à un autre ingénieur d'astreinte. Un type un peu revêche qui avait longuement rechigné avant d'accepter d'analyser en urgence le portable de guerre de Bassadi. Et l'opiniâtreté du lieutenant avait payé : une fois le code d'accès cracké, toute la correspondance Telegram du hacker avec son donneur d'ordre, Jiménez en personne, s'était déroulée sous leurs yeux. Les échanges confirmaient sans équivoque le lien opérationnel des deux hommes, en vue de préparer le black-out.

En définitive, la seule surprise était venue de la brusque interruption de leur discussion, environ quarante-huit heures avant l'attaque sur les transfos. Était-ce une consigne de prudence de Jim, comme il avait imposé le silence à Mallard durant les jours précédant le braquage ? Rien, en tout cas, ne l'indiquait dans les derniers messages adressés par le parrain gitan à Bassadi. Alors quoi ? Jiménez avait-il doublé son ex-codétenu, comme il avait sacrifié l'équipe de la place Vendôme sous les balles de Patrick Schmidt ?

— C'est pas tout, ajouta Franck. Sur le mobile de Bassadi, il n'y avait pas que des messages cryptés. On a aussi trouvé un message vocal.

— De qui ? Qui disait quoi ? mitrailla Anne.

— Qui lui donnait rendez-vous « à la maison », il y a justement deux jours. La maison, j'imagine que c'est son clapier au Raincy. Quant à la voix de son interlocuteur, l'IJ l'a passée dans Batvox, puis l'a comparée à la PNIJ[1]. Que dalle de ce côté.

Anne écrasa un poing rageur sur la tête de lit à sa portée. Le caisson métallique résonna comme un gong. Cette affaire allait la rendre folle. Bassadi et Jiménez

1. Plate-forme nationale des interceptions judiciaires, c'est-à-dire la base de données des écoutes policières.

introuvables, le faux Louis Allard sans identité avérée, les principaux suspects leur filaient sans cesse entre les doigts. En marge de ce tableau flou, un seul individu conservait un semblant de consistance : Yves Abgrall, le fournisseur présumé des plans des dix-huit transformateurs. Cette piste serait-elle suffisante pour les conduire jusqu'à l'un des trois autres ? Là résidait toute la question.

— T'as envoyé une patrouille chez ton Abgrall ?

Ce disant, elle scrutait le portrait extrait du trombinoscope RTE. « Yves Abgrall ». Une tête de quinquagénaire bien bâti, mais lambda, sans ressemblance notable avec aucun des autres acteurs. L'adresse indiquée dans le dossier le situait à Gennevilliers, à vingt minutes à peine en voiture.

— Non. Jusque-là, j'avais pas vraiment d'éléments solides contre lui. Il faisait juste partie d'une liste. Tu veux que j'aille y faire un tour ?

— Je ne sais pas… Si le Grand Jeff est à deux doigts de nous tomber dessus, ce n'est pas le moment de prendre des risques. Il vaudrait peut-être mieux qu'on en apprenne un peu plus sur lui avant de débarquer.

— Je suis pas contre, mais on fait comment ? Sans électricité, sans réseau ni connexion, ça commence à devenir compliqué pour faire des recherches. On se pointe encore à l'Horloge ?

Cette perspective le fatiguait d'avance. Encore un aller-retour ; encore une perte de temps. Sans compter le remplaçant de Luc, beaucoup moins bien disposé à leur égard que son prédécesseur.

Par-delà la fenêtre, Anne désigna le Bastion encore fumant d'un mouvement de menton :

— J'ai peut-être une autre idée, risqua-t-elle.

Afin de maîtriser le sinistre, les sapeurs-pompiers de Paris avaient reçu le feu vert de l'Élysée pour faire intervenir un hélicoptère bombardier d'eau. Un fait exceptionnel en ville. L'immense bâtiment avait donc été noyé sous les dizaines de milliers de litres largués par le *bambi bucket*[1] héliporté. À l'intérieur, dans les bureaux dévastés par les éléments successifs, la plupart des postes devaient être hors service. Mais qui sait ?

— C'est ça que t'appelles « pas prendre de risques » ?! lâcha Franck.

---

1. Seau géant de plusieurs milliers de litres transporté par un hélicoptère bombardier d'eau.

44

10 h 53
Paris – 36, rue du Bastion

Les pompiers postés tout autour du Bastion tentèrent bien de les dissuader, mais Anne fit démonstration de sa furie habituelle, Florian de ses muscles et Franck de son sourire. Si bien qu'à bout d'arguments et épuisés par ce black-out qui n'en finissait plus, ils les laissèrent pénétrer dans l'enceinte dévastée contre toutes les règles de sécurisation en vigueur.

Il fallut ensuite un bon moment aux trois OPJ pour progresser dans les escaliers et les couloirs ravagés. Le plus frappant était le silence, comme un voile assourdi jeté sur l'édifice. Par chance, et en l'état du bilan, aucune perte de fonctionnaire n'était à déplorer. N'en restait pas moins une atmosphère étrange, comme une gueule de bois un lendemain de catastrophe.

Ils avaient déjà fait le tour d'un grand nombre de bureaux. Tous leur avaient renvoyé leur naïveté en pleine face. Comment avaient-ils pu imaginer que ce bâtiment pourrait encore les aider ? Ce qui n'était pas brûlé par le feu avait été gazé par les émanations toxiques ou noyé sous les litres d'eau. Rien ne semblait avoir réchappé au sinistre. Pourtant, à deux doigts d'abandonner, ils tombèrent sur un miracle. Un bureau indemne, ou presque.

La plaque noire sur la porte indiquait UCLAT. L'unité de coordination de la lutte antiterroriste. Ou, pour dire les choses autrement, la courroie de transmission entre d'un côté la PJ, et de l'autre la SDAT et la DGSI. Là, quatre postes informatiques manifestement sous tension et en état de marche leur tendaient les bras. Finalement, toute cette modernité affichée n'était peut-être pas vaine. Conçu soi-disant pour résister à toute épreuve, l'immeuble honni attestait enfin de son efficacité. Comme tout le monde, ils avaient douté. À présent, ils ne pouvaient que s'en réjouir.

— On se met au boulot, les exhorta Gilardini.

Chacun savait ce qu'il avait à faire.

Florian se chargea des recherches sur la PNIJ, la base centralisée des écoutes policières. Peut-être le nom d'Yves Abgrall avait-il été évoqué lors de communications récentes enregistrées par leurs confrères. De son côté, Franck éplucha le fichier des antécédents judiciaires, afin de ne négliger aucun détail concernant le délit commis par le même Abgrall contre les installations de son ancien employeur. Anne, enfin, se réserva le morceau le plus excitant, quoique le plus incertain, puisqu'elle profita de la connexion pour établir une visioconférence avec la DRH de RTE.

Par chance, la jeune directrice des ressources humaines, dont Florian avait pris la carte de visite lors de son passage à la tour Initiale, répondit presque instantanément. Les présentations d'usage expédiées, celle-ci essuya le feu des questions de l'OPJ d'un air stoïque :

— En effet, concéda-t-elle, Yves Abgrall a bien travaillé chez nous pendant dix ans.

— Si nos informations sont correctes, avant d'arriver chez vous il était en poste chez ERDF, aujourd'hui Enedis. Quand il a changé de boutique, vous savez s'il se trimballait un dossier disciplinaire ?

— Je n'étais pas là au moment de son recrutement. Mais si j'en crois son dossier, mon prédécesseur a été informé par son homologue chez ERDF de quelques manquements au règlement de la part de M. Abgrall.

Anne ne put contenir un rictus sarcastique. « Manquements au règlement » : les euphémismes en vigueur dans la langue de bois administrative l'épateraient toujours.

— Et en quoi consistaient ces « manquements » ?

— Apparemment, il y a eu des dégradations dans un transformateur, à Cergy. Mais, par manque de preuves, l'enquête interne est restée à l'état de simples suspicions.

— La police n'est pas intervenue ? s'étonna Gilardini.

— Pas à ma connaissance.

D'un plissement des lèvres, Franck lui confirma les propos de son interlocutrice. L'extraction complète du dossier « Yves Abgrall » dans le TAJ brillait en effet par son silence sur les premiers faits reprochés à l'intéressé.

La suite se devinait d'elle-même : comme bien souvent dans ce genre de cas, le suspect avait bénéficié d'une promotion placard afin d'étouffer le scandale, passant d'ERDF à RTE, et du poste de responsable d'exploitation du transformateur dégradé à celui de directeur technique pour tout le département du Val-d'Oise. En définitive, plus les gens étaient incompétents, voire dangereux, plus on les propulsait haut dans la hiérarchie, dans le vain espoir de les neutraliser. Une façon malheureusement courante de régler les problèmes qui confinait à l'absurde…

— Et ensuite ? relança Gilardini. Vous avez bien parlé de « quelques » manquements, n'est-ce pas ?

— Je ne peux pas vous dire s'il s'est passé autre chose chez ERDF. Par contre, nous avons subi un incendie volontaire sur un pylône de ligne à haute tension, il y a deux ans. Ce coup-ci, Abgrall a été pris en flagrant délit. Vos confrères de la DRPJ 95 l'ont entendu, mis en garde à vue, déféré au parquet. La direction de RTE l'a, quant à elle, licencié pour faute grave. Il nous a attaqués aux prud'hommes. Mais il y a environ un an, il a perdu.

— Il vous attaquait pour quel motif ?

— Licenciement abusif.

Plutôt gonflé. Certains n'avaient vraiment ni peur ni honte de rien.

— Depuis, plus de nouvelles ?

— Non. Il n'a même jamais signé les derniers recommandés avec AR qu'on lui a adressés. J'avoue que c'est assez surprenant.

— Pourquoi ?

— Parce que sans retour de sa part, il nous a été impossible de lui verser son solde de tout compte.

Bizarre, en effet : le type perdait tout espoir de toucher une indemnisation conséquente, et il ne prenait même pas la peine de signer un bête bordereau, s'asseyant de ce fait sur le peu qu'il pouvait encore obtenir.

En fin de compte, était-ce par vengeance ou pour des motifs financiers qu'il avait revendu les plans des transfos à la clique Bassadi-Jiménez ? La question demeurait sans réponse.

Restait également à déterminer comment le contact entre Abgrall et les malfrats avait pu s'établir. Car de tels documents, aussi sensibles, ne se mettaient pas en vente sur Leboncoin… Une seule chose était à peu près sûre : Jiménez ayant été en prison pendant près de cinq années, la transaction avait dû réunir Yves Abgrall et Mehdi Bassadi. Mais quand ? Et surtout : où ?

Une fois la visioconférence terminée, les trois flics effectuèrent un rapide débrief.

— Rien concernant notre homme sur les écoutes, indiqua Florian.

Franck, lui, résuma ses trouvailles, lesquelles paraphrasaient presque mot pour mot les révélations de la DRH de RTE. Il achevait à peine son compte rendu qu'Anne le fixa de son regard bleu, trop couleur lagon pour être honnête.

— J'y repense d'un coup : dans le message sur le portable de guerre de Bassadi, t'as bien dit que le type en question lui donnait rendez-vous « à la maison » ?

— Ouais, c'est ça.

— Et si c'était Abgrall qui l'avait contacté ? Dans ce cas, « la maison », ça pourrait être chez lui, à Gennevilliers… Y a peut-être un truc à creuser là-bas.

Peu à peu, des liens se dessinaient entre toutes les informations déjà réunies. Pour chacun, l'idée que « Louis Allard » et Abgrall soient en réalité une seule et même personne gagnait du terrain. Qu'un type limogé sans ménagement se venge de son ex-employeur en livrant des secrets industriels, qui plus est en endossant son patronyme, ça faisait plutôt sens.

— Moi, je me demande si on n'aurait pas intérêt à rester focus sur Le Raincy, intervint Florian. L'appel chelou à la PFAU, juste avant le braquo de Vendôme, il provenait bien de là, non ?

Gilardini s'en voulut d'avoir zappé cette histoire. Elle remercia intérieurement son adjoint. Derrière son apparence monolithique, il faisait souvent preuve d'une sacrée vivacité d'esprit.

— Tu connais l'adresse de Bassadi ? demanda-t-elle à Franck.

— Aucune idée, Hugo n'est pas entré dans les détails.

Sans plus de commentaires, guidée par une soudaine inspiration, elle tira à elle le clavier de l'ordinateur et tapa les trois mots suivants dans le moteur de recherche : « Medhi Bassadi Raincy ». L'écran afficha instantanément : 32, allée Gambetta, 93340 Le Raincy. Puis elle tapa aussitôt : « Yves Abgrall Raincy ». Et la page de résultats qui apparut alors les laissa tous les trois sans voix : 32, allée Gambetta, 93340 Le Raincy.

Le seul détail qui chagrina la cheffe du groupe crim' 3 de la BRB, c'était le prénom. « Yves » était barré dans la plupart des réponses. À la place, il était question d'un certain Philippe. S'agissait-il d'un homonyme partiel ? D'une banale coïncidence ?

— Flo, c'est quoi déjà ton super site de généalogie ?

À son tour, Florian s'installa face au clavier. Une fois sur la plate-forme souhaitée, il n'eut pas besoin que sa supérieure lui souffle les mots à saisir : « Yves

Abgrall ». Le moteur leur renvoya six cent quatre-vingt-quatre occurrences à travers le monde, dont la majorité en France. Mais, vérification faite, un seul Yves Abgrall avait pour parent, en l'occurrence pour frère cadet, un dénommé Philippe Abgrall.

— Putain, y a deux frangins dans le coup ! s'exclama Anne.

— Et le plus jeune des deux est voisin de Bassadi !

— On bouge où ? lança Florian, gagné par l'adrénaline ambiante. Gennevilliers ou Le Raincy ?

— Minute. Le Philippe, il fait quoi ? Il bosse aussi chez RTE ?

De nouveau, les doigts de Florian pianotèrent sur le clavier : « Philippe Abgrall Raincy CV », puis « Philippe Abgrall Raincy emploi ». L'algorithme ne tarda pas à se prononcer : Philippe Abgrall, résidant au 32, allée Gambetta au Raincy, gérant de la société « AB Frais – fruits & légumes en gros », 94310 Orly.

À la lecture de cette dernière localité, Franck se décomposa :

— Merde, gémit-il. On est complètement passé à côté de ça…

Brusquement, lui revenait en mémoire un des courts échanges radio qu'il avait eus avec Kezer. Juste une phrase au milieu de mille autres infos. Quelques mots *a priori* sans importance : « Il est manut' à Orly, aux trente-cinq heures. » C'étaient les termes exacts qu'avait employés son chef, lequel tenait son tuyau de l'incontournable Samir.

— À côté de quoi ?

— Bassadi bosse à Orly.

Gilardini fondit sur cette piste comme sur une proie.

— Quel job ?!

— Manutentionnaire. Quand Hugo m'en a parlé, j'ai plutôt pensé à l'aéroport. Mais maintenant, je me dis que ça peut aussi bien être n'importe où dans la zone industrielle d'Orly.

Comme s'il avait deviné les attentes de sa cheffe, attentif au raisonnement à l'œuvre sous ses yeux, Florian s'empressa de localiser le hangar du grossiste AB Frais sur Google Maps.

Le silence qui s'installa pendant ce temps fut traversé par le sifflement des mille courants d'air qui s'engouffraient dans la bâtisse éventrée. Puis ils distinguèrent sur l'écran l'entrepôt contigu à celui d'Abgrall. Il s'agissait de la société OrlyGel. Et, juste après encore, collé à ce dernier et en retrait de la rue… un nom qui clignota dans l'esprit de chacun plus fort que tous les gyrophares.

— Putain de merde ! hurla Franck. La voilà la cible de Jiménez !

Sa phrase était à peine achevée que déjà Anne filait hors du Bastion en ruine.

Subitement, quelque chose comme une lueur semblait jaillir des cendres.

45

11 h 22
De Paris à Orly

La Moto Guzzi se trouvait désormais à court de carburant. Mais voler une voiture sur le parking de l'hôpital Saint-Louis s'était révélé d'une facilité déconcertante. Mallard s'en voulait d'agir comme le délinquant qu'il s'était juré de ne plus être. Il fallait croire que, ce soir au moins, la fin justifiait les moyens.

Rejoindre la porte d'Orléans, puis sortir de Paris en direction du sud fut autrement plus compliqué. Il mit plus d'une heure et demie pour rallier l'entrée de l'A6, contre vingt-cinq à trente minutes en temps normal. À plusieurs reprises, il crut même devoir abandonner la petite Toyota blanche. Soit parce qu'il se trouvait coincé dans une voie au trafic pétrifié. Soit pour échapper aux pillards toujours à l'œuvre, et par endroits plus téméraires que jamais.

Lorsqu'il passa devant le Sacré-Cœur de Gentilly, au moment de s'engouffrer dans le tunnel d'accès à la voie rapide, il lui sembla que les anges au sommet du clocher se penchaient sur lui, prêts à lui porter secours. De fait, la chaussée se dégagea soudain. Malgré les carcasses calcinées et les débris divers, plus ou moins identifiables, les deux rubans d'asphalte offraient un confort de circulation sans comparaison avec l'engorgement parisien.

Pour se sentir moins seul, il alluma l'autoradio, puis tenta vainement de capter une station musicale. Hélas, les rares fréquences encore couvertes ne dispensaient plus que des messages d'avertissement et de prévention du gouvernement. « Restez chez vous. Ne sortez qu'en cas d'absolue nécessité. Dans cette éventualité, ne prenez sur vous aucune arme ou aucun objet blessant : couteaux, ciseaux, outils ou instruments de jardinage. »

Alors, à défaut de distraction, il réactiva le combiné de radio-police qu'il s'était trimballé tout ce temps à la ceinture, bien utile pour éviter les quelques patrouilles que son chemin aurait pu croiser à l'hôpital. D'un doigt, il pressa le bouton rouge correspondant au canal des annonces générales. Et, au bout de quelques minutes, comme un coup de pouce du destin, une voix de femme éclata au cœur de la nuit. Une voix ô combien connue qui lui tira un sourire satisfait.

— Pour tous de BRB. Pour tous de BRB, capitaine Gilardini. Le braquo de la place Vendôme n'était qu'une diversion. Je répète : le braquo de la place Vendôme n'était qu'une diversion. Les cibles réelles sont les principaux dépôts de cash en banlieue. Les sièges des sociétés Brink's et Loomis ont confirmé la rupture des communications avec leurs coffres à Arcueil, Aubervilliers, Montrouge, Saint-Denis et Orly.

Mallard tiqua à l'annonce de cette dernière localité. Ce qui n'était encore qu'une intuition quelques minutes plus tôt, au moment de quitter Saint-Louis, était devenu une certitude. Orly, Saint des Saints du fret aérien français, mais surtout le lieu du plus gros dépôt de liquidités dans toute l'Île-de-France. Aucun doute possible : quelle cible d'envergure aurait pu convoiter Jiménez, si ce n'est celle-ci ? Pour quel autre trésor se serait-il donné autant de mal ?

Jusque-là, il avait eu le sentiment de se lancer sur une piste plus qu'hasardeuse, échafaudant mille théories. Mais, à présent, une seule sortait du lot. Familier des braquages de bijouteries, plus simples à forcer que les banques, Jim avait manifestement changé de braquet.

Le pied droit écrasant l'accélérateur de la Toyota, Mallard s'autorisa à dépasser la limitation de vitesse. Il n'était plus seulement guidé par son désespoir, mais aussi par les certitudes que la flic venait de lui offrir bien malgré elle.

D'ailleurs, celle-ci insistait. Crachant sa nervosité sur les ondes.

— Groupe crim' 3 BRB en route pour Orly. 62, rue du Kéfir. Des patrouilles à proximité pour soutien sur inter ?

Mais aucune voiture ne répondit à l'appel. Apocalypse oblige, aucune force de police ne serait dépêchée sur place dans l'immédiat.

Plus Mallard fonçait, plus l'euphorie le gagnait. Ses pensées le ramenaient à Mathys. Plus que jamais, il se sentait prêt à tout pour sauver la vie de son fils. Rien ne l'arrêterait, désormais.

« Tu vas revenir ? » lui avait demandé Sabine quand il s'était levé pour partir.

L'intervention CAR-T commençait tout juste. Les deux parents du gamin se trouvaient à son chevet. Auprès d'eux, Gregory s'était à nouveau senti à sa place.

« Évidemment que je vais revenir. »

Il reviendrait. Avec le fric. Car le prêt consenti *in extremis* par Francis Braunstein en personne n'était pas un don, ce n'était qu'une avance destinée à débuter au plus vite le traitement. Quelque part sur un compte offshore, manquaient toujours les deux cent mille euros exigés pour la rémission de Mathys.

Penché sur le petit corps inanimé, à nouveau branché à une forêt d'appareils, Gregory, avant de partir, avait soufflé une longue série de « pardon, pardon, pardon » embués. Puis déposé autant de baisers sur le front et les joues livides. Quoi qu'il fasse, il en avait bien conscience : il n'en aurait jamais fini de rattraper ses erreurs.

46

Au même moment
Orly (la ville)

Les veilleuses extérieures, petites lueurs vertes noyées dans le soleil automnal, s'éclipsèrent d'un coup. Un soupir collectif balaya l'habitacle du Renault Trafic noir. Gilou pesta pour la forme. Ludo, arrivé plus tôt du Bastion, un combiné de radio-police en poche – à défaut d'avoir pu mettre la main sur Mallard –, ronchonna son soulagement. Jiménez lui-même paraissait à bout de patience.

Chaque minute qui passait les rapprochait un peu plus de leur objectif. Au moins, le chauffeur de chez FullTank avait fait son job, comme prévu. La cuve de gasoil plombé était en train de gripper l'ensemble du puissant groupe électrogène alimentant le dépôt Brink's. Désormais, tout s'alignait parfaitement. Plus de lumière nulle part. Aucune sécurité active. Plus que quatre hommes à l'intérieur.

— Plus rien ici non plus, confirma le fourgon d'Arcueil dans le talkie.

Une bonne nouvelle qui fut presque aussitôt suivie par une autre, cette fois en provenance du dépôt Loomis d'Aubervilliers :

— Ce coup-ci c'est bon, Jim. Tout s'est éteint.

Sur chacun des sites, la tension et l'excitation montaient d'un cran. La petite armée de Jim au complet était sur le pied de guerre.

Le plan se déroulait à la perfection. Avec une facilité presque étonnante. Même la disparition du vigile égorgé par Gilou n'avait pas provoqué les remous redoutés. Aucun des autres gardes n'était sorti du bâtiment aveugle. Ils devaient crever de trouille là-dedans. Bien sûr, il y avait eu l'appel lancé quelques minutes plus tôt par cette fliquette de la BRB. Mais il était resté lettre morte. En effet, pas un seul gyrophare ni le moindre deux-tons ne se profilait à l'horizon.

Le dépôt niché dans l'ombre de l'entrepôt OrlyGel apparaissait aux braqueurs comme un paquet-cadeau qui ne demandait qu'à être déballé. Il devenait urgent d'agir. Descendu par la porte coulissante, un gros sac sur le dos et un jerrican d'essence dans chaque main, Ludo ne se fit pas prier. La prévoyance était l'une de ses qualités cardinales. Une nouvelle fois, celle-ci fut récompensée. Car l'unique voiture abandonnée à proximité, une Fiat Panda hors d'âge, était totalement à sec.

Il commença donc par remplir le réservoir de la vieille guimbarde. Puis il crocheta la serrure en un rien de temps. Ensuite, après avoir disposé les explosifs derrière le pare-brise et sur le siège passager, il farfouilla dans la forêt de fils et de dominos électriques planquée sous le cache plastique en dessous du volant. Tout était prêt. Il n'attendait plus, pour lancer les réjouissances, qu'un signal de Jim depuis l'avant du fourgon.

Le programme prévu était simple. Ils le connaissaient tous par cœur :

1- Créer une brèche dans la façade grâce au bolide explosif lancé à pleine vitesse – il en jaillirait bien sûr au dernier moment.
2- Laisser Gilou se faufiler en éclaireur, afin de balancer les cartouches de gaz soporifique à l'intérieur du bâtiment assiégé.
3- Attendre que le mélange d'hydroxyzine et de toluène produise les effets escomptés sur les vigiles retranchés dans le dépôt. Compter une bonne dizaine de minutes après introduction.
4- Entrer à leur tour et faire sauter les portes blindées des coffres avec les charges calibrées à cet effet.
5- Charger le butin dans le fourgon banalisé. Ils avaient calculé que les dizaines de millions d'euros en grosses coupures occuperaient une bonne partie de la cabine.
6- Rejoindre les quatre autres groupes au point de rendez-vous indiqué par Bassadi.
7- Enfin, comme Jiménez s'était plu à le leur expliquer lors des préparatifs, le septième temps serait celui où chacun d'entre eux repartirait avec sa part, et jouirait d'une éternelle félicité. Grâce à ce coup mythique, le parrain gitan prétendait ni plus ni moins recréer leur monde. Leur offrir un nouvel éden.

Les yeux rivés sur son chef, Ludo ne laissait échapper son regard que pour accrocher l'heure à sa montre.

À 11 h 29, celui-ci n'avait plus qu'à mettre en contact les deux fils dénudés pour alimenter le démarreur et mettre en branle le moteur de la petite citadine fracturée.

À 11 h 30, Jiménez dégaina son Iridium et le manipula avec une nervosité manifeste.

À 11 h 31, il composa un numéro sur son téléphone, puis ordonna à Gilou d'allumer les talkies.

À 11 h 32, Jim prononça quelques mots dans le combiné en direction des quatre autres dépôts.

Tout en parlant, il adressa à Ludo le geste convenu. En revanche, personne, pas même Gilou assis à ses côtés, ne le vit sortir le Glock caché dans la boîte à gants.

47

Au même moment
Vitry-sur-Seine
Commissariat de l'avenue Gagarine

« On vous expliquera au poste », avaient dit les agents en uniforme tombés sur Kezer. Mais on ne lui avait rien expliqué du tout. Ni sur le trajet jusqu'au commissariat de l'avenue Gagarine. Ni à son entrée dans le parallélépipède *seventies* et grisâtre. Pas même lors de sa mise en cellule.

Malgré ses récriminations, tout ce qu'Hugo avait obtenu des policiers, sans doute par égard pour son grade, était la cage individuelle où il croupissait à présent, à la paillasse presque propre et à l'odeur de javel rassurante. Le box VIP de Vitry, probablement.

Comment avait-il pu se laisser coincer aussi facilement ?

Manque de vigilance. Connement, il avait cru que l'appel diffusé sur le canal général de radio-police resterait lettre morte.

La fatigue aussi, sans doute. Une fois en cellule, il n'avait d'ailleurs pas tardé à sombrer dans un sommeil agité. Tout se mélangeait dans ce cauchemar au scénario décousu. Le visage de Mila, piqué de mille plaies. Le gamin de la porte d'Auteuil, cramé sous leurs yeux. Le scorpion menaçant d'Anne Gilardini. Son inconscient était un piètre auteur.

À son réveil, Hugo n'en retint qu'un vague sentiment de culpabilité et un mal de crâne tenace, ses plus fidèles partenaires.

Les côtes et la nuque endoloris, il se plongea alors dans un flot de pensées tout aussi désordonnées. Il remâcha en particulier les circonstances dans lesquelles il avait abandonné Mila à son sort. Certes, Sophie se trouvait à ses côtés. Mais il avait trop délégué à son ex-femme les devoirs qui lui incombaient vis-à-vis de leur enfant.

À vrai dire, voilà bien longtemps qu'il se déchargeait de ses obligations sur tout son entourage. À Franck aussi, il avait beaucoup demandé, au cours des dernières années. Et celui-ci l'avait soutenu. Sans faille. Sans jamais se plaindre ni rien lui réclamer en retour. S'il avait été moins autocentré, Hugo se serait par exemple fendu d'un appel à son adjoint avant de se rendre à Vitry. Il s'en voulait de ne pas lui avoir communiqué les infos récoltées à Fresnes. D'autant que le brigadier en charge de sa détention prétendait que tous les combinés de radio-police du poste, sursollicités depuis la veille, étaient arrivés à court de batteries. « On est coupés du monde », avait argué le sous-off au physique de catcheur. Hugo en doutait. Cela sonnait plus comme un moyen de lui refuser l'appel auquel tout prévenu avait droit.

À bout d'exaspération, il décida de se reconcentrer sur ce que lui avait appris Martinez, le maton de la prison. Désormais, la complicité entre Bassadi et Abgrall, le type qui résidait au rez-de-chaussée de l'immeuble délabré du Raincy, lui semblait établie. Il revoyait encore le second, avec sa mine de bon voisin, se targuant d'avoir un double de la clé du premier. Mais quelque chose lui échappait encore : si Abgrall était partie prenante du plan de Jiménez, pourquoi n'avait-il pas fait le ménage chez Bassadi ? Pourquoi avoir laissé en évidence tous ces éléments à charge ? Fallait-il en déduire qu'il souhaitait compromettre le djangster ? Que ce dernier ne s'était pas volatilisé tout seul ?

Kezer le savait : tant qu'il resterait enfermé là, il ne ferait rien de ses hypothèses.

Alors, une nouvelle fois, il tenta d'attirer l'attention de ses geôliers. Il réclama à voir le responsable du commissariat. Mais son nouvel ami « le catcheur » opposa un refus patibulaire à sa requête.

— Crois-moi, le tutoya-t-il, vu ce qui t'attend, t'es mieux ici à fermer ta gueule.

Le respect qu'on lui devait était définitivement mort. Hugo n'obtiendrait rien de ces types. Les consignes qu'ils avaient reçues d'en haut étaient manifestement très claires. Résigné, il se mit à mâchonner le sandwich rassis qu'on lui avait servi en guise de collation, quand une série de coups sourds et de détonations lui parvinrent. Suivis de cris. Ainsi que d'innombrables cavalcades. Il interpréta cet ensemble de signes aussi distinctement que son état le lui permettait : le commissariat était pris d'assaut !

Les martèlements en provenance de la porte sur rue redoublèrent. Soudain, il y eut un craquement aussi sinistre que sec, puis le tumulte caractéristique d'une charge en milieu clos : grondement des pas, échanges de tirs, hurlements. Un nuage de poussière envahit tout le bâtiment, si dense qu'il s'infiltra jusque dans le couloir des cellules.

L'affrontement dura un bon quart d'heure. Mais bien vite, il fut clair que les assaillants prendraient le dessus. Leur nombre surpassait largement celui des défenseurs de l'ordre. La rage qu'ils mettaient à dévaster ce symbole de l'autorité était elle aussi sans égale. Les flics avaient déserté les lieux par l'arrière de l'édifice depuis un moment qu'on entendait encore les envahisseurs saccager tout ce qui leur tombait sous la main.

Chacun sa Bastille, songea Hugo, non sans un frisson. Il n'avait pas hâte de voir les intrus de plus près. Pourtant, quand ils débarquèrent dans l'aile des détenus, ils manifestèrent envers ces derniers une étonnante considération. L'un des pillards partit d'abord à la recherche des clés. Puis on ouvrit les cachots l'un après l'autre, s'assurant que chaque occupant était entier et n'avait pas craqué sous le joug des brutalités policières. Par principe, tout prisonnier était pour eux un frère.

Le libérateur de Kezer, un grand Black athlétique dans la trentaine, lui décocha un semblant de sourire. Puis, voyant son hésitation, il lâcha :

— Vire de là avant que les schmidts reviennent.

Encore sonné par la tournure des événements, l'OPJ se contenta d'un merci avant de filer. Au passage, il reçut une grande claque complice sur l'épaule, qu'il accepta sans broncher.

Dans les bureaux voisins, un départ de feu s'était déclenché, sans nul doute volontaire. À la poussière se mêlait à présent une fumée de plus en plus épaisse. Par expérience, Hugo savait que quelques radio-police étaient conservées au guichet d'accueil. Il se servit avant de sortir du bâtiment. Puis, prudent, il attendit de s'être éloigné pour actionner le combiné. Comme il s'en doutait, la batterie était loin d'être déchargée.

Il régla l'appareil sur la fréquence de son canal réservé avec Franck. Lança un appel. Son adjoint répondit presque aussitôt :

— Putain, Hugo ! Ça fait des heures que tu réponds plus ! Qu'est-ce que tu fous ?

— Détends-toi, tout va bien. De toute façon, je te lâcherai pas tant que j'aurai pas eu ma revanche au *Dés calés*.

Rassurés l'un et l'autre, ils en vinrent aux choses sérieuses. Franck évoqua les frères Abgrall, leur désir de se venger de RTE, et les cibles vraisemblablement choisies par Jiménez comme point d'orgue de son projet. De son côté, Kezer partagea ce qu'il avait compris de l'implication de Philippe Abgrall dans l'organisation du black-out.

Comme deux affluents attirés dans le lit d'un même fleuve, leurs enquêtes convergeaient. En revanche, il demeurait encore plus d'un trou dans la maille de ce récit-là. Restait notamment à déterminer comment Abgrall et Bassadi avaient pris contact. Franck penchait pour le plus probable : un hasard de voisinage qui avait simplement bien fait les choses ? Mais son supérieur se montrait plus sceptique :

— Je ne sais pas. D'après ce que j'ai vu des parloirs de Jim à Fresnes, Abgrall lui a rendu visite plusieurs semaines *avant* que Bassadi ne se pointe lui aussi. Si celui-ci avait joué les intermédiaires, il aurait été le premier à venir saluer son vieux pote de cellule, tu crois pas ? Histoire de recommander Abgrall et de sécuriser le coup.

— Pas faux.

Plus ils y réfléchissaient, plus leurs découvertes respectives attribuaient aux frères Abgrall un rôle de premier ordre dans le dispositif de Jiménez, et à Bassadi celui d'un simple exécutant. Leur soif de vengeance envers RTE avait-elle conduit les deux frangins à souffler le scénario du black-out directement à l'oreille du parrain gitan ? Était-ce à cette scène originelle qu'Hugo avait assisté sur les écrans du poste central d'informations de Fresnes ?

Kezer ne put s'empêcher de penser que la réponse à ces questions gisait peut-être au fond de sa poche, sur l'enregistrement quasi inaudible qu'il avait fait de ce fameux parloir réunissant le grossiste en fruits et légumes et le roi des braqueurs. Ses pensées tournaient à plein régime quand, à la faveur d'un blanc, il perçut une voix familière en arrière-plan de son adjoint. Une voix féminine.

— Franck ? T'es où là ?

— En voiture. Mais ça bouche grave. On fait du surplace sur le périph depuis au moins vingt minutes.

Il avait bien dit « on ».

— T'es pas tout seul ? Y a qui avec toi ?

Un silence interminable s'étira sur les ondes. Puis, enfin, cet aveu :

— Anne.

— Et qu'est-ce que je dois en déduire ? demanda-t-il d'une voix rêche.

— Qu'on sera pas trop de deux groupes pour niquer Jiménez.

Kezer digéra l'information. Accusa le coup. Ça lui faisait mal de l'admettre, mais, en effet, il était peut-être temps de lâcher du lest.

— OK pour moi. Vous allez où ?

— Anne et moi à Orly. Florian et Alex sont en route pour Le Raincy. Ils vont essayer d'intercepter un des frères Abgrall. Et toi, au fait, t'es… ?

Hugo ne lui laissa pas le temps de terminer sa question. Il avait déjà coupé la communication, obnubilé par cette seule idée : il devait les rejoindre au plus vite. D'ici à Orly, le trajet à pied lui prendrait bien plus d'une heure.

Il fouilla les alentours du regard. Les options offertes se révélaient peu nombreuses. En fait, à cet instant, il n'en voyait qu'une : à quelques dizaines de mètres de lui, un des assaillants du commissariat, visiblement à la traîne sur ses petits camarades, essayait tant bien que mal de dompter une moto de grosse cylindrée. *Celle-là*, songea Hugo, *elle est pour moi*.

Ce serait non négociable.

48

11 h 50
Le Raincy

— À quel étage il crèche déjà ?

Alex et Florian venaient d'arriver dans la cour, enclave de crasse et de désespoir au milieu de quatre corps de bâtiment lépreux. Le lieu charriait des odeurs de poubelles accumulées. On aurait dit une benne à ciel ouvert. Les deux flics en avaient vu, des trous à rats, dans l'exercice de leur fonction, mais celui-là remportait haut la main la palme du fétide. Ce décor renforçait leur sentiment d'avoir été relégués à l'arrière-boutique de l'action… À Anne et Franck l'intervention à Orly ; à eux deux le travail de routine. D'abord une vérif' chez Bassadi, juste au cas où ; puis une visite chez Abgrall, pour étayer les dernières théories de leur cheffe.

— Bassadi, c'est au troisième, indiqua Courtois.

D'un pas qu'ils estimèrent mesuré, ils gravirent alors les marches grinçantes à souhait, sinistre musique qui s'accordait bien au cadre. Sur le palier du troisième, ils remarquèrent aussitôt la porte de gauche, défoncée, qui béait lamentablement. Ils n'eurent qu'à pousser le battant pour pénétrer dans le petit deux-pièces.

Le désordre qui régnait là était tel qu'Hugo et Mallard l'avaient laissé : tiroirs et placards ouverts, leur contenu vidé sur le sol. Seuls les quelques éléments de décoration, dont la fameuse photo de Bassadi à Disneyland, atténuaient le climat de misère ambiante. Même la lumière, qui filtrait péniblement à travers les carreaux sales, contribuait à rendre l'appartement morose.

Les deux hommes de la BRB commencèrent leur inspection. Ils comptaient sur le fait que, pressé par le temps et l'urgence de sa cavale, Kezer était allé trop vite. Qui sait, peut-être même avait-il fait preuve de négligence ? En effet, outre les éléments matériels incriminants déjà recensés, ils ne tardèrent pas à mettre la main sur un combiné satellitaire Iridium planqué dans la cuvette des toilettes. Oubli étonnant. Tout aussi précieuse était cette pochette à élastique pleine de documents qu'ils dénichèrent. L'occasion d'en apprendre plus sur Bassadi.

— J'ai un contrat de travail ! lâcha Florian, concentré.

— Fais voir.

Alex se pencha à son tour sur la paperasse. La page à en-tête de la société « AB Frais » confirmait une première intuition : le hacker travaillait bien pour Abgrall. Mais ce qui les surprit davantage fut de retrouver ce même nom sur la dernière page du bail exhumé de la chemise.

— Merde, siffla Alex. Tu m'étonnes qu'ils se connaissent ! Abgrall est son patron *et* son proprio !

— Et aussi son voisin, je te rappelle. Bref, Bassadi dépend à 100 % de ce mec.

L'occupant des lieux était totalement assujetti à son bailleur-employeur. Sans cet homme providentiel, sans doute sa sortie de prison n'aurait-elle été qu'une succession de galères. De là à imaginer qu'Abgrall avait attiré le jeune hacker dans ses filets à dessein, grâce à ce « pack » de réhabilitation tout compris – et probablement avec la bénédiction de Jiménez –, il n'y avait qu'un pas à franchir.

La seule certitude, c'est que l'ombre du voisin planait plus que jamais sur Bassadi. Ils se regardèrent une seconde, silencieux. La même pensée les traversa : pourvu qu'ils ne se soient pas fait repérer ! Puis, sans se concerter, ils dévalèrent cette fois les marches sans précautions particulières.

Au rez-de-chaussée, la porte palière qui les intéressait ne semblait guère plus résistante que sa consœur du troisième. Florian enfonça donc le battant d'un coup d'épaule appuyé. Un haut-le-cœur les saisit instantanément, plus violent encore qu'à leur arrivée dans la cour. La provenance des odeurs de décharge ne faisait plus de doute. Du sol au plafond, des montagnes de cagettes recélaient fruits et légumes en pagaille, mais surtout en pleine décomposition. Difficile d'en détailler le contenu dans cette obscurité. Mais, assurément, il n'y avait ici aucun être humain.

L'endroit disparaissait tout entier sous les empilements nauséabonds. Afin d'entreprendre leur fouille, ils déplacèrent les cageots, en débutant logiquement par le côté opposé à l'entrée, dans le sens de l'enfilement des pièces. Bonne pioche : ils dégagèrent peu à peu un pan de cloison tapissé d'un papier peint daté. En dépit de la pénombre, ils y distinguèrent les contours d'une porte. Une porte sans poignée… Florian usa une fois de plus de tout son poids et la serrure céda bientôt dans un craquement lugubre.

Ce qu'ils découvrirent alors les laissa plus interdits encore que le stock putride qu'ils venaient de quitter. Cette seconde pièce, de taille plus modeste, se voyait envahie de matériel informatique et de documentations diverses. Elle était néanmoins agencée avec un soin maniaque. Aucune décoration inutile. Chaque objet à sa place. Les ordinateurs dernier cri le disputaient aux rayonnages de livres et de classeurs.

Passé un court instant d'hébétude, les deux OPJ constatèrent que la fenêtre sur cour était grande ouverte. Sans attendre, Alex se précipita au-dehors. L'homme qui se terrait là venait sans doute de prendre la fuite. Une chasse s'engagea. Son collègue, lui, détailla le matériel de maquillage disposé sur une coiffeuse. Tout était là, prêt à l'emploi, prothèses et postiches. Scotché sur le miroir, un schéma indiquait au millimètre près les zones du visage où appliquer les éléments susceptibles de déjouer les algorithmes de reconnaissance.

Florian n'en revenait pas. Autant de sophistication et de délabrement mêlés, il n'avait jamais vu ça. Un faux air du film *Seven* en pleine banlieue parisienne.

La suite de son exploration confirma cette surprenante ambivalence. Dans les bibliothèques métalliques fixées au mur du fond, il dénicha une somme impressionnante de littérature sur les black-out électriques : liste des précédents célèbres à travers le monde, notices techniques de divers opérateurs publics, rapports de sécurité sur les principales installations dans l'Hexagone…

Il avisa également des feuilles A3 couvertes de formes géométriques : les originaux des dix-huit plans de transfos. En bas à droite de chaque planche, figurait une griffe, certainement les initiales de celui qui avait fait la demande officielle de consultation : Y.A.

Yves Abgrall, le frère !

Les tiroirs qu'il explora ensuite se concentraient pour leur part sur tout ce qu'il était utile de savoir à propos de Fresnes, de sa rénovation récente, et des systèmes de sécurité du nouveau poste central d'informations, y compris l'algorithme de reconnaissance faciale. Voilà sans doute pourquoi Philippe Abgrall avait jugé utile de se grimer dès sa toute première visite au parloir.

Aujourd'hui, en bon maniaque du contrôle qu'il semblait être, sa minutie et son sens du détail le perdaient. Tout ce qu'il avait conservé était là, à portée de main. La facture des casquettes achetées au drone-club. Celle des drones eux-mêmes. Celle de deux carabines Ruger 9 mm semblables à l'arme retrouvée sous le bac de douche de Mallard. Jusqu'au devis du serrurier appelé pour forcer la porte du studio de ce dernier, rue de Saussure. Au moins savait-on désormais qui avait planqué ces éléments à charge chez le braqueur. Abgrall, supposa-t-il, n'avait eu qu'à apposer les empreintes de ce dernier sur la crosse de l'arme pour achever de l'incriminer.

En revanche, le flic de la BRB ne remarqua rien qui fût lié au fonctionnement des drones ou à la confection de TATP. Si tout portait à croire que c'était bien le cadet des frères qui, sous le pseudo de « Louis Allard », avait négocié l'achat des Mavic avec Derrivaud puis la formation des cinq dronistes référents, il semblait avoir délégué à Bassadi toute la partie opérationnelle du projet : confection des explosifs, recrutement des pilotes, coordination des attaques…

Mais, au fond, peu importait. Car dans cette forêt d'indices, tous les arbres se dressaient bien dans le même sens : Yves et Philippe Abgrall apparaissaient résolument comme les cerveaux de toute l'opération. Ceux qui l'avaient conçue. Ceux qui l'avaient servie sur un plateau à Jiménez. Ceux qui n'avaient employé le hacker du troisième étage que comme un vulgaire exécutant.

Brusquement, des coups sourds provenant des entrailles de l'immeuble lui parvinrent. Leur pulsation rythmait-elle le silence depuis longtemps ? Il n'aurait su le dire. Sans doute ses réflexions l'avaient-elles trop accaparé pour qu'il puisse les entendre. Le tambourinement était irrégulier, mais néanmoins bien présent. À en juger par les légères vibrations qu'il sentait se propager dans les lattes du parquet, il n'envisageait qu'une option : la cave.

Florian sortit en hâte de l'appartement, et tomba nez à nez avec Alex, essoufflé.

— Alors ?

— Rien. Juste un box ouvert. Il y avait des traces de carburant assez récentes au sol. Il a dû filer à moto, lâcha-t-il en respirant bruyamment.

— Merde !

Comme s'il s'adressait à eux, le martèlement reprit de plus belle. D'un même élan, ils foncèrent vers l'escalier qui plongeait au sous-sol. Parvinrent dans le couloir aux relents de salpêtre. Et ne mirent qu'une poignée de secondes à repérer la porte derrière laquelle on cognait en continu.

À cette distance, une plainte étouffée se mêlait aux coups. Les gémissements d'un être humain. Même dans le cul-de-basse-fosse de cet enfer, il y avait donc encore de la vie… D'un geste d'impuissance, Florian indiqua à son coéquipier que son épaule ne pourrait rien, cette fois, contre la serrure multipoints et l'épaisseur du vantail blindé. Dans l'immédiat, il leur serait impossible de porter secours à celui qui croupissait là…

49

12 h 00
Orly (la ville)/Saint-Denis

Orly (la ville), un peu plus tôt

La bataille finale s'était engagée. En tout cas, c'est ainsi que l'avait ressenti Jim, installé à l'avant du fourgon, aux premières loges pour profiter du spectacle.

À 11 h 32 très exactement, toutes les équipes étaient parties à l'assaut. Quasiment synchrones. S'il avait fait nuit, et si l'œil d'un drone avait pu embrasser la petite couronne parisienne dans son ensemble, il aurait sans nul doute noté les cinq explosions à quelques secondes d'intervalle seulement.

À chaque fois, le même scénario. Cinq voitures-béliers, à l'accélérateur bloqué en position basse par une brique ou un pavé. Cinq conducteurs jaillissant de l'avant du véhicule, à environ une vingtaine de mètres seulement du point d'impact. Cinq collisions d'une extrême violence, à l'endroit le plus vulnérable de l'édifice, à proximité de la porte d'entrée du personnel. Puis, comme une récompense, cinq boules de feu s'élevant dans le ciel.

Ludo avait adapté la quantité de réactif liquide disposé à l'avant des véhicules, lui-même destiné à mettre feu aux charges solides de C4 embarquées, à la structure de chacun des sites visés. Si bien que les dégâts sur les façades avaient été juste assez importants pour produire la brèche désirée. Pas question, évidemment, de faire sauter la totalité des bâtisses et de leur contenu.

Il avait ensuite fallu patienter quelques instants pour que les flammes se tarissent faute de combustible. Et, peu avant 11 h 40, Gilou Offmann, tout comme ses homologues des autres sites, avait introduit les cartouches soporifiques dans le dépôt. Chacun d'eux avait pris soin de faire rouler celles-ci aussi loin que possible à l'intérieur, afin de diffuser le gaz jusque dans les moindres recoins.

Autour de 11 h 50, les braqueurs avaient remarqué qu'un silence embrumé écrasait déjà les installations. Selon la tactique convenue, trois ou quatre tirs avaient été opérés à l'aveugle, à travers le rideau de fumée jaunâtre. Puis, comme aucune riposte ne leur était parvenue en réponse, le gros des troupes avait pu pénétrer au cœur des cibles, tous dûment équipés de masques NRBC.

Une excitation de gosse les avait gagnés quand ils avaient enjambé les corps inanimés des vigiles. Mais très vite, ils s'étaient concentrés sur leur tâche, soulagés de voir le plan du chef se dérouler sans accroc. L'un des intrus s'était chargé de collecter les armes ennemies. Certains des agents de sécurité tenaient encore la leur en main ; d'autres l'avaient laissé échapper dans leur chute. Puis on les avait ligotés et bâillonnés, avant de les entreposer, assoupis, dans une pièce fermée à clé.

Il était désormais midi pile. Et tout paraissait sous contrôle. À chaque étape, Jiménez s'était assuré par talkie que les quatre autres groupes avançaient sur le même tempo que le sien. Jusque-là, le combiné ne lui renvoyait que la douce musique d'une parfaite osmose. Et toujours aucun gyrophare en ligne de mire.

*
* *

Saint-Denis

Juché sur son Yamaha Tricity 300, tapi derrière l'un des immenses platanes bordant l'avenue Anatole-France, Philippe Abgrall se faisait la même réflexion. L'équipe déléguée par Jiménez venait de pénétrer dans le dépôt Brink's de Saint-Denis. Et, pour l'instant, toujours aucun signe de présence policière aux alentours.

Rien ne filtrait non plus par le trou béant de la façade du bunker. À l'intérieur du cube de béton, le calme régnait. C'était bon signe. Sous peu, les braqueurs en ressortiraient, lestés de sacs bourrés à craquer de billets. Et, une fois le Trafic noir chargé jusqu'à la gueule, il n'aurait plus qu'à les dégommer l'un après l'autre. Il n'était pas le meilleur tireur de l'Histoire, mais l'effet de surprise jouerait en sa faveur. Décidément, il se félicitait d'avoir acheté cette Ruger 9 mm en double.

Convaincre le parrain gitan du bien-fondé de son plan n'avait pas été simple. Mais il avait su se montrer persuasif. Il avait eu aussi l'intelligence de se tenir en retrait du dispositif, de donner l'impression à son complice que c'était lui qui menait la danse. Certes, il l'avait appâté en évoquant le site d'Orly, voisin de son entrepôt de fruits et légumes. Mais, par la suite et quasiment jusqu'à ce moment, il avait laissé à son interlocuteur le soin de voir le projet en grand, selon *sa* méthode. Simulant la plus crasse ignorance sur le mode opératoire retenu par Jim.

Ensuite, il lui avait suffi de filocher tous ceux qui entraient et sortaient du camp gitan de Montreuil. Les petites mains du parrain l'avaient mené tout droit aux autres cibles. Arcueil, Aubervilliers, Montrouge et Saint-Denis. Son objectif à lui, ce serait donc Saint-Denis. De loin le site le plus proche de son domicile.

Quelques minutes de patience encore, et Yves serait définitivement vengé. Son frère et lui seraient riches. Littéralement, remboursés de leur peine. Tout ça sans avoir eu besoin de gérer en propre l'organisation des braquages. Il y avait plus gratifiant encore qu'un exploit qu'on accomplissait soi-même ; il y avait celui que d'autres réalisaient pour vous, à votre profit exclusif.

En toute modestie, pensa-t-il : *un coup de génie.*

*

* *

Orly (la ville)

Le plus pénible, après l'ouverture des coffres à l'aide de C4, fut en définitive le transport manuel de cette quantité astronomique de billets. En effet, les dépôts d'argent ayant pour mission première d'alimenter les distributeurs automatiques en liquidités, les coupures y étaient de faible valeur, en majorité des dix, vingt ou cinquante euros. Moralité, à raison de cent à cent dix millions par réserve, chaque équipe dut déplacer puis charger dans son fourgon pas loin de deux tonnes de billets.

Faute de courant, il n'était évidemment pas question d'ouvrir en grand la porte mécanisée ni d'utiliser les transpalettes. Tout devait être évacué à travers la faille. Dans des sacs prévus pour cet usage et qui passaient de main en main. En théorie, l'opération aurait dû leur prendre moins d'une demi-heure. Mais dans les faits, elle les accapara près du double.

Chaque fardeau pesait une cinquantaine de kilos, et plus la charge s'accumulait dans la cabine, plus la suspension de la camionnette était mise au supplice. Mais il en fallait davantage pour entamer l'exaltation de Marco Jiménez. Le caïd, en sueur, se grisait de son triomphe. Du magot qu'il voyait grossir à vue d'œil, privilège de s'être réservé le bout de la chaîne.

À chaque sac, son île paradisiaque semblait gagner en réalité. La montagne de toile de jute se muait en dune. Sous peu, il la foulerait, pieds nus, sans autre souci que d'ôter le surplus nacré d'entre ses orteils.

*

* *

Orly (la ville)

Stationné à l'angle des rues du Kéfir et du Moulin-à-Cailloux, les mains crispées sur le volant de sa Toyota,

Gregory Mallard, lui, ne fantasmait pas vraiment un éden de carte postale.

Il n'avait pas manqué une seule miette de la scène qui s'offrait à lui. Il faut dire que la vue offerte depuis sa planque sur les locaux de la Brink's était idéale. Au nombre de sacs transbahutés du dépôt éventré jusqu'au gros utilitaire, il pouvait quasiment évaluer le montant du braquage. Une fortune comme aucun d'entre eux n'avait jamais imaginé en détourner.

Plus le bas de caisse du Trafic tutoyait la chaussée, plus il se prenait à songer à l'usage qu'il ferait d'autant de millions. Ou ne serait-ce que d'une fraction d'entre eux. Sa part, sa juste part, lui suffirait amplement.

Ainsi dédommagé, non seulement il rembourserait Braunstein sans sourciller, mais il pourrait aussi offrir à Mathys un confort de vie inespéré. À Paris ou, mieux encore, dans un environnement propice à la convalescence de son garçon. Car dans ce script idyllique, la thérapie CAR-T se soldait bien sûr par un succès. Et, qui sait, pétrie de reconnaissance, peut-être Sabine reconsidérerait-elle ses sentiments pour lui ? spécula-t-il en quittant sa songerie.

Dans ce qu'il pouvait observer à cette distance, un détail le chagrinait : à en juger par les silhouettes aperçues, ni Stéphane Zigler ni Sofiane Baptiste ne faisaient partie des porteurs de sacs se relayant auprès de Jiménez. Le second avait sans doute pris la fuite avec les bijoux de Vendôme, comme annoncé. Mais qu'en était-il du premier ? Son boss s'était-il débarrassé de lui ?

Ce qui n'était encore qu'une supposition fit écho aux paroles de Sofiane, comme une mise en garde. Seul et sans arme, il serait suicidaire d'attaquer trois braqueurs lourdement équipés et sur les dents. Mais Mallard demeurait confiant. Le moment favorable à l'action viendrait. Il venait toujours. Il suffisait d'attendre et de suivre.

*
* *

Saint-Denis

Était-ce un effet de sa fébrilité ? Il n'aurait su le dire, mais toujours est-il qu'Abgrall manqua son premier tir. Puis, aussitôt après, il rata également la deuxième silhouette qui surgit du fourgon. Pour l'effet de surprise, il repasserait…

Alors que les deux premiers s'étaient aussitôt mis à riposter, un troisième homme sortit du dépôt éventré et, de son arme automatique, balaya sa planque. Ils l'arrosaient d'un feu sans répit. Des éclats d'écorce volaient tout autour de lui. Une balle creva l'un des pneus avant de son scooter. Puis une autre vint se ficher quelque part dans la carrosserie.

Il eut à peine le temps de se demander si celle-ci ne tutoyait pas le réservoir d'un peu trop près que déjà le carburant s'enflammait. L'explosion fut si violente qu'elle souleva l'engin de terre et sectionna la base du platane. L'arbre s'effondra dans un craquement sec. La chute d'Abgrall, faite d'un autre bois, fut bien plus silencieuse.

Embarquer Jiménez dans sa vengeance personnelle avait été un coup de génie. Envisager de doubler celui-ci, un peu moins. Philippe Abgrall aurait l'éternité pour méditer ça.

*

* *

Orly (la ville)

À deux reprises déjà, Mallard, médusé, avait assisté à la même scène : l'un des braqueurs charriait péniblement son ultime sac jusqu'à l'arrière du Trafic ; puis, presque dans le même mouvement, Jiménez l'exécutait d'une balle en pleine tête. Sans préavis. Sans un mot. Exit Gilou Offmann. Exit Ludovic Cargol.

Il a buté ses deux complices. Tétanisé derrière son volant, Mallard ne songeait plus aux millions ni à la vie que ceux-ci lui offriraient. Il ne pensait plus qu'à fuir. À sauver sa peau. À revoir Mathys.

Tant pis pour le fric, il trouverait bien un arrangement avec Braunstein. De toute façon, quel sens y avait-il à mourir pour régler ses dettes ? Il n'était pas question qu'il se prive, une fois de plus, de ce qui lui était le plus cher au monde. Même dans l'espoir de le sauver, il ne pouvait pas prendre le risque d'abandonner son fils. L'amour des siens, lui, ne pouvait pas se payer à crédit.

La peur au ventre, il tourna la clé dans le contact. Mais le moteur ne renvoya qu'un toussotement obstiné. Se maudissant de se retrouver dans une situation aussi absurde, il tenta à nouveau sa chance avec le démarreur, quand un impact étoila la vitre côté passager.

Jim l'avait repéré.

*
* *

Kezer engageait tout juste la Suzuki volée à Vitry dans la rue du Kéfir, quand il entendit les coups de feu. Profitant du bruit qui avait couvert son arrivée, il pila net et sauta à bas de l'engin. Puis, abandonnant celui-ci à même le sol, il se mit sans tarder à l'abri d'un camion garé à proximité.

À cet instant seulement, Hugo en prit conscience : il lui manquait quelque chose.

Quelque chose d'essentiel pour soutenir un combat. Peut-être avait-il quitté le comico de Vitry un peu trop vite. Car c'est totalement désarmé qu'il avait pris le chemin d'Orly. Une vraie cible de stand pour qui détenait un flingue. Il ne donnait pas cher de sa peau si une fusillade en règle se déclenchait.

Depuis sa planque, il tenta de décrypter le tableau qui se jouait sous ses yeux, à quelques dizaines de mètres de lui. Mais tout lui sembla confus : le fourgon grand ouvert et dégueulant de fric ; les deux corps étendus sur le sol ; et, enfin, Jiménez, pistolet en main, visant une voiture blanche où se tapissait… *Mallard !*

Il essayait encore d'assembler les pièces du puzzle, quand le boiteux quitta brusquement son véhicule. Malgré sa patte folle, il cavalait assez vite, manifestement en direction de cet immense silo qui s'élevait à proximité, juste derrière le hangar d'AB Frais. « Engie » indiquait le logo sérigraphié sur l'imposant cylindre. Jiménez foira un premier tir. Puis, à court de munitions, il se baissa pour saisir la kalache d'une des victimes.

Mais le temps qu'il s'en empare, le fuyard avait déjà disparu.

Si Hugo sortait à découvert maintenant, il le savait, il tomberait aussitôt sous les balles du caïd ivre de sang. Son cerveau s'emballait : il lui fallait une solution, maintenant !

— Tu ne bouges pas, murmura soudain à son oreille une voix aux inflexions acides.

La pression d'un canon sur sa nuque accompagna ces mots. Le baiser du Sig, suçon d'acier glacé, déclencha un frisson irrépressible. Concentré sur la scène, Kezer en avait presque oublié ses deux collègues qui convergeaient eux aussi vers Orly. C'est tout juste s'il les avait devancés de quelques minutes, grâce à son deux-roues. Hélas, ce n'était pas Franck qui l'avait trouvé le premier.

— Putain, à quoi tu joues ? siffla Hugo entre ses dents.

— À la même chose que toi, j'imagine, chuchota-t-elle en retour. Sauf que moi, je suis habilitée à le faire.

Depuis la bavure de Montreuil, depuis la mort de Maxime, elle avait si souvent rêvé de tenir son rival ainsi en joue. La configuration était idéale, et le moment si mal choisi. Se présenterait-il à nouveau ? Cœur et raison s'affrontaient bruyamment en elle, au point qu'Hugo crut percevoir le fracas de cet éternel combat.

Il fallait la ramener au présent, aux urgences de l'instant. Lui parler :

— On se fait un cours de procédure, ou on chope cette merde de Jiménez ? lâcha Kezer.

Contre toute attente, ce fut Florian qui décida pour elle. En effet, la voix familière chuinta dans la radio de sa supérieure : « Pour Anne, de Florian. On a Bassadi. Je rép… » Son interlocutrice coupa l'Antarès à sa ceinture, mais le mal était fait. Dans l'épais silence qui écrasait désormais la rue, l'écho de cette annonce avait attiré sur eux l'attention du tireur.

Kalache en main, Jiménez progressait vers leur abri de fortune. Ses longs cheveux encadraient à présent son visage furieux. Jamais il n'avait autant ressemblé à un vieil indien.

*
* *

Mallard s'agenouilla au pied du silo. Le suppositoire cylindrique devait faire la taille d'un immeuble de six ou sept étages. On eût dit le réservoir d'une fusée.

Il avait besoin de reprendre son souffle. Comme pour mieux le narguer, un coup de vent porta jusqu'à lui quelques billets échappés des sacs. Il ramassa la petite liasse et la considéra, non sans un fond d'amertume.

Il n'aurait pas dû quitter le chevet de Mathys. Les braquages, la prison, la repentance, la replonge. Tout cela l'épuisait. Tout cela lui paraissait si vain, aujourd'hui. Depuis que son fils avait manifesté les premiers signes de la maladie, il ne se sentait pas seulement coupable ; il se sentait surtout bête et inutile. Il avait privé son gamin de l'essentiel : d'un père. Et quand bien même Mathys survivrait, celui-ci pourrait-il jamais lui pardonner ses absences ?

Ses pensées fusaient à la vitesse des tirs qui reprenaient tous azimuts. À en croire les détonations et les bruits d'impacts, Jiménez arrosait désormais tout ce qui se présentait sur son chemin. Toute lucidité l'avait déserté. Il tirait pour tirer, il tuait pour tuer, comme enragé.

Lorsque Mallard comprit que le silo Engie qu'il avait pris pour bouclier alimentait la station de biocarburant située de l'autre côté de la voie ferrée voisine, il était trop tard. Une balle frappait déjà la cuve de méthanisation remplie de gaz. Le souffle le déchiqueta en une fraction de seconde. Il n'eut le temps ni d'une pensée ni d'un regret supplémentaire. Pas même une frayeur ou un doute.

La déflagration, d'une puissance sidérante, ne tarda pas, dès lors, à gagner le reste de l'installation. À moins que la contagion ne se fût propagée par les canalisations souterraines. Peu importait. Le résultat était là, boule de feu géante qui emplissait l'espace. Quelques instants plus tard, avalée par les flammes, toute la station explosait.

*

* *

Le blast le sécha sur place, tel un pantin. Hugo perçut la boule de feu avec autant de violence que si elle s'était emparée de lui. Il se sentit traversé de part en part par l'onde de chaleur. Une douleur folle vrilla son crâne. Éclipsa sa vision. Il lui sembla que sa tête bouillait à l'intérieur.

Quand il rouvrit les paupières, il était plaqué au sol. L'une des premières choses que capta son regard fut les yeux bleus électriques d'Anne. Étendue elle aussi sur le bitume. Durant une seconde, une même peur les unit.

Puis Gilardini se releva, valide, mais encore groggy. Plus loin, Marco Jiménez gisait au beau milieu de la chaussée. Une tache rouge au niveau du cœur. Avait-il été emporté par le cataclysme qu'il avait lui-même déclenché ? Il n'était pourtant pas plus proche qu'eux de l'épicentre. Peut-être juste un peu plus à découvert…

Suivant sa collègue de près, Kezer traîna tant bien que mal son corps endolori jusqu'à la dépouille. Là, les deux OPJ se dévisagèrent une nouvelle fois, en silence. Ils avaient vu assez de morts dans leur carrière pour reconnaître un homme tombé sous la mitraille. Et c'était bien une balle qui avait eu raison du parrain gitan.

Comme pour donner un sens à ce constat, une silhouette émergea de l'ombre du fourgon. Juste devant eux. Plus ou moins au niveau du dépôt Brink's saccagé. L'homme marchait dans leur direction. Ses bras encore tendus dans l'axe du tir. Son Sig brandi comme un jouet trop lourd pour lui.

Le Hobbit peinait à réaliser ce qu'il venait de faire. Un voile de gravité était tombé sur sa bouille enfantine. Voilà qu'il avait rejoint son chef dans cette confrérie sans nom, celles des flics qui sauvent et qui dérapent tout à la fois. Ce n'était pas vraiment une révélation, juste une confirmation de son humanité. En effet, quels hommes seraient-ils, sans leurs erreurs et sans leurs chutes ?

JOUR 3

2 novembre – Jour des Morts

« France Inter, il est 8 heures et l'électricité revient très très progressivement dans certaines zones de la région parisienne. À l'heure où nous vous parlons, une poignée d'entre vous seulement doit être en mesure de nous écouter, notamment dans l'ouest de la capitale. RTE n'annonce pas de rétablissement significatif du courant avant au moins une semaine. Mais, quel que soit le nombre de nos auditeurs ce matin, nous nous faisons bien sûr un devoir de les informer. De *vous* informer. Tout de suite, le journal de Florence Paracuellos. Bonjour, Florence. »

« Bonjour, Nicolas, bonjour à tous. Au sommaire de cette édition si particulière, la première depuis bientôt deux jours sur notre antenne : le point sur la coupure d'électricité sans précédent, qui, le 31 octobre à 20 heures, a plongé Paris et sa banlieue dans le noir complet.

» Nous reviendrons en particulier sur le bilan humain, terrible, de ce black-out. Le communiqué publié ce matin par le ministère de l'Intérieur fait en effet actuellement état de sept cent quatre-vingt-trois morts. Un bilan provisoire, mais d'ores et déjà très lourd… »

ÉPILOGUE

— L'IGPN a été saisie, expliqua Hugo Kezer. Mais aucune charge n'a été retenue contre le lieutenant Caillot durant sa garde à vue. Le PV définitif devrait conclure à une situation de légitime défense.

En décodé : le procureur de la République n'ouvrirait pas d'enquête préliminaire à l'égard de Franck. C'était à prévoir. En effet, malgré les divers rapports fournis par la brigade criminelle et la brigade de répression du banditisme aux bœufs-carottes, le scénario des événements d'Orly, du Raincy et de Saint-Denis comportait encore de nombreuses zones d'ombre. Tant de choses s'y étaient déroulées en si peu de temps. Les dégâts étaient nombreux. Les morts, aussi… Marco Jiménez, Gregory Mallard, Gilou Offmann, Ludovic Cargol et Stéphane Zigler. Une vraie hécatombe dans la mafia gitane. Sans compter, évidemment, Philippe Abgrall. Celui par qui tout était arrivé.

— Légitime défense ? s'étonna à voix haute l'un des OPJ présents dans l'assistance. En tirant dans le dos du suspect ?

— Tout à fait. En ciblant le réservoir de gaz, Jiménez a mis toutes les personnes présentes en situation de danger direct et immédiat. D'ailleurs, je vous rappelle que Gregory Mallard n'y a pas réchappé.

— Joli carton du Hobbit, en tout cas, lança un autre avec un air satisfait.

— En même temps, tout le monde ne peut pas tirer aussi mal que moi, plaisanta Kezer.

La salle de conférences du Timhotel Berthier bruissa de commentaires. Son autodérision déclencha même quelques rires. Au premier rang, le Grand Jeff et Olivier Barré, déjà agacés par la situation du lieutenant Caillot, apprécièrent assez peu ce trait d'humour.

Négligeant le brouhaha, Hugo balaya l'auditoire de son regard gris-bleu. Gilardini ne mouftait pas, renfrognée sur sa chaise. Elle ne comprenait toujours pas pourquoi on avait confié à son rival, et non à elle, le soin de réaliser cet exposé.

Quant à Franck, dont la présence eût été pour l'orateur un soutien précieux, Barré l'avait autorisé à sécher la séance, au vu des circonstances. Il semblait toujours très éprouvé par son premier tir sur une cible vivante. Son premier mort.

Huit jours seulement avaient passé depuis. Dix depuis le début du black-out. Selon les experts de RTE, il en faudrait au moins le triple pour rétablir une alimentation électrique normale dans la capitale. Toutefois, les trois transformateurs prioritaires de l'ouest parisien avaient été rafistolés en un temps record. Et cinq autres s'étaient vu appliquer le même traitement d'urgence. N'en manquaient plus que dix, hélas pas les moins endommagés.

Lorsqu'il sentit le calme revenir sur la salle, Kezer reprit la parole :

— Les éléments matériels collectés aux premières heures du chaos n'ont pu être analysés que très récemment. Mais tous viennent appuyer nos théories sur le déroulé des opérations. C'est notamment le cas de l'enregistrement du premier parloir de Philippe Abgrall à Fresnes. Il nous a confirmé qu'il s'agissait à la fois de l'homme qui a appelé la PFAU avant le début des braquages à Vendôme et de celui qui a laissé un message sur le portable de guerre de Bassadi.

Décidément, celui qui avait eu assez d'imagination et d'audace pour aller proposer le coup du siècle au roi des braqueurs en personne cumulait les casquettes.

— D'autre part, nous avons procédé à la fouille approfondie du pavillon d'Yves Abgrall, à Gennevilliers. Et nos efforts ont été pour le moins récompensés.

Hugo expliqua que le corps de l'ex-directeur technique de RTE, semble-t-il enterré dans son jardin depuis près d'un an, avait dûment été autopsié. Verdict : suicide probable par surdose médicamenteuse, cocktail classique de somnifères et d'anxiolytiques.

— Selon toute logique, poursuivit le chef du groupe crim' 1 de la BC, Yves s'est donné la mort après avoir été débouté par les prud'hommes. On suppose également que c'est Philippe qui a découvert le corps de son frère aîné, et qu'il a choisi de dissimuler celui-ci. Sans doute son projet de vengeance délirant a-t-il germé à ce moment-là.

— Et on sait ce qui lui a donné l'idée du black-out ? demanda son homologue du groupe crim' 2.

— Ce ne sont que des spéculations. Mais j'imagine que son frangin avait déjà évoqué devant lui les fragilités du réseau en double couronne. Peut-être est-il ensuite tombé sur les plans des transfos en triant les affaires du défunt. Tout ça a dû faire son chemin dans sa tête. D'ailleurs, nous avons nous aussi étudié la paperasse d'Yves Abgrall. Nous avons en particulier retrouvé un journal rédigé de sa main. Tel qu'il se dépeint dans ses écrits, il se voyait comme une sorte de lanceur d'alerte.

L'appellation provoqua de nouveaux remous dans l'assemblée.

— Attention, temporisa Kezer, je ne cherche pas à excuser ses actes criminels, ni ceux de son cadet. Je veux juste vous expliquer qu'Yves Abgrall pensait bien faire en provoquant les pannes qui lui ont valu son limogeage. D'après lui, c'était le seul moyen d'ouvrir les yeux de sa hiérarchie sur les faiblesses et la perméabilité des transfos aux attaques.

— Et personne ne l'a pris au sérieux… commenta quelqu'un d'un ton las.

— Non. D'où ses exactions répétées, d'abord chez ERDF, puis chez RTE. D'où aussi la colère de son frère contre les patrons des compagnies publiques d'électricité.

Le paradoxe était cruel : le plus grand black-out criminel jamais perpétré en France avait, indirectement, été causé par un homme qui avait plus que tout voulu prévenir les black-out ! L'ironie n'échappa à aucun des flics présents dans la salle. Bien sûr, cela ne suffisait pas à disculper les frères Abgrall à leurs yeux. Pas même post-mortem.

— N'empêche, lança une voix anonyme, preuve que l'animosité n'avait pas disparu, le petit frère n'était pas obligé de foutre dix millions de Franciliens dans la merde juste pour laver l'honneur de son aîné !

— C'est sûr…

— Et selon toi, pourquoi Abgrall a-t-il mêlé Jiménez à son délire ? le mit au défi la voix rêche d'Anne.

— Mon hypothèse, répondit-il sans se démonter, c'est qu'il avait l'idée, mais pas les moyens humains. Il lui fallait une équipe. Il lui fallait un pro. Et tant qu'à faire, autant prendre le meilleur.

— Tu crois vraiment qu'il n'était pas assez malin pour se débrouiller seul et recruter lui-même des hommes de confiance ?

— Ce que je pense, si tu veux tout savoir, c'est qu'Abgrall a été plus malin que tout le monde. Jiménez compris. Tu vois bien, Jim a tout fait pour nous balader : la place Vendôme, la Souterraine, la radio en face de l'Élysée… Mais dans le fond, celui qui bénéficiait du meilleur écran de fumée, c'était Abgrall. S'il a porté son choix sur Jiménez, qui croupissait en prison depuis cinq ans et qui ne devait pas en sortir avant au moins le double, c'est justement parce que c'était le roi des braqueurs.

— Et que toute notre attention se focaliserait sur lui… conclut sa rivale pour elle-même.

— Quelque chose comme ça, oui. Le meilleur moyen de rester dans l'ombre, à part couper le courant, c'est encore de braquer les projecteurs sur un plus gros poisson que soi.

Et c'est exactement ce à quoi s'était employé Philippe Abgrall. Revanchard, et un brin vénal, ce type s'était montré assez ingénieux pour déléguer à d'autres la part la plus exposée de son projet. *In fine*, lui s'était contenté de dégommer les réverbères à proximité de certains transfos, d'aller déposer les éléments compromettants sous la douche de Mallard, et enfin d'alerter la PFAU du braquage place Vendôme. Ainsi, personne, pas même Jiménez ou Bassadi, ne s'était méfié de lui.

— T'oublies quand même qu'il a bouclé Bassadi dans sa cave et buté Zigler. Il ne s'est pas contenté de compter les points.

— Tu as raison. Peut-être a-t-il cherché à convaincre Jiménez qu'il était un complice fiable, à tel point qu'il a fini par se mouiller plus que prévu. Par trahir et tuer pour le compte du parrain gitan…

— Tout ça me semble très clair, lança Olivier Barré, comme pour couper court au combat de coqs auquel ils assistaient. Mais quelque chose m'échappe encore : pourquoi Abgrall est-il resté bien sagement dans son clapier du Raincy ? Après tout, il aurait pu installer son poste de commandement n'importe où ! Pourquoi pas dans son hangar d'Orly ? Il aurait été aux premières loges pour récupérer sa part le moment venu et prendre la tangente.

Cette question travaillait également Kezer depuis des jours. Il s'y était préparé. Une fois encore, il n'avait que des suppositions à offrir à son auditoire. Mais la théorie à laquelle il avait abouti lui semblait plutôt bien tenir la route :

— En consultant le dossier médical d'Abgrall, il nous est apparu que son invalidité n'était pas du chiqué. Il souffrait effectivement d'une spondylarthrite ankylosante. Il était bel et bien cloîtré chez lui depuis des années. Ce n'est que grâce à un nouveau protocole très récent qu'il a recouvré une certaine mobilité et pu reprendre son activité.

— Raison de plus ! Il était en état de fuir !

Hugo esquissa une mimique perplexe.

— Sur le principe, je suis d'accord. Mais je crois que quand on est sédentaire depuis si longtemps, on ne rompt pas aussi facilement avec ses habitudes.

Une des phrases de l'invalide résonnait encore à ses oreilles : « Je m'appelle Philippe Abgrall et j'habite au rez-de-chaussée depuis trente ans. » Peut-être souhaitait-il aussi garder un œil sur Bassadi. Ou peut-être, comme bien des génies criminels, prenait-il un certain plaisir à narguer les flics à leur nez et à leur barbe. L'OPJ se souvenait de la bonhomie affichée par l'homme à la canne.

Comme personne ne trouvait plus rien à redire, Jean-François Lespinasse redressa sa carcasse et prit, à son tour, place derrière le micro. La mine plus solennelle et longue que jamais, il se fendit d'abord de quelques mots à propos du Bastion. Il s'engagea devant ses troupes à faire tous les efforts nécessaires pour leur rendre au plus vite une maison aussi fonctionnelle et flambante qu'au jour de son inauguration.

Ensuite, sans transition, il désigna Hugo et, sur un ton où perçait la moquerie, expliqua comment les exploits de ce dernier, comment le rôle qu'il avait joué dans la traque de Jiménez et d'Abgrall, l'avaient lavé de toutes les charges qui pesaient sur lui.

Ce long préambule, personne n'était dupe, n'était qu'un moyen de chasser l'embarras que lui inspirait l'annonce à suivre.

— Bon, reprit Lespinasse. Au regard des événements sans précédent, il a été décidé conjointement, par le Premier ministre et le ministre de l'Intérieur, qu'à partir de ce jour, serait créé au sein de la DRPJ de Paris une cellule « Nouvelles Menaces ». Celle-ci se verra attribuer la coordination et la conduite de toutes les enquêtes concernant les menaces de nature globale. En particulier celles qu'on pourrait qualifier de « mixtes », comme dans la situation que nous venons de traverser.

Il devenait en effet urgent de s'adapter au monde d'aujourd'hui, où grand banditisme, terrorisme, guerres civiles, épidémies, trafics divers, désastres sociaux et écologiques en tout genre se mêlaient hélas en un même bouillon toxique.

Certains haussèrent les épaules. À leurs yeux, il s'agirait à n'en pas douter d'un énième bidule technocratique et sans pouvoir réel. D'autres s'interrogeaient déjà sur le périmètre exact et les prérogatives de cette structure. Son existence n'était-elle pas le meilleur moyen de remettre de l'huile sur le feu dans cette guerre endémique que se livraient les différents services du Bastion ?

Mais le directeur général de la police judiciaire prit tout le monde de court en déclarant soudain :

— La direction de cette cellule sera confiée au capitaine Hugo Kezer.

Une rumeur s'éleva dans la salle. Le principal intéressé lui-même sembla surpris par cette décision.

La vérité, c'est qu'il ignorait tout des discussions dont il avait fait l'objet les jours précédents, dans le secret du palais de la capitale. Des discussions exaltées, comme seuls des hommes aussi controversés sont capables d'en provoquer.

Quand des noms avaient été évoqués pour ce poste, le sien était rapidement sorti du lot. Ses détracteurs avaient alors bondi de leur chaise, au premier rang desquels le Grand Jeff, exprimant haut et fort leur désaccord. Mais ses défenseurs avaient plaidé sa cause avec encore plus de flamme. Sur la foi de ses récents faits d'armes, ils voyaient en lui un homme dévoué, à son métier, comme aux autres. Un homme qui s'investissait à 100 %, capable de se mettre en danger quand l'urgence l'exigeait. Un homme de caractère, entier, déterminé. La politique a ses paradoxes : au bout du compte, loin de le pénaliser, les écarts de conduite d'Hugo avaient joué en sa faveur. Il faudrait bien un homme aussi indomptable que lui, parfois même borderline, pour supporter sans fléchir le poids d'une telle mission.

À nouveaux crimes, nouveaux flics. Les temps changeaient, plus troubles que jamais. Et même au sommet de l'État on commençait à prendre la mesure de cette mue. Hugo Kezer n'était sans doute pas le candidat idéal, mais il était le seul, au Bastion, à pouvoir opposer une telle densité humaine aux nouvelles complexités du monde.

— Le lieutenant Franck Caillot, reprit le Grand Jeff après avoir réclamé un peu de calme, sera, comme c'était le cas au sein du groupe crim' 1 de la BC, son adjoint au sein de cette cellule.

Kezer se contentait de hocher la tête, un peu hébété. Quant à Anne Gilardini, elle sentait la colère l'envahir un peu plus à chaque seconde. « On partagera les lauriers », avait promis Franck Caillot. Et, une fois de plus, elle s'était laissé endormir… Elle replaça sur ses oreilles le casque Bluetooth qu'elle portait en collier, aussi ostensiblement que possible. Le *Judas Maccabée* de Haendel à plein tube, elle n'entendit même pas ce qui suivit :

— Pour finir, et eu égard à la participation très active de son groupe à cette enquête, la capitaine Gilardini de la BRB sera tenue en réserve de la cellule Nouvelles Menaces. Elle pourra être appelée en soutien en cas de besoin.

Son discours achevé, Lespinasse dispersa la réunion d'un encouragement à ne pas relâcher la vigilance.

Tous sortirent, par grappes d'affinités, échangeant remarques et blagues de plus ou moins bon goût. Quelques paumes amicales s'abattirent sur l'épaule d'Hugo en guise de félicitations.

Lorsque ce dernier se retrouva enfin seul dans la pièce, il ne lui échappa pas que d'autres présences demeuraient à ses côtés : ses fantômes.

L'ombre indélébile de Thomas, bien sûr. Le spectre de Maxime Guesnet. Ou encore celui de Mallard. Il eut également une pensée pour sa Mila – il aurait tant voulu lui offrir une vie plus douce.

Puis pour le petit Mathys dont le traitement, intégralement pris en charge par l'État, semblait engagé sur la voie du succès. L'état du gamin s'améliorait de jour en jour. Par égard pour ce bonhomme courageux, Hugo avait tenu à lui annoncer lui-même la mort accidentelle de son père.

Les nouvelles menaces qu'on leur promettait étaient déjà là, c'était indéniable. Partout autour d'eux. De plus en plus nombreuses, complexes et fortes. Les dragons des temps anciens, comme les virus de la modernité.

Mais il ne put s'empêcher de songer qu'à chacune d'entre elles répondait également un nouvel espoir. Enfin, il tâcherait d'y croire, à l'avenir. D'entrevoir les lueurs là où elles subsistaient.

De ne pas ajouter du noir au noir.

Si vous avez aimé *Noir*, vous adorerez *Rouge* !

Et en rassemblant ces deux tomes, vous reconstituerez l'adresse Internet qui vous mènera au bonus exclusif que vous réserve KOZ, adresse dont voici le début :

http://bit.ly/koz_

Prêts à en découvrir davantage sur l'histoire familiale d'Hugo Kezer ?